ELISA SABATINELLI

Sommer
in unseren Herzen

Roman

Aus dem Italienischen von
Elvira Bittner

blanvalet

Die Originalausgabe erschien 2016 unter dem Titel
»Summer. Dritto al cuore«
bei Rizzoli Libri S. p. A., Rizzoli Milan.

Verlagsgruppe Random House FSC® N001967

1. Auflage
Copyright der Originalausgabe © 2016
by Elisa Sabatinelli
Copyright der deutschsprachigen Ausgabe © 2018 by Blanvalet
in der Verlagsgruppe Random House GmbH,
Neumarkter Straße 28, 81673 München
Redaktion: Ulrike Nikel
Umschlaggestaltung: © www.buerosued.de
Umschlagmotiv: © www.buerosued.de
KW · Herstellung: sam
Satz: Buch-Werkstatt GmbH, Bad Aibling
Druck und Bindung: GGP Media GmbH, Pößneck
Printed in Germany
ISBN 978-3-7341-0579-1

www.blanvalet.de

1

Wettervorhersagen

Um wieder zu Claudio und Lavinia werden zu können, sprechen wir über das Wetter, denn wir sind gerade dabei, Abschied zu nehmen – allerdings mit wenig Erfolg.

Nach einer Zugfahrt, die anders war als alle anderen zuvor, weil sie uns zu Liebenden, zu Komplizen gemacht hat, unterhalten wir uns jetzt darüber, wie heiß es hier in Mailand ist, viel heißer als in Florenz, das wir vor ein paar Stunden verlassen haben. Wir reden und reden, um die Leere zu füllen – unsere heißen Küsse und wilden Umarmungen jedenfalls scheinen Jahre zurückzuliegen. Sind so weit weg wie die beiden Städte voneinander.

Wir sind wieder zwei Fremde, die den Blicken des anderen ausweichen, die jeden Körperkontakt vermeiden. Einander zu berühren wäre ebenso unpassend, als würden wir über irgendetwas anderes sprechen als über das Wetter. Das, was im Zug passiert ist, ist nie geschehen.

Ist es das, was er mir sagen will?

Unsere Körper sind sich aufs Neue fremd geworden. Zum ersten Mal auf dieser langen Reise durch Italien fühle ich mich total verloren, und schlagartig bin ich völlig davon überzeugt, dass ich nicht zu ihm passe. Dass ich diese Rolle nicht spielen kann, nicht einmal bis wir den Ausgang erreicht haben aus diesem Bahnhof, diesem Gefängnis.

Irgendwie habe ich das ungute Gefühl, dass er viel zu viel weiß, nicht nur über die Welt, sondern auch über mich. Und damit komme ich nicht klar, das gefällt mir nicht. Zumal mein Wissen über ihn sich im Grunde auf das beschränkt, was allgemein bekannt ist: Alter, Staatsangehörigkeit, Karriere. Ein Musiker von Weltrang, der darüber hinaus in dem Ruf eines großen Verführers steht.

Kein Wunder also, wenn ich mir im Vergleich zu ihm sehr klein und sehr unbedeutend vorkomme. An seine Souveränität werde ich nie heranreichen können. Die Jahre, die uns trennen, spiegeln sich in seinen lässigen, selbstsicheren Bewegungen, in seiner unerschütterlichen Haltung, in seinem schicken Markenkoffer.

Wie lange stehen wir schon auf diesem Bahnsteig?

Eine gefühlte Ewigkeit. Trotz unserer Befangenheit macht nämlich keiner von uns Anstalten zu gehen. Ich tue so, als müsste ich mein Gepäck überprüfen, taste es ab, als würde ich Kinder auf einem

Schulausflug zählen, während er endlos lange und umständlich seine Jacke zuknöpft und offenbar nicht in der Lage ist, den Griff seines Rollkoffers herauszuziehen. Eine seiner Geigen hat er geschultert, die andere hingegen, die kostbare Vuillaume, halte ich in den Händen, weil ich sie ihm immer noch nicht zurückgeben konnte.

Die anderen Fahrgäste sind längst an uns vorbeigeströmt, haben uns umschifft wie einen Felsen, der sich mitten im Fluss erhebt. Außer uns ist niemand mehr auf dem Bahnsteig zu sehen. Ich warte darauf, dass er etwas sagt. Irgendetwas. Selbst bringe ich kein Wort heraus. Dazu bin ich zu unsicher, zu ängstlich. Bevor ich etwas falsch mache, bleibe ich lieber stumm.

»Gehen wir?«, sagt er schließlich, hebt fragend eine Augenbraue und nickt in Richtung Ausgang.

Na ja, nicht gerade das, was ich erwartet hatte. Dennoch ringe ich mir ein Ja ab und folge ihm ohne weitere Worte, betrachte stattdessen seine O-Beine, die mich an eine Höhle erinnern, in der ich mich festklammern könnte wie ein Äffchen.

Ich sollte endlich etwas sagen. Verzweifelt suche ich nach etwas Intelligentem, das ich anbringen könnte. Irgendwas, das ihn beeindruckt, das einen nachhaltigen Eindruck bei ihm hinterlässt. Wie ein Mal, das man in die Haut einritzt zur steten Erinnerung oder zur Besiegelung einer Freundschaft. Aber leider will mir nichts Brauchbares einfallen. Und das, obwohl mir tausend Gedanken im Kopf herumschwirren.

So etwas passiert mir häufig, wenn ich aufgeregt bin – wenn meine Zunge nicht mit meinen Gedanken Schritt zu halten vermag. Dann ist es, als würden die Sätze sich verwirren und in die Irre gehen, sobald sie meinen Mund verlassen. Überhaupt ist das so ein Problem mit meinem Gehirn. Irgendwie scheint es falsch programmiert zu sein. Wie eine Waschmaschine, die nie den Waschgang startet, den man will. Allein wenn ich an den Sex im Zug denke, auf den ich mich eingelassen habe …

Dabei unternehme ich diese Reise nicht allein zu meinem Vergnügen – nein, sie ist zugleich eine Art Spurensuche, denn ich folge den Routen, die meine Mutter in ihrer Jugend bereist und akribisch dokumentiert hat. Damit hoffe ich, ihre letzten Geheimnisse zu ergründen, die auch mein Leben betreffen.

Immer wieder bin ich total von der Rolle. Aus den verschiedensten Gründen, diesmal wegen einer Violine und ihres Besitzers. Dabei wollte ich in diesem Sommer eigentlich abschalten – drei Monate, um wieder zu mir zu finden nach all dem Schweren und Belastenden des vergangenen Jahres, es zumindest ein Stück weit zu vergessen. Neu anzufangen. Diese Episode hier ist da eher kontraproduktiv.

Nein, ich sollte nicht hier sein.

Doch während ich Claudio zum Ausgang folge, wird mir bewusst, dass ich im Augenblick nirgendwo sonst sein möchte in der Welt. Zu fest bin ich mit ihm und seiner Violine verbunden. Seit ich ihn kenne, habe ich mir ständig eingeredet, dass ich ihm lediglich gefolgt bin, um ihm sein Instrument zurückzugeben. Jetzt hingegen, da er vor mir hergeht über den leeren Bahnsteig und der Abschied naht, jetzt, da ich ihm die Geige zurückgeben werde, dieses wertvolle Geschenk, das ich weder behalten kann noch mag, bin ich alles andere als glücklich.

Da kann ich noch so oft den Satz herunterbeten, der zu meinem Mantra geworden ist: *Ich will nicht, dass er mir gefällt.* Was im Grunde stimmt, denn er ist wirklich und wahrhaftig nicht mein Typ. Ein Anzugträger mit gebügeltem Hemd, wie soll das zu mir passen?

Er bleibt vor mir stehen und legt mir eine Hand auf die Schulter, wie er es vorhin im Zug gemacht hat. Einen endlosen Moment lang sehen wir uns in die Augen, wissen offensichtlich nach wie vor nicht, was wir sagen sollen. Dann streicht er mir über die Wange, setzt zum Sprechen an, zögert aber und entscheidet sich anders, schaut auf die Uhr.

Und ich?

Wenngleich er noch vor mir steht, wenngleich sein Duft mich noch einhüllt, spüre ich, dass er bereits weit weg ist. Vielleicht würde ja eine kleine Geste genügen, ihn zu halten, vielleicht wäre es genug zu sagen: *Ich kenne dich kaum, doch wenn du nichts Besseres vorhast, würde ich gerne bei dir bleiben, mindestens die*

9

nächsten zehn Jahre. Oder ich könnte mich auf die Zehenspitzen stellen und ganz sanft die Lippen auf die seinen legen zu einem federleichten Kuss, bei dem unsere Nasen sich kaum berühren.

Natürlich tue ich nichts von alldem.

»Hör mal, draußen wartet ein Taxi auf mich …«, ergreift er nach einer Weile das Wort.

Das war's also, Botschaft angekommen. Er ist dabei zu gehen.

»Okay«, unterbreche ich ihn. »Ich muss auch zum Zug«, füge ich hastig hinzu und deute vage in irgendeine Richtung. Damit will ich ihm zu verstehen geben, dass ich gleichfalls irgendwo erwartet werde.

Ich sehe, wie er zurückzuckt, als ich ihm die Geige reiche, und nervös das Gewicht erst auf das eine Bein, dann auf das andere verlagert.

»Bist du sicher?«

Ich sehe ihn schief an.

»Na gut, ich habe verstanden«, sagt er, nimmt den Geigenkasten und hängt ihn sich um. »Überleg es dir noch einmal in aller Ruhe, sonst bereust du es eines Tages. Du bist jung, du hast alle Zeit der Welt.«

Ich bin jung, stimmt – das mit der Zeit allerdings, da bin ich mir nicht sicher, ob ich die wirklich habe. Nur was bereits hinter einem liegt, lässt sich definitiv bemessen nach Tagen und Nächten, nach der Anzahl der erlebten Jahreswechsel.

Die Vergangenheit ist mein Besitz, die Zukunft nicht.

Über sie kann ich nicht bestimmen. Für mich hat sie das Aussehen eines unförmigen Monsters angenommen, das sich von meinen Tagen ernährt. Zu Hause in Barcelona erwartet mich ein Brief, das Urteil über meine Zukunft, und vielleicht ist es ja eine, die sich zwischen Klinikaufenthalten und Krankenbesuchen bewegt. Für den Augenblick aber versuche ich ihr ein Schnippchen zu schlagen, versuche sie in die Irre zu führen, indem ich herumreise, sogar übers Meer vor ihr flüchte, in der Hoffnung, dass mein Schicksal nicht schwimmen kann.

»Wohin fährst du?«, will Claudio wissen.

»Nach Carloforte.«

Carloforte ist die einzige Ortschaft auf einer winzigen Insel, die vor der Südwestküste Sardiniens liegt – meine Mutter hat sich dort vor meiner Geburt eine Zeit lang aufgehalten.

»Von hier aus nimmst du am besten den Zug über Genua, das ist der schnellste Weg. Soll ich dir das Ticket besorgen?«

»Nein, danke, nicht schon wieder. Um dieses hier kümmere ich mich selber.«

»Es tut mir leid, dass du wegen mir diesen Umweg machen musstest ...« Dann überlegt er es sich anders: »Nein, um die Wahrheit zu sagen, tut es mir überhaupt nicht leid.«

Umweg. Ist es das, was zwischen uns passiert ist?

Ich beiße mir auf die Lippen, um nichts Falsches zu sagen.

»Ich lasse dir meine Nummer da«, fährt er fort. »Für den Fall, dass du sie irgendwann brauchen solltest.«

Er wartet, dass ich mein Handy herausziehe und sie speichere, doch ich tue nichts dergleichen. Gut möglich, dass er gekränkt ist, jedenfalls schlägt er die Augen nieder und ballt die Fäuste. Dann sieht er mich wieder an.

»Also dann, gute Reise.«

»Ciao.«

Ich drehe mich um und gehe in Richtung Schalter, zwinge mich, an Genua zu denken, an Carloforte, an den Schlüssel, den ich in Mamas Album gefunden habe und den ganzen Rest – es hilft alles nichts. Claudio bleibt mein Fixpunkt, ich klebe an ihm wie ein Kaugummi.

Am Fahrkartenschalter stelle ich mich ans Ende der Warteschlange, setze mich auf den Rucksack und stelle mich auf eine längere Wartezeit ein. Nach wenigen Minuten schrecke ich auf, weil mir jemand auf die Schulter klopft. Ein ungeduldiger Zeitgenosse wahrscheinlich, dem ich nicht schnell genug vorrücke. Genervt drehe ich mich um, es verschlägt mir die Sprache, und ich traue meinen Augen kaum.

Vor mir steht Claudio.

»Ich habe mir den Wetterbericht angeschaut und

gesehen, dass Genua keine gute Wahl ist. Dort regnet es, für Mailand dagegen sind sonnige Tage angesagt. Bleib lieber hier, bitte bleib.«

Ganz plötzlich ist es eine wunderbare Sache, über das Wetter zu reden.

Beschwingt verlasse ich die Schlange und greife nach Claudios Hand.

2

Im Abgang schön

»Bist du aus Mailand?«

Ich fühle mich wie beim ersten Date, gefangen in dieser albernen, gespielten Fröhlichkeit, die man an den Tag legt, wenn man sich nicht kennt, und die einen dämliche Fragen stellen lässt wie etwa die, was man am liebsten isst oder welches Tier man gerne wäre.

»Sagen wir, ich fühle mich als Mailänder, auch wenn ich ursprünglich aus dem Piemont stamme. Ich bin hier aufgewachsen und habe hier studiert.«

»Am Konservatorium?«

»Ja, weil ich ein staatlich anerkanntes Diplom haben wollte. Macht sich immer besser. Richtig gelernt aber habe ich bei einem großen Meister aus Portugal – fast zehn Jahre lang war ich sein Schüler. Seine Frau war Italienerin, eine Mailänderin, und hat ihn überredet, im Alter in ihre Heimat zu übersiedeln. So kam ich zu ihm. Er hat mich unter seine Fittiche genommen und mir alles beigebracht, was ich kann. Nicht nur, was die Musik betrifft.«

Während er erzählt, betrachte ich durchs Taxifenster die Häuser, die sich entlang der breiten Straße aneinanderreihen: nackte, kahle Fassaden, keine Balkone, die sie auflockern würden. Zugegeben, sie sind durchaus eindrucksvoll, vermitteln den Eindruck von Autorität und Seriosität mit ihren quadratischen Fenstern, dem sachlichen Stil und der zurückhaltenden Farbgebung.

»Ich kenne Mailand nicht, bei mir zu Hause in Barcelona ist das keine Stadt, die als Reiseziel besonders beliebt wäre.«

»Genau deshalb mag ich sie«, erwidert er und sieht mich prüfend an. »Diese Straße hier gefällt mir ganz besonders, sie führt vom Bahnhof ins Zentrum. Sie hat etwas Heiteres, finde ich.«

Ungläubig drehe ich mich zu ihm um, bin mir nicht sicher, ob er es ernst meint. »Du hast einen recht seltsamen Geschmack, wie mir scheint.«

»Dann passe ich ja zu Mailand, denn die ganze Stadt ist irgendwie seltsam. Mir kommt es vor, als würde sie erst im Nachhinein ihre Wirkung entfalten. Wie eine raffinierte Speise, die einen besonderen, schwer zu definierenden Nachgeschmack hat, verstehst du? Oder wie ein edler Wein. Ich glaube, Mailand ist erst *im Abgang schön.*«

Schweigend sehe ich ihn an und hoffe auf weitere Erklärungen.

»*Im Abgang schön* heißt, dass es im ersten Moment hässlich erscheint und auf den zweiten Blick dann seine Schönheiten offenbart. Sobald man Mailand für sich entdeckt hat, ist es wirklich eine großartige Stadt. Das werde ich dir noch beweisen.«

Die Idee stimmt mich euphorisch, denn mir dämmert, dass Claudio ein Reisebegleiter der besonderen Art sein könnte. In jeder Hinsicht. Und auf jeden Fall inspirierender als die anderen, mit denen ich im Verlauf des Sommers herumgezogen bin. Alle Wut, die sich in mir aufgestaut hat, ist wie weggeblasen, alles Negative, das ich ihm unterstellt habe, vergessen. Als hätte ich beides einfach zurückgelassen wie ein überflüssiges Gepäckstück.

Eines allerdings will ich noch klarstellen.

»Übrigens: Das Stück, das du am Schluss des Konzerts in Florenz gespielt hast, war wirklich sehr schön«, sage ich betont nonchalant und warte gespannt, was er erwidern wird.

Er sieht mich überrascht an, lacht dann laut auf. »Du bist mir also wirklich gefolgt?«

»Unsinn, ich bin dir überhaupt nicht gefolgt«, gebe ich schnell zurück und werde rot, als wäre ich beim Klauen erwischt worden. »Ich war da, weil ich dir die Geige zurückgeben wollte, so ein kostbares Geschenk kann ich nicht einfach behalten. Und deshalb habe ich am Ausgang auf dich gewartet, aber du bist nicht gekommen. Außerdem hat das rein gar nichts mit dem zu tun, was ich gesagt habe.«

»Was hast du denn gesagt?«

»Dass es mein Stück ist«, antworte ich halb im Scherz, halb im Ernst.

»Komisch, ich war der Überzeugung, dass es von Manuel de Falla ist.«

»Na klar, tu bloß nicht so, als ob du nicht verstanden hättest, was ich damit meine: Dass ich es war, die dich auf die Idee gebracht hat.«

»Du hast mich schon auf viele Ideen gebracht …«

Von einem Moment auf den anderen hat er den Spieß umgedreht, und ich fühle mich wie auf frischer Tat ertappt. Zumal er mich anschaut, als würde er mich gleich mit Haut und Haaren verschlingen wollen. Und ich muss zugeben, dass ich nicht die geringste Lust verspüre, mich dem zu entziehen. Im Gegenteil. Mein ganzer Körper steht unter Strom, ich merke, wie mir ein Kribbeln langsam vom Nacken bis zu den Zehenspitzen rieselt.

Claudio mustert mich weiterhin unverblümt. Erst als das Taxi vor einem großen Portal mit geschnitzten rautenförmigen Reliefs hält, wendet er den Blick von mir ab.

»So, da wären wir. Es ist eine ganze Weile her, seit ich das letzte Mal zu Hause war.«

Seine Wohnung befindet sich im Dachgeschoss, und sobald man die Tür öffnet, steht man im Wohnzimmer. Keine Diele, genau wie bei mir, aber damit hat es sich auch schon mit den Gemeinsamkeiten. Neugierig sehe ich mich um. Der riesige Raum wird von einem langen Sofa dominiert, durch die hohen Fenster flutet viel Licht herein. Auf dem schönen alten Parkettboden liegt ein schwerer Wollteppich, und an der stuckverzierten Decke hängen Lampen, die sichtlich aus einer anderen Epoche stammen und einen interessanten Kontrast zu der ansonsten eher modernen und unkonventionellen Einrichtung bilden, was für eine sehr persönliche Note sorgt. Was mag die Einrichtung wohl über den Menschen Claudio aussagen, frage ich mich.

»Tolle Wohnung. Wie oft bist du hier?«

»Nie mehr als ein paar Wochen am Stück«, räumt er ein und fügt nachdenklich hinzu: »Vielleicht betrachte ich sie ja deswegen als riesiges Geschenk. Diesmal bleibe ich gerade mal zehn Tage. Dann muss ich wieder weg.« Er dreht sich um und geht Richtung Küche. »Möchtest du etwas trinken?«, ruft er mir von dort aus zu.

»Danke ja, einfach das, was du trinkst«, gebe ich zerstreut zurück und betrachte das Bücherregal, das eine ganze Wand einnimmt.

Es ist eine gut bestückte kleine Bibliothek: Enzyklopädien mit Ledereinband, Romane, jede Menge Reiseführer und Kunstbände, und natürlich eine Vielzahl an Büchern, die direkt oder indirekt mit Musik zu tun haben. Und dazwischen allerlei Krimskrams wie ein Miniaturklavier aus Marmor, ein Aschenbecher in der Form einer Hand, ein Opernglas und Fotos in Silberrahmen. Eines erregt meine besondere Aufmerksamkeit. Es zeigt eine Familie am Strand, Claudio erkenne ich auf den ersten Blick. Ein pubertärer Jugendlicher, sehr mager und mit einem Busch widerspenstiger Locken auf dem Kopf.

»Ist das deine Familie?«

»Ja, vor einer Ewigkeit, wie du unschwer sehen kannst. Damals habe ich übrigens zum letzten Mal Ferien am Meer verbracht.«

»Magst du das Meer etwa nicht?«

»Nicht mit dem üblichen Programm, Sonnenschirme am Strand und so weiter.«

»Wie hübsch deine Schwester ist.« Ich ergreife das Foto, um es besser betrachten zu können.

Neben Claudio steht ein kleines Mädchen, vielleicht sechs Jahre alt, und schaut missmutig auf das Eis, das ihm gerade in der Hand zerschmilzt.

»Wohnen sie alle in Mailand?«, hake ich nach, als er keinen Kommentar abgibt.

»Wie man's nimmt. Meine Schwester ist eine Weltenbummlerin, lebt überall und nirgendwo. Meine Eltern haben hier gewohnt, diese Wohnung gehörte ihnen. Sie sind bei einem Unfall ums Leben gekommen, als ich vierzehn war.«

Verlegen stelle ich das Bild wieder an seinen Platz und trete ein paar Schritte zurück, als wäre ich auf verbotenes Terrain vorgedrungen.

»Kein Grund zu erschrecken«, beruhigt Claudio mich. »Das alles ist lange her, der Schmerz hat den schönen Erinnerungen Platz gemacht. Und die birgt insbesondere diese Wohnung, in der ich im Kreis meiner Familie aufgewachsen bin.«

Das also ist der Grund, wieso sie den Eindruck erweckt, ein Ort voller Geschichten und Erinnerungen zu sein, die sich um Menschen aus verschiedenen Generationen drehen: Indem er das Andenken der Toten bewahrt, hat Claudio der Wohnung neues Leben eingehaucht. Ich muss plötzlich an die Wohnung meiner Mutter denken, die ich fluchtartig verlassen habe, weil ich sie allein unerträglich fand.

»Bloß schöne Erinnerungen, das würde ich mir ebenfalls wünschen«, erkläre ich seufzend.

»Am Anfang erscheint einem das unmöglich. Doch irgendwann ergibt es sich einfach, du wirst es erleben – da bin ich mir ganz sicher.«

Claudio, der zu mir herübergekommen ist, streicht mir sanft über den Arm. Als wollte er mir helfen, die offene Wunde zu schließen, die nach wie vor so schmerzt, dass es mich lähmt. Aber ich muss aus eigener Kraft darüber hinwegkommen, auch wenn mir das jetzt noch unmöglich erscheint.

»Wie auch immer«, setzt er neu an. »Wir sollten ausgehen und irgendwo draußen was trinken. Hast du Lust, ein bisschen durchs Viertel zu spazieren?«

Ich schaue zweifelnd an mir herab, da ich seit heute Morgen in denselben Klamotten stecke. Claudio scheint Gedanken zu lesen. »Alles in Ordnung«, versichert er mir. »Du brauchst dich nicht umzuziehen. Ich gehe auch im T-Shirt. Zum Abendessen können wir uns immer noch in Schale werfen.«

Wir treten in den hellen Nachmittag hinaus und

schlendern durch Claudios Viertel. Mir fällt auf, wie schmal hier die Gehsteige sind. Ab und zu springt er übermütig auf die Straße und läuft seelenruhig dort herum.

Dann fasse ich ihn am Arm, spiele die Korrekte und sage: »Komm lieber wieder her!« Ich tue so, als würde ich mich um ihn sorgen, dabei suche ich in Wirklichkeit nur einen Vorwand, um mich weiterhin bei ihm unterhaken zu können.

Allerdings ist der Autoverkehr in dieser Gegend wirklich recht überschaubar, sodass man ziemlich gefahrlos die Fahrbahn als Fußgänger benutzen kann. Während mir Claudio dies und das zeigt, mir kleine Geschichten erzählt, merke ich, wie glücklich er ist, mal wieder zu Hause zu sein. Mir kommt es sogar vor, als würde er am liebsten alles anfassen, um es neu in Besitz zu nehmen, selbst das Straßenpflaster.

Jetzt deutet er nach oben, wo hinter den Dächern Baumwipfel aufragen.

»Das sind die Parkanlagen bei der Porta Venezia, die Giardini Pubblici. Morgen zeige ich sie dir – heute habe ich mehr Lust, durch die Straßen zu schlendern. Was meinst du?«

»Ja, ich bin dabei.« So würde ich wohl auf jede Frage geantwortet haben, die er mir gestellt hätte.

Plötzlich nimmt Claudio meine Hand, und so gehen wir weiter, ohne jede Verlegenheit, als wären wir ein ganz normales Pärchen, das ziellos durch die Stadt streift und einen schönen Sommernachmittag genießt.

Als wir eine belebtere Straße erreichen, auf der Trambahnen kreischen und ungeduldige Autofahrer Hupkonzerte veranstalten, fällt mir erneut der Ausdruck *schön im Abgang* ein, mit dem Claudio Mailand charakterisiert hat.

Mein Eindruck hingegen ist ein ganz anderer.

Wie ich das sehe, ist die Stadt alles andere als homogen, sondern in Schichten gewachsen und hat viele verschiedene Einflüsse in sich aufgesogen: Palazzi aus allen möglichen Epochen und den unterschiedlichsten Stilrichtungen zugehörig mischen sich mit Gebäuden aus der Zeit des Faschismus sowie mit zahlreichen modernen Entwürfen, die seit den Siebzigerjahren das Stadtbild nachhaltig prägen. Wobei die Kombination ganz natürlich wirkt und Nostalgisches mit Hypermodernem eine gelungene Symbiose eingegangen ist.

Alles ist gleichzeitig da, alt und neu, ohne dass es große Widersprüche aufzuwerfen scheint.

Noch etwas fällt mir auf. Mailand wirkt wie eine Metropole, die Eitelkeit nicht nötig hat – lässt mich an eine abgeklärte, reifere Dame denken, die ihre besten Zeiten hinter sich hat und keine Veranlassung mehr sieht, sich besonders zur Schau zu stellen.

Unseren Drink nehmen wir in einer hübschen kleinen Bar, deren Zwanzigerjahre-Atmosphäre mich an französische Bistros erinnert. Die Kellner tragen Fliege, die Theke ist aus dunklem Massivholz, die Leuchtreklame wird von den Flaschen gespiegelt und taucht den ganzen Raum in einen rötlichen Schimmer. Am Nebentisch sitzt ein eleganter Herr, der Zeitung liest und in ironischem Ton für die Barkeeper die Nachrichten kommentiert.

Ich nippe an meiner Bloody Mary, einer der besten, die ich je getrunken habe, während vor Claudio ein Negroni steht, angeblich die Topspezialität des Hauses. Unaufgefordert werden Schälchen mit Knabberzeug vor uns auf den Tisch gestellt sowie auf Zahnstocher gespießte Oliven. Riesenexemplare, wie sie heutzutage kaum mehr zu haben sind und die ich deshalb scherzhaft »Vintage-Oliven« nenne. Wir trinken, knabbern und betrachten dabei die Leute, die nach und nach die Bar füllen. Wie es aussieht, überwiegend Stammgäste, die sich hier nach der Arbeit einen kleinen Aperitif gönnen.

Trotz der Hitze tragen die Männer dunkle Anzüge, und die Frauen sind, jede auf ihre eigene Art, auf originelle Weise elegant gekleidet, als wären sie allesamt auf dem Weg zu einer Vernissage. Wir plaudern angeregt über Gott und die Welt, wir lachen viel. Und so vergeht die Zeit im Nu.

Als wir wieder nach Hause kommen, ist die Sonne schon untergegangen. Ich gehe schnell unter die Dusche, bevor ich mich fürs Abendessen style. Schließlich will ich nicht ganz gegen die schicken Mailänderinnen abfallen. Zum Glück habe ich ein schwarzes, knöchellanges Seidenkleid mit spektakulärem Rückenausschnitt eingepackt, das ich nun anziehe. Es erinnert von hinten an einen Badeanzug, und ich weiß noch, dass ich es genau deswegen gekauft habe. Dann schminke ich mir die Augen mit schwarzem Kajal und verlängernder Wimperntusche, male mir dann die Lippen knallrot an, um einen dramatischen Kontrast zu erzielen. Meine braunen Haare lasse ich offen über die Schultern fallen. Irgendwie komme ich mir fast ein bisschen verrucht vor, Typ Femme fatale.

Claudio erwartet mich bereits. Auch er hat sich umgezogen, trägt nun Jeans und Leinenhemd und steht im Wohnzimmer am Fenster, schaut auf die Straße hinaus. Das Klappern meiner Absätze veranlasst ihn, sich umzudrehen.

»Wow. Ich habe dich bislang nie in Abendversion gesehen«, erklärt er sichtlich beeindruckt und mustert mich eingehend, um sodann nach meiner Hand zu greifen, mich an sich zu ziehen und ausgiebig zu küssen. »Über wie viele Variationen verfügst du für solche Gelegenheiten?«, murmelt er dann.

Ich lächle verlegen und weiß nicht, was ich erwidern soll. Er erwidert mein Lächeln und fragt dann in scherzhaftem Ton: »Und, was wünscht die Dame heute Abend zu speisen?«

»Was wäre denn ein typisches Mailänder Gericht?«

»Na ja, Ossobuco und Risotto zum Beispiel. Ist allerdings eher ein Winteressen – probier es, wenn du in ein paar Monaten wieder herkommst«, sagt er, und ich weiß nicht, was ich davon halten soll.

Trotz meiner Zweifel begebe ich mich im Geist

sogleich auf eine Zeitreise. Vom Hochsommer mache ich einen Sprung in den Herbst, versetze mich mitten hinein in den November und male mir aus, wie ich am Mailänder Hauptbahnhof aus dem Zug steige, in einem grünen, knielangen Mantel und einen bunten Schal um den Hals. Stelle mir vor, wie er wartend auf dem Bahnsteig steht, die dunklen Locken quellen unter seiner Mütze hervor. Das Wetter ist unwirtlich. Der norditalienische Herbstnebel, der wie ein dickes Tuch über der Stadt liegt, hüllt uns ein. Hand in Hand, ohne die wärmenden Handschuhe auszuziehen, verlassen wir gemeinsam den Bahnhof, und wenig später sehe ich uns in einer altmodischen Trattoria bei Kerzenlicht unser Abendessen genießen: Ossobuco mit Risotto.

Alles bloß ein Traum?

Entschlossen schalte ich wieder auf normal, verbanne meine Fantasien in die Tiefen meines Gedächtnisses oder versuche es zumindest. Bei Licht betrachtet habe ich ja keine Ahnung, was mit uns wird – weiß nicht einmal, ob ich in zwei Tagen noch hier bin.

»Lass uns irgendwo hingehen, wo es dir gefällt«, erwidere ich rasch, und als wir wenig später hinaus auf die Straße treten, fühle ich mich irgendwie bedeutend. Es kommt mir vor, als stünden wir beide, Claudio und ich, im Zentrum der allgemeinen Aufmerksamkeit. Als hielten uns alle für ein glamouröses Paar. Dabei sind wir bloß ein Mann und eine Frau mit einer diffusen Beziehung, die auf einen netten Abend hoffen.

Claudio hat sich für eine traditionelle Trattoria entschieden, die seit Generationen im Besitz ein und derselben Familie ist. Zum ersten Mal sei er mit seinem portugiesischen Lehrer dort gewesen, erzählt er, weil er diesem nach einer verlorenen Wette ein Abendessen schuldete.

Als wir die Tür aufdrücken, kündet eine Klingel an der Decke unsere Ankunft an. Der Speiseraum ist nicht übermäßig groß, warme Orangetöne dominieren, die Lichter sind gedämpft, und an den Wänden hängen Karikaturen, Comiczeichnungen und alte Zeitungsausschnitte, alles gerahmt. Auf den Tischen stehen lange Kerzen in Flaschen, an denen das Wachs hinunterläuft, ein eher schlichtes Ambiente mit einer gemütlich-zwanglosen Atmosphäre.

Als wir ankommen, sind erst wenige Tische besetzt. An einem sitzt ein Paar mit einem Hündchen, das Aufmerksamkeit und Streicheleinheiten verlangt, an einem anderen eine alte Dame, die gerade ihr Dessert löffelt, und an einem dritten beenden ein paar Nadelstreifentypen soeben ihr Geschäftsessen. Uns wird ein Platz in einer Ecke zugewiesen, und als sich beim Hinsetzen unabsichtlich unsere Knie berühren, zucken wir sofort zurück. Damit uns nicht das Gleiche wie gestern im Zug passiert und wir hemmungslos übereinander herfallen. Diesmal sogar vor Publikum.

Kurz darauf erscheint der Chef höchstpersönlich, um unsere Bestellung aufzunehmen. Freundlich und zuvorkommend, dabei jedoch auf eine unaufdringliche Art, signalisiert er uns, dass er unsere Privatsphäre respektiert. Zweifellos spürt er, dass wir einen Schutzschild um uns herum aufgebaut haben, als würden wir zwischen uns und den anderen Speisenden imaginäre Grenzen ziehen.

Wir bestellen verschiedene Vorspeisen und als Hauptgang Fisch. Ich lasse Claudio die Auswahl treffen, weil er genau weiß, was hier empfehlenswert ist. Die Wartezeit verkürzen wir uns mit einer Flasche Falanghina, einem trockenen Weißwein aus einer Rebe, die angeblich mit den alten Griechen nach Italien gelangte.

»Was war das denn für eine Wette?«, komme ich auf das kurz zuvor unterbrochene Gespräch zurück.

Er grinst, meine Neugier scheint ihn zu amüsieren. »Na ja. Da war dieses Mädchen, das neben meinem Lehrer wohnte, ich traf sie oft, wenn ich zum Unterricht ging … Sie gefiel mir, aber ich traute mich nicht, sie anzusprechen. Ich war gerade mal sechzehn, sie bereits neunzehn. Das ist ein großer Unterschied in dem Alter.«

Erwartungsvoll sehe ich ihn an, warte darauf, dass er weiterredet, denn die Geschichte gefällt mir.

»Leandro, mein Lehrer, bekam irgendwann Wind von der Sache, und da er meine Schüchternheit und mein mangelndes Selbstbewusstsein bemerkte, lockte er mich mit einer Wette aus der Reserve: Ich sollte sie auffordern, mit mir auszugehen. Wenn sie ablehne, versprach er, werde er mich im besten Restaurant Mailands zum Essen einladen. Willige sie ein, sei hingegen ich dran. So lernte ich diese kleine Trattoria kennen.«

»Egal, wie es gelaufen wäre, du hättest so oder so etwas gewonnen. Entweder ein Date oder ein Essen.«

Claudio lächelt. »Ja, Melissa war meine erste Liebe. Sie nahm meine Einladung an, und wir blieben ein paar Jahre zusammen.«

»Wie ging es zu Ende?«

»Ich entdeckte ziemlich schnell, dass lange Beziehungen nichts für mich sind.«

Er sagt es leichthin, als würde er sich mit einem Freund unterhalten und das Thema uns nicht im Mindesten betreffen. Tatsächlich essen wir ja auch einfach nur gerade miteinander zu Abend und sind nicht etwa dabei, eine Beziehung aufzubauen. Und doch frage ich mich, ob Claudios Äußerung womöglich ein Warnschuss war, mit dem er mir genau das zu verstehen geben wollte. Besser also, sich keine Illusionen zu machen.

Gott sei Dank werden in diesem Moment unsere verheißungsvoll duftenden Vorspeisen serviert und lenken von dem verfänglichen Thema ab.

Wir sprechen über tausend Dinge, erstaunlicherweise nicht über Musik, wenngleich die uns eigentlich verbindet, dafür umso mehr über uns selbst. Ich erfahre, dass er wie ich im September geboren wurde, nur zehn Jahre früher, dass seine Urgroßmutter

Lavinia hieß und eine kleine, energische und sehr sympathische Frau war, dass er sich leidenschaftlich für Radsport interessiert und ein Rennrad im Keller stehen hat. Ferner dass er Hitze nicht mag und am liebsten Pistazieneis isst.

Das Essen ist köstlich, wir tauschen die Teller, damit ich alles probieren kann, leeren die Flasche Wein und lassen das Wasser fast unberührt. Wir teilen uns ein hausgemachtes Tiramisu, obwohl ich normalerweise keinen Wert auf Nachtisch lege, aber jetzt erscheint es mir als der perfekte Abschluss. Als ich mir anschließend mit der makellos weißen Serviette den Mund abtupfe und dabei die letzten Lippenstiftreste entferne, kommt es mir vor, als würde ich mir damit zugleich die Zurückhaltung aus dem Gesicht wischen und mich ganz auf die Verlockungen der Nacht einlassen, die draußen auf uns wartet.

Claudio schlägt vor, den Abend in einem Szenelokal ausklingen zu lassen, wo elektronische Musik gespielt wird.

»Hauptsache keine Klassik heute Abend, das wäre zu anstrengend«, scherzt er, als es ans Zahlen geht. Meinen Versuch, mich zu beteiligen, blockt er sofort ab. »Und du solltest übrigens ebenfalls nicht anstrengend sein. Solange du dich in Mailand aufhältst, bist du ohne Wenn und Aber mein Gast.«

Mit diesen Worten erhebt er sich, geht zur Kasse und wechselt ein paar Worte mit dem Wirt, sein Smartphone hat er auf dem Tisch liegen lassen.

Plötzlich leuchtet es auf, klingelt leise, und auf dem Display erscheint das Bild einer hübschen jungen Frau, die leicht herausfordernd in die Kamera lächelt. *Ste*, lese ich. Ob das seine Freundin ist, seine Geliebte? Vielleicht die Frau, mit der er in Ravello Sex hatte? Ich weiß nicht mehr, wie sie aussah – jedenfalls hatte sie längere Haare als die Frau im Handy. Eifersucht steigt in mir auf, da kann ich mir hundertmal sagen, dass ich keinerlei Recht habe, irgendwelche Ansprüche an Claudio zu stellen. Und so deute ich bloß, als er zum Tisch zurückkehrt, mit einem kleinen Kopfnicken auf das Handy und sage lapidar: »Hat geklingelt.«

Er greift danach, checkt den verpassten Anruf mit gleichgültiger Miene, ohne irgendwelche Emotionen erkennen zu lassen, weder Freude noch Unwillen oder Enttäuschung, und steckt das Telefon kommentarlos in die Tasche.

»Gehen wir?«

Die Abendluft ist nach wie vor angenehm warm, und auf der Straße in diesem ruhigen Wohngebiet herrscht wohltuende Stille. Während wir uns auf den Weg zum Taxistand machen, gehen mir erneut Claudios Frauen durch den Kopf – seine erste Liebe, die Affäre in Ravello, diese Ste, die ihn vorhin angerufen hat –, und ich frage mich, wie viele es da draußen außerdem noch geben mag. Und welchen Platz ich in dem ganzen Sammelsurium einnehme. Schlimmer noch, ertappe ich mich zu meinem eigenen Ärger bei dem Wunsch, mehr für ihn sein zu wollen als die anderen, einen festen Platz in seinem Leben zu bekommen.

Wir gehen Seite an Seite, so nah, dass unsere Körper sich immer wieder streifen, doch zu meinem Leidweisen greift er nicht mehr nach meiner Hand. Vielleicht hat es mit dem Anruf zu tun, überlege ich. Gleichzeitig schießt mir der Gedanke durch den Kopf, dass dieses Bild genau zu uns passt: Zwei Menschen, die nebeneinander hergehen und sich trotzdem nicht zu berühren wagen.

In gewisser Weise balancieren wir auf einem schmalen Grat, immer bedacht, uns nicht zu verletzen, bleiben lieber an der Oberfläche, als tiefer in den anderen einzudringen. Es könnte ja schmerzhaft sein, sich anfühlen, als würde man sich gegenseitig einen Messerstich versetzen.

Claudio will mir seine Welt zeigen, hat er gesagt. Dennoch werde ich den Verdacht nicht los, dass er etwas vor mir verbirgt, dass er bewusst eine Menge Dinge zurückhält, an denen er mich nicht teilhaben lassen möchte. Allein seine Körpersprache deutet darauf hin. Sie hat etwas permanent Gespanntes, als läge er ständig auf der Lauer. Ein Eindruck, den selbst sein energischer Gang nicht zu verwischen vermag.

Wie viele Geschichten mögen sich wohl in dieser Körperfestung hinter einem Panzer aus harten Muskeln verbergen?

Je mehr ich darüber nachdenke, desto mehr regt sich in mir der Wunsch, ihn ganz zu kennen. Am liebsten würde ich ihn an den Schultern packen und durchschütteln, um zu sehen, ob die Geschichten aus ihm herausfallen wie tote Blätter von den Bäumen. Ich würde so gerne mehr erfahren!

Dann, völlig unvermittelt, nimmt Claudio wortlos meine Hand, und meine Gedanken stehen still.

Als wir uns kurz darauf auf dem Rücksitz eines Taxis wiederfinden, das in hohem Tempo durch die Stadt rast, steigt die Hitze in unseren Körpern schlagartig an. Der enge Raum ruft Erinnerungen an unser Erlebnis im geschlossenen Zugabteil wach, und wir geraten, diesmal in einem fremden Auto unterwegs durch die Dunkelheit, erneut außer Rand und Band. Wie zwei Magneten schießen wir aufeinander zu und umklammern uns, küssen uns wild, ohne den Fahrer und die Welt um uns herum zu beachten. Wie das enden wird und was das alles soll, geschenkt – es zählt einzig und allein dieser Moment. Claudio schiebt mir wie im Fieber das Kleid hoch, fummelt so lange herum, bis er mir den Slip ausgezogen hat, steckt ihn in die Hosentasche und fährt fort, mich gierig zu küssen.

Wir halten uns noch eng umschlungen, als das Taxi vor der Bar hält, aus der uns bereits laute Musik entgegendröhnt. Der Raum ist feucht vom Schweiß und vom Atem der vielen Menschen. Um uns herum blitzt nackte Haut auf, Hände berühren sich im

Dunkel, Körper bewegen sich zum Rhythmus der Musik.

Sofort stürzen wir uns ins Getümmel und beginnen zu tanzen, im Schein der Lichtorgel taucht immer wieder sein Gesicht vor mir auf oder zumindest Teile davon: die rechte Kinnlade, der halbe Mund, die Nasenwurzel, eine Augenbraue, das linke Ohr, ein Gewirr aus schwarzen Locken. Ich bin verrückt nach ihm, obwohl er gerade aussieht wie ein Monster aus einer Freakshow, wie ein sehr spezieller Mr. Potato Head, dessen Einzelteile ich liebend gerne sammeln und zusammenstecken würde, nachdem ich sie eines nach dem anderen mit Inbrunst abgeknutscht habe. Tatsächlich fallen wir uns schon wieder in die Arme und küssen uns so heftig, dass es mir vorkommt, als würden wir wirklich auseinanderfallen wie diese Freakmonster, als würde sich mein Mund zur Seite verschieben, meine Ohren sich auf die Schultern herunterziehen und meine geschlossenen Augen im Kreis herumrattern wie zwei Windrädchen.

Ich spüre die Muskeln unter seinem Hemd, wir sind verschwitzt, erregt, wir tanzen und springen zum Beat der wummernden Musik durch den Raum. Ich erlebe einen ganz neuen Claudio – er ist nicht länger distanziert, ist kein Bühnenstar mehr, sondern einfach ein Mann, der sich mit mir zusammen sehen lässt. Nicht einen Augenblick nimmt er seine Finger von mir, küsst mich immer wieder leidenschaftlich, und ich spüre, dass er sich ebenso nach mir verzehrt wie ich mich nach ihm.

Hinter mir ist jemand gestolpert und hat sein Getränk verschüttet. Ich spüre, wie mir die kalte Flüssigkeit den Rücken hinunterläuft. Claudio wischt mit einem Finger darüber und hält ihn mir hin, damit ich ihn ablecke, der Geschmack ist zuckrig-süß. Dann packt er meine Hand und zerrt mich zur Toilette, wir sperren uns ein, und er dreht mich zur Wand, presst mich dagegen.

Dann leckt er mir den ganzen Rücken ab, saugt an meiner Haut und befreit mich von dem klebrigen Alkohol, bedeckt mich stattdessen über und über mit seinem warmen Speichel. Ich will mich zu ihm umdrehen, will ihn berühren, ihn lecken, aber er hält meine Handgelenke fest. Sein erregter, heißer Atem streift meinen Nacken, während er mir das Kleid vom Leib zerrt wie eine Bananenschale, und damit verabschiedet sich meine Abendversion – ich bleibe ganz nackt und ganz rein zurück, eine reife Frucht, die einem Verhungernden hingeworfen wird.

Er beißt von mir ab und nagt an mir, und mit jedem Bissen, den er nimmt, verliere ich ein Stück Stabilität, ein Stück Kontrolle, lasse mich führen, weiter und weiter, lasse mich vögeln.

Die Metallschnalle seines Gürtels drückt sich in meinen Rücken, er öffnet ihn, zieht den Reißverschluss seiner Hose herunter, reibt seinen Schwanz zwischen meinen Pobacken, dringt laut stöhnend in mich ein und verschränkt seine Finger mit meinen. Ich spüre, wie sein Schweiß auf mich heruntertropft.

Als es an der Tür klopft, flüstert er mir zu: »Gehen wir nach Hause.«

Ich weiß nicht mehr, wie wir dort angekommen und in diesem riesigen Bett mit dem verschnörkelten Kopfteil gelandet sind, um dort nicht allein unsere Körper, sondern unsere Geschichten und Gefühle miteinander zu verschlingen, um gleichermaßen Sinneslust zu erleben wie Liebe zu schenken und entgegenzunehmen und zu prüfen, wer mehr gibt, wer mehr bekommt und wer am Ende mehr Trümpfe vorweisen kann.

An eines allerdings erinnere ich mich deutlich: dass ich glaubte zu träumen und in einer Luftblase zu schweben, die ich nicht mehr verlassen wollte und die wir selbst durch unsere Energie geschaffen haben. In dieser Wohnung, die mir zunehmend wie ein schützender Kokon vorkommt.

Sex mit Claudio ist ein Erlebnis und eine inspirierende Erfahrung. Er bedeutet nicht bloß die Entdeckung eines Körpers, seines Körpers, meines Körpers, er verheißt nicht allein Nacktheit und Wollust, sondern darüber hinaus grenzenlose Begierde und den kompromisslosen Wunsch, alles vom anderen in Besitz zu nehmen. Immer und immer wieder nimmt er mich in die Arme und dringt in mich ein, bringt mich wiederholt zum Höhepunkt. Er erweckt den Eindruck, als befände er sich auf einer Mission von hoher Dringlichkeit und als wäre es seine vorrangige Aufgabe, mich so oft wie möglich zu lieben, in einer einzigen Nacht.

Am nächsten Morgen habe ich das Gefühl, aus einem unendlich tiefen Schlaf aufzutauchen.

Nach meiner inneren Uhr zu urteilen, könnten Monate vergangen sein. Ich gehe ins Wohnzimmer und finde Claudio schon auf, er sitzt in T-Shirt und Boxershorts da und feilt an einem Geigenstück. Ich störe ihn nicht, hole mir einfach eine Tasse Kaffee und mache es mir in einem Sessel bequem, um ihm zu lauschen. Zwischen uns scheint eine neue Intimität entstanden zu sein, die aus der Vertrautheit der Körper resultiert und keiner Worte oder besonderer Gesten bedarf.

Ich habe jeden Zentimeter seiner Haut erforscht und sehe Claudio jetzt mit anderen Augen, bringe ihm andere Empfindungen entgegen. Ich habe das Gefühl, mich irgendwie verändert zu haben, nicht mehr die Lavinia zu sein, die planlos ganz Italien nach einem Mann absuchte, von dem sie so gut wie nichts wusste. Außerdem merke ich, wie meine Empfindungen für ihn zunehmend wachsen. So sehr, dass ich sie nicht zu beherrschen vermag und es mir vorkommt, als hätte er viele kleine Löcher in meinen Leib gebohrt, damit die Liebe aus jeder einzelnen Pore hervorströmen kann.

Claudio ist fertig mit Üben und legt die Geige zurück in den Kasten, und in diesem Moment erkenne ich, dass es die Vuillaume ist.

»Man muss ab und zu auf einer so alten Dame spielen, um sie in Form zu halten«, erklärt er mit einem Grinsen und kommt zu mir, beugt sich über den Sessel und gibt mir einen flüchtigen Kuss.

»Willst du frühstücken? Ich habe im Laden unten eingekauft.«

Ich nicke und folge ihm in die Küche, wo auf der Theke zwei Tüten mit Gebäck liegen.

»Stehen wir etwa vor einem Atomkrieg?«, frage ich, verdutzt über die Menge.

Er zuckt die Schultern. »Ich wusste ja nicht, was du gerne magst.«

Kaum habe ich die Tüten inspiziert, stoße ich einen Begeisterungsschrei aus und angele aus einer eine Packung mit einem vertrauten Logo heraus.

»Star-Wars-Kekse – ich bin total verrückt nach diesen Dingern.«

Ungeduldig reiße ich den Beutel auf, stecke mir genüsslich einen Keks in den Mund und beginne nach dem Überraschungsgeschenk zu kramen, mit dem das Gebäck fleißig beworben wird. Claudio sieht mir sichtlich belustigt zu. Ich weiß, es ist kindisch, doch ich liebe Überraschungen jeder Art, mögen sie noch so albern und belanglos sein.

»Ha, da ist es ja!«, stoße ich triumphierend aus und fördere ein Tütchen zutage.

Selbst Claudio ist neugierig geworden und tritt an den Tresen.

»Los, mach auf«, drängt er.

Es ist ein wunderschöner, glänzender Aufkleber mit einer Abbildung von Jabba dem Hutten.

»Jabba, perfekt! Die Figur mag ich gaaanz besonders«, verkünde ich wie ein Kind unterm Weihnachtsbaum und wedele mit dem Aufkleber vor Claudios Nase herum, als wäre es Gott weiß was für eine großartige Sache.

Offenbar denkt er glatt, ich wolle ihm mein Überraschungsgeschenk überlassen.

»Danke nein, er gehört dir«, wehrt er betont generös ab.

»Na ja, du hast immerhin die Kekse gekauft«, wende ich ein, wenngleich sehr halbherzig, denn bei Star Wars verstehe ich keinen Spaß.

»Na gut.« Zu meiner Verwunderung nimmt Claudio den Aufkleber und geht damit ins Wohnzimmer. »Dann schlage ich Folgendes vor«, erklärt er und zieht die Folie von Jabbas Konterfei. »Ich klebe ihn hier drauf.«

Sagt es und pappt den Sticker auf den Kasten der Vuillaume, streicht mit der Hand darüber, damit das Bildchen wirklich hält. Entgeistert beobachte ich ihn, den Mund voller Brösel. Es geht schlicht über mein Begreifen, was ein Keksaufkleber auf dem Kasten einer unglaublich wertvollen Geige zu suchen hat.

»Betrachte es als Zeichen, dass die Vuillaume dir gehört«, fügt er zur Erläuterung hinzu. »Und dabei bleibt es. Ich bewahre sie lediglich für dich auf und spiele sie ein bisschen, bis dir eines Tages der Sinn danach steht, sie dir zu holen.«

»Und woher willst du wissen, dass das je geschehen wird?«

»Keine Ahnung.« Er zuckt die Schultern. »Ich weiß es nicht wirklich und warte deshalb einfach ab.«

Auch wenn es wieder ein heißer Tag ist, wagen wir uns später in die Mittagshitze hinaus, nutzen aber jeden Quadratzentimeter Schatten, um uns wenigstens ein bisschen vor der sengenden Sonne zu schützen. Wir durchqueren die Giardini Pubblici, die zu dieser Stunde menschenleer sind, gehen an einem kleinen See und mehreren Karussells vorbei und setzen uns auf die Treppenstufen des Museums für Naturgeschichte, um ein Pistazieneis zu essen. Doch bald treibt Claudio mich aufs Neue an.

»Komm, jetzt zeige ich dir die Altstadt.«

Auf dem Weg dorthin fallen mir die vielen Stromleitungen auf, die ein paar Meter über unseren Köpfen ein verwirrendes Geflecht bilden. Sie kommen mir vor wie eine symbolische Darstellung unserer Gefühle, die ebenso verkreuzt und verschlungen sind und sich bei jedem Sturm, bei jeder persönlichen Schlechtwetterlage und bei jeder atmosphärischen Störung verheddern können.

Beim Teatro della Scala bleiben wir stehen und informieren uns, was die Saison zu bieten hat, kommentieren das Programm, mal wohlwollend, mal kritisch, und tauschen uns über unsere musikalischen Vorlieben aus.

Dem ersten Tag in Mailand folgen weitere, die ähnlich verlaufen. Träge und unbeschwert fließen sie dahin, und wir lassen uns ohne Plan und ohne Zwang einfach treiben. Tun das, was sich zufällig ergibt, und hören auf spontane Eingebungen. Ich vergesse das Album meiner Mutter, den verschlossenen Brief, der mich zu Hause erwartet – vergesse sogar meine Reise und verliere jegliches Zeitgefühl. Es ist, als wäre Mailand von vornherein der Ort meiner Bestimmung gewesen. Als hätte ich hier stranden müssen, hier bei Claudio.

Carloforte, mein eigentliches Ziel, ist in weite Ferne gerückt.

Wir leben im wahrsten Sinne des Wortes in den Tag hinein, sorglos und allein auf das Hier und Jetzt fixiert. Kommen uns vor wie in einem abgeschlossenen Raum, der lediglich uns gehört, gönnen uns stille Spaziergänge am Nachmittag, lange abendliche Mahlzeiten mit Unmengen von Wein und schlaflose Nächte voller Liebe.

Eines Morgens, unsere Körper sind noch warm und schlaftrunken, liege ich in Claudios Armen und erzähle ihm, dass ich schrecklich gerne schwimmen gehe und dass Schwimmen für mich die beste Möglichkeit ist zu entspannen. Lächelnd hört er mir zu, wirft einen Blick auf die Uhr und springt aus dem Bett.

»Gut, wenn das so ist, dann zieh dich an und pack deine Badesachen. Es gibt nämlich in Mailand ein Freibad, das du unbedingt gesehen haben musst.«

Während ich eine Weile brauche, bis ich mich aufraffe, verschwindet er voller Energie Richtung Küche, und wenig später höre ich ihn telefonieren.

»Pietro, ciao … Ja, du hast es erraten … Wirklich lange … Ja, das stimmt … Okay, wir sind pünktlich da.« Dann legt er auf, kommt zu mir und befiehlt: »Na los.«

Eine Viertelstunde später stehen wir vor dem Piscina Romano, das allgemein Ponzio genannt wird. Aufgeregt spähe ich über den Zaun.

»Grundgütiger, das ist ja riesig! Und dazu menschenleer.«

»Weil es erst in einer Stunde aufmacht. Komm!«

»Sollen wir etwa über den Zaun klettern?«, frage ich misstrauisch und muss an San Gimignano denken, wo ich mit einer Freundin über eine hohe Mauer geklettert bin, um im Pool fremder Leute zu schwimmen.

»Nein, aus dem Alter bin ich raus«, gibt er amüsiert zurück. »Als Kind bin ich an den Sommernachmittagen immer mit meiner Mutter im Ponzio gewesen. Ich kann mich gar nicht mehr erinnern, wann zum letzten Mal. Der Aufseher, Pietro, war ein lieber Freund meiner Eltern, und aus alter Anhänglichkeit bekommen wir gewissermaßen eine Vorzugsbehandlung.«

Und tatsächlich: Als wir an die kleine Eisentür klopfen, kommt ein großer, ziemlich dicker Mann heraus und lässt uns ein. Er mustert Claudio eindringlich und setzt nach anfänglichem Zögern ein strahlendes Lächeln auf.

»Lass dich umarmen, wie lange ist das her … Ich fühle mich uralt, wenn ich dich so ansehe!«

»Danke, Pietro, ich wusste nicht, ob du nach wie vor hier arbeitest, und habe es einfach versucht …«

»Sehr vernünftig von dir, ich freue mich sehr, dich wiederzusehen. Hier hat sich nichts verändert, du weißt ja, wo die Umkleideräume sind. Das Wasser dürfte um diese Zeit noch kalt sein, dafür habt ihr es ganz alleine für euch. So leer wie jetzt würdet ihr das Becken später nicht mehr vorfinden. Also dann …«, verabschiedet sich Pietro und lässt uns allein.

Wir machen uns auf den Weg zum Schwimmbecken. Ich ziehe mein Kleid aus, den Badeanzug habe ich schon an, und springe, ohne auf Claudio zu warten, sofort ins Wasser. Ein gekonnter Sprung, sehr professionell. Dann mache ich ein paar kräftige Schwimmzüge und drehe mich auf den Rücken, schaue hinauf in den blauen Himmel, dessen Farbe sich ebenso im Wasser spiegelt wie die Fassaden der herrschaftlichen Häuser, die das Freibadgelände umstehen.

Ein schöner Platz zum Wohnen, denke ich.

Claudio, der gleichfalls ins Becken gesprungen ist, unterbricht meine Betrachtungen. Unter der Wasseroberfläche kommt er auf mich zugeschwommen, um meine Knöchel zu packen und mich kurz nach unten zu ziehen. Prustend tauchen wir auf, paddeln mit den

Füßen im Wasser, rudern mit den Händen, nur die Köpfe schauen heraus. Umgeben von dem durch die Spiegelung undurchsichtigen Wasser könnte man fast denken, sie würden isoliert dahintreiben. Unsere Beine suchen sich, trennen sich wieder, suchen sich erneut in dieser stillen, tiefblauen Lagune mitten in der Stadt, die für den Moment uns allein gehört.

Allerdings nicht mehr lange. Der zunehmende Verkehrslärm erinnert uns daran, dass die Stadt zu ihrer alltäglichen Geschäftigkeit erwacht und bald die ersten Besucher hereinstürmen, um das Schwimmbecken in Besitz zu nehmen.

»Gehen wir lieber«, höre ich Claudio sagen und beobachte ihn, wie er aus dem Wasser steigt. Nass und von der Sonne beschienen, sieht sein Körper besonders eindrucksvoll aus. Genauso stelle ich mir einen Wassergott vor, ohne Badehose natürlich.

Den Rest des Tages streifen wir ziellos durch die Stadt, nach wie vor erfüllt von der traumhaften Atmosphäre des Schwimmbads. Erst gegen Abend machen wir uns auf den Nachhauseweg. Wir bereiten gerade das Abendessen zu, als das Telefon klingelt: Ein paar Freunde von Claudio spielen heute Abend im Blue Note, einem Jazzlokal.

»Hast du Lust hinzugehen?«, erkundigt er sich.

Es gefällt mir an ihm, dass er nicht mir nichts, dir nichts über meinen Kopf entscheidet, doch in diesem Fall muss man mich nicht lange bitten.

»Klar! Ich liebe Jazz«, stimme ich spontan zu.

Es ist eine wunderbare Mailänder Nacht, »im Abgang schön«, wie Claudio das ausgedrückt hat, eine Verlockung, die sich erst im Nachhinein enthüllt. Begreifen kann sie nur, wer offen für Überraschungen ist, wer sich gehen lässt, wer nicht an der Oberfläche bleibt.

Schauplatz des Events ist eines der belebtesten und angesagtesten Viertel, in Isola wimmelt es bloß so von Bars und Restaurants. Als Claudios Handy klingelt, stellt er spontan auf laut und erklärt mir augenzwinkernd, ich müsse mir unbedingt seinen verrückten Freund anhören, der ausschließlich in vorgefassten Sätzen spricht. Ich habe so viel Spaß, wenn ich mit Claudio zusammen bin – er wartet beständig mit Überraschungen auf, und zugleich fühle ich mich bei ihm geborgen und beschützt.

Es tut gut, jemanden wie ihn zur Seite zu haben.

Als wir in dem Lokal ankommen, wird er sofort von einem Bekannten mit Beschlag belegt. »He, Claudio, lange her! Wie geht's dir denn so?«

»Immer unterwegs, trotzdem beklage ich mich nicht. Und das«, er zieht mich heran, »ist Lavinia.«

Bilde ich es mir lediglich ein, weil ich es mir wünsche, oder schwang bei der Vorstellung wirklich Stolz in seiner Stimme mit?

»Freut mich, ich bin Gianmaria.« Sein Freund trägt einen gepflegten Vollbart und eine gewagte bunte Weste, die sich über einem ansehnlichen Bäuchlein spannt. »Heute spielt übrigens Rana«, sagt er und wendet sich wieder Claudio zu.

»Was glaubst du denn, warum ich hier bin? Immerhin heißt es, dass er inzwischen Noten lesen kann.«

Gianmaria bricht in schallendes Gelächter aus.

»Kommt, ich gebe euch einen aus!«

Die Location ist ziemlich cool, die Tische in dem riesigen Raum sind strahlenförmig um die Bühne herum angeordnet, auf der mehrere Jazzbands spielen. Trotz der Größe hat man jedoch den Eindruck, dass sich hier lauter Insider eingefunden haben, eine verschworene Gemeinschaft von passionierten Jazzfans. Man kennt sich, sitzt oder steht in wechselnden Grüppchen zusammen, unterhält sich angeregt und lacht viel.

Immer wieder kommen Gäste auf Claudio zu und begrüßen ihn, nennen ihn bei seinem Familiennamen »den Giarda«, freuen sich offensichtlich, einen alten Freund wiederzutreffen. Auch an mich wenden sie sich ganz selbstverständlich und scheinen nicht überrascht, ihn in Gesellschaft einer Frau zu sehen. Als die Band, derentwegen er gekommen ist, die Bühne betritt, wedelt Claudio aufgeregt mit einer Serviette, um die anderen zu einem Willkommensapplaus aufzufordern.

»Sie sind wirklich grandios«, schwärmt er. »Das war die erste Gruppe, in der ich gespielt habe.«

»Machst du etwa auch Jazzmusik?«

»Ab und zu. Ich spiele Kontrabass.«

Wieder einmal starre ich ihn mit offenem Mund an, wieder einmal hat er es geschafft, mich zu verblüffen.

Derweilen ist im Saal Stimmung aufgekommen, da die Musiker auf der Bühne gerade einen heißen Swing präsentieren. Ein paar der Zuschauer hält es nicht mehr auf den Stühlen, und sie fangen an zu tanzen.

»Der an der Gitarre ist Rana, ein absolutes Genie«, klärt Claudio mich auf. »Er war es damals, der mich in die Band gebracht hat.«

Wie er das sagt, klingt es ziemlich melancholisch. Als würde er lange vergangenen Zeiten nachtrauern, die nicht mehr zurückzuholen sind. Dann nennt er mir nacheinander die Namen der anderen Musiker, darunter den von Ettore, einem schmächtigen blonden Jungen, der gerade seinen Platz am Kontrabass eingenommen hat.

»Und du spielst gar nicht mehr mit ihnen?«

»Ich hätte große Lust dazu, leider schaffe ich es nicht neben all den anderen Verpflichtungen.«

Von Neuem legt sich ein Schatten auf sein Gesicht. Ich stehe von meinem Stuhl auf, gehe um den Tisch herum und drücke ihm einen Kuss auf die Wange in der Hoffnung, ihn damit etwas aufzumuntern.

Claudio lächelt, hält mich am Arm fest und steht selber auf, um sich mit mir zusammen unter die Leute zu mischen, die mittlerweile ausgelassen zwischen den Tischen tanzen. Wenn ihn ab und zu jemand anquatscht, verzieht er genervt das Gesicht, als wollte er sagen: *Bring mich hier weg!* Ich hingegen strecke ihm übermütig die Zunge raus und tanze noch ausgelassener. Bis er seinen Unmut vergisst, meine Taille umfasst und mich vor aller Augen hemmungslos zu küssen beginnt. Irgendwie gibt er mir damit das Gefühl, seine Frau und nicht nur seine Geliebte zu sein.

Später, während einer Pause, kommen die Bandmitglieder von der Bühne herunter, um Claudio zu begrüßen. Sie umarmen ihn wie einen, der dazugehört, und man merkt ihnen an, wie sehr sie den berühmten Freund mögen und schätzen. Ettore taucht als Letzter auf.

»Na, wie geht's, großer Meister?«, begrüßt Claudio ihn launig und klopft ihm freundschaftlich auf die Schulter.

Ettore grinst, scheint allerdings etwas auf dem Herzen zu haben.

»Ganz gut, ich würde gerne mit dir sprechen, wenn du eine Minute erübrigen kannst.«

»Klar, worum geht's denn?«

Der Junge sieht erst mich, dann Claudio an, und setzt ein schiefes Lächeln auf.

»Ach, nichts, schon okay …« Er hebt sein Glas und prostet uns zu. »Was hältst du davon, wenn du das nächste Stück für mich übernimmst?«

Die anderen stimmen begeistert zu, sodass Claudio keine andere Wahl bleibt, als auf den Vorschlag einzugehen. Das Gespräch mit Ettore muss warten.

Und so sitzt, als die Pause beendet ist, Claudio am Kontrabass. Das Instrument wirkt ein wenig kleiner, weniger beeindruckend als zuvor, als der schmächtige Ettore es spielte. Claudios unglaubliche Präsenz tut das ihre: Er streicht die Bassgeige mit vollem Körpereinsatz, lässt seine Finger tanzen und sich vom Rhythmus mitreißen, kommuniziert und interagiert dabei mit den anderen Instrumenten und seinen Musikerkollegen. Das Publikum ist hingerissen und reagiert mit frenetischem Beifall.

Ettore, der sich an unseren Tisch gesetzt hat, wippt mit dem Fuß zum Rhythmus der Musik. Sein Blick wandert abwechselnd von der Bühne zu mir und wieder zurück, als würde er etwas sagen wollen, sich aber nicht trauen. Worüber er gerne gesprochen hätte, erfahren wir nicht, denn nach der nächsten kurzen Pause kehrt er an seinen Platz am Kontrabass zurück.

Es wird ein langer Abend, besser gesagt eine lange Nacht. Als wir im Morgengrauen todmüde, jedoch wunschlos glücklich nach Hause kommen, fallen wir bloß noch ins Bett und schlafen sofort ein.

Als ich irgendwann am Vormittag aufwache, hat Claudio wie üblich das Bett bereits verlassen. Inzwischen weiß ich, dass der frühe Morgen für ihn die beste Zeit zum Üben ist, und ihm dabei zuzuhören und meinen Morgenkaffee zu trinken ist für mich zum Ritual geworden.

Insofern irritiert es mich, heute keine Geigenklänge zu hören.

Sobald ich das Wohnzimmer betrete, erkenne ich den Grund. Ettore sitzt sichtlich verstört auf dem Sofa, während Claudio nervös auf und ab geht. Obwohl sie sehr leise sprechen, gelingt es mir, ein paar Worte aufzuschnappen. »Ich hatte ja keine Ahnung«, »… mir Sorgen mache«, »… hätte sie nicht allein lassen sollen«. Es kommt mir vor, als würde mir ein schrecklicher Gestank entgegenschlagen, ein Gestank, der mir schier den Magen umdreht, nach Krieg und verbranntem Gummi und Katastrophenstimmung. Ettore verstummt abrupt, als er mich sieht, springt sogleich vom Sofa auf und schleicht unter ein paar hastig gemurmelten Abschiedsworten zur Tür hinaus. Claudio und ich sind allein, aber er scheint mich kaum wahrzunehmen. In seinen Augen liegt ein Ausdruck, den ich nie zuvor bei ihm gesehen habe – eine abgrundtiefe Leere spiegelt sich dort, und mir kommt es vor, als würde er durch mich hindurchsehen.

»Lavinia …« Er spricht meinen Namen plötzlich wieder in dieser Weise aus, die ich nicht mag – die mir den Eindruck vermittelt, völlig bedeutungslos neben ihm zu sein. »Es tut mir schrecklich leid, Lavinia, ich muss fort, ein Notfall«, stößt er seufzend hervor und fährt sich mit der Hand durchs Haar.

»Ist etwas passiert?«

»Ja, ein Termin wurde um ein paar Tage vorverlegt. Ich muss sofort abreisen. Ärgerlich, ich weiß.«

Er geht an mir vorbei ins Schlafzimmer, weicht mir aus, um mich nicht berühren zu müssen. Das Ganze ist mir völlig schleierhaft. Vom Türrahmen aus verfolge ich, wie er seine Reisetasche zu packen beginnt.

»Hey! Ist wirklich alles in Ordnung?«, hake ich nach.

»Ich sagte doch bereits, es geht um einen Termin«, erwidert er leicht ungehalten, bevor er resigniert hinzufügt: »Verzeih mir.«

Sein Versuch, mich zu beruhigen, geht voll daneben.

»Ich verstehe das alles nicht, Claudio.«

»Da gibt es nichts zu verstehen, außer dass ich in zwei Stunden im Flieger sitzen muss.«

Er schlägt mir die Tür vor der Nase zu. Seine plötzliche Kälte und Distanz treffen mich zutiefst, kränken mich, lassen Verlustängste aufkommen. Trotzdem habe ich es nicht in der Hand, die Situation zu verändern. Mit zugeschnürter Kehle, die Augen voller Tränen beschließe ich ebenfalls zu packen. In diesem Moment, als ich vor einem Scherbenhaufen zu stehen glaube, habe ich keinen anderen Wunsch, als mich an einen Ort am anderen Ende der Welt zu flüchten und ihn niemals wiederzusehen.

3

Die Insel

Mailand ist hässlich. Genauso hässlich wie Claudio. Es ist eine Scheißstadt, und er ist ein Scheißtyp.

Keine Sekunde will ich länger hierbleiben. Weder in Mailand noch in dieser Wohnung. Ich weigere mich sogar, zusammen mit ihm in ein Taxi zu steigen. Seine gestammelten Entschuldigungen zwischen Tür und Angel kann er sich an den Hut stecken. Diese nichtssagenden Ausreden, an die nicht einmal er selbst glaubt. Schon wieder lässt er mich im Stich, ohne einen Grund zu nennen. Vielleicht war dieses ganze Theater mit Ettore ja ein abgekartetes Spiel, um mich so schnell wie möglich loszuwerden.

Was für eine Idiotin war ich bloß, mir einzubilden, unsere Geschichte sei etwas Besonderes und habe das Zeug zu mehr als einem flüchtigen Abenteuer.

Vorbei. Er schließt die Wohnungstür hinter uns ab, und wir gehen hinunter auf die Straße, wo er meine Hände zu nehmen versucht und tatsächlich verlangt, dass ich ihn ansehe.

»Hör zu, ich möchte das hier wirklich nicht, aber ich kann nicht anders.«

Mag sein, dass es stimmt, doch warum dann all die kryptischen Äußerungen? Warum redet er nicht Klartext, erklärt schnörkellos, um was es geht, statt vage von einem Notfall zu schwafeln. Wie soll ihm das ein Mensch abnehmen?

Erschwerend hinzu kommt die merkwürdige Art, wie er mich angesehen oder durch mich hindurchgesehen hat. Desgleichen lässt sein Spruch, dass lange Beziehungen nicht sein Ding seien, ungute Assoziationen aufkommen. Ich kriege das einfach nicht aus dem Kopf. Die Zeit, die wir zusammen verbracht haben, war wunderschön, und dennoch sind meine Träume geplatzt wie Seifenblasen … Die ganze Welt erscheint mir wieder trostlos grau und nebelverhangen, nichts als ein bitterer Nachgeschmack ist geblieben. Asche statt Zuckerwatte, die ich erwartet hatte.

Nein, nichts war im Abgang schön!

Verzweiflung, Enttäuschung und Trauer über meine verlorene Liebe drücken mir die Kehle zu. Ich kann tatsächlich kaum atmen, als ich mich zum Bahnhof schleppe. Ein Schluchzen will in mir hochsteigen, aber ich schlucke es ebenso hinunter wie die Tränen, die sich immer wieder in meine Augen stehlen.

Wäre ja das Letzte, um ihn zu weinen – das ist Claudio Giarda weiß Gott nicht wert. Soll er von mir aus auf seiner Bühne hocken und mit sich selbst hadern, in meinem Leben hat er nichts mehr zu suchen, da bleibt er hübsch draußen.

Da ich noch Zeit habe bis zur Abfahrt des Zuges, gehe ich in eine ziemlich heruntergekommene Bar, alles geht mir auf die Nerven, auch der Barkeeper, der mir ja gar nichts getan hat. Ich bestelle ein Bitter Lemon und setze mich an einen Tisch. Um mich abzulenken, hole ich das Album meiner Mutter aus dem Rucksack, obwohl es wie Salz für die Wunden ist, die ihr Tod mir geschlagen hat. Kaum habe ich es gedacht, packt mich dieser höllische Schmerz, der mich schier zu zerreißen droht.

Sie fehlt mir so sehr.

Mit ihr konnte ich über alles reden und über alles lachen, selbst über die schlimmsten Katastrophen. Ich nehme Zuflucht bei einem Satz, den sie in ihr Album geschrieben hat: *Die Menschen sind wie Äste im Sturm, manchmal schaffen sie es nicht, gegen die Dinge des Lebens zu kämpfen. Sie können dann einfach nur warten, bis die Sonne wieder aufgeht.*

Ich werde nicht warten, bis die Sonne erneut für mich zu scheinen bereit ist, sondern sie suchen. Nicht hier, sondern in Carloforte. Und dort werde ich sie finden, da bin ich ganz sicher. Ich klammere mich an den Gedanken, mit dem Grau der Stadt auch meinen Kummer hinter mir lassen zu können und auf der fernen, winzigen Insel an Leib und Seele zu gesunden.

Solchermaßen beflügelt steige ich in den Zug nach Genua und lasse ganz bewusst, während Mailand zurückbleibt, noch einmal die Zeit mit Claudio Revue passieren. Alle Momente, die mir in den Sinn kommen, einen nach dem anderen, und dann drücke ich die Delete-Taste und lösche die Erinnerungen, verbanne die Zärtlichkeiten und den tollen Sex ebenso aus meinem Gedächtnis wie unsere anregenden Gespräche.

Ein Kraftakt, der mir das Herz bricht.

Überdies fröstele ich, weil die Klimaanlage zu hoch eingestellt ist. Als ich nach meinem Sweatshirt krame, stoße ich auf die Souvenirs, die sich inzwischen als Bodensatz in meinem Rucksack angesammelt haben. Schätze, die in einem Abgrund verschwunden und in Vergessenheit geraten sind – und erst jetzt, als ich sie wieder an die Oberfläche hole, weiß ich ihren Wert zu schätzen. Jedes einzelne Stück steht in Verbindung zu einer Etappe meiner Reise und erzählt eine Geschichte.

Ich nehme die Muschel heraus, die mir der Kellner aus Mergellina geschenkt hat, befestige Tommasos Karabinerhaken an meiner Jeans, betrachte Hannahs bemaltes Foto und muss grinsen, als mir der Schlüsselanhänger für die Giulia in die Hände fällt, eine Erinnerung an Luca und Alfredo und ihr Auto.

Normalerweise messe ich Dingen keine besondere Bedeutung bei, diese hier sind mir jedoch wirklich wichtig. Sie stehen für die Menschen, die ich unterwegs getroffen habe. Claudio ist der Einzige, von dem mir nichts bleibt außer einem gewaltigen Groll und einem unsichtbaren Mal. Würde man mir jetzt den Brustkorb öffnen, sähe man bestimmt den riesigen Riss in meinem Herzen.

Er ist das Stigma, das Claudio mir zugefügt hat.

Als ich in Genua ankomme, geht es mir bereits ein bisschen besser. Vielleicht hat es ja damit zu tun, dass die Stadt am Meer liegt und eine mitreißende Atmosphäre besitzt: Sie ist chaotisch, laut und ein wenig verkommen, aber insgesamt ungeheuer lebendig, vor allem der Hafen.

Nicht mehr lange und ich werde dort die Fähre besteigen, die mich zu meiner einsamen Insel bringt. Vom Kai aus halte ich nach ihr Ausschau, fülle meine Lungen mit der salzhaltigen Luft und spüre, wie der Geruch des Meeres mich freier atmen lässt, meinen Brustkorb weitet und die schwarzen Schmetterlinge wegpustet, die meine Atemwege verstopft haben.

Es ist ein tröstlicher Gedanke, dass ich gleich eine Fähre besteigen werde. Es erinnert mich daran, wie oft ich in Barcelona mit Laia zum Hafen gegangen bin, um das Ankommen und Ablegen der großen Schiffe zu beobachten. Stundenlang haben wir dort gesessen, während meine Mutter sich in der Nähe ihrer Chemotherapie unterzog, und ich stellte mir vor, wie schön es wäre, wenn die auslaufenden Schiffe Mamas Krankheit und meinen Kummer mit sich forttragen könnten und ihr Ankerlichten für uns die

Befreiung von allen Schmerzen, den körperlichen wie den seelischen, bedeuten würde.

Und wenngleich ich erleben musste, dass alles Wünschen und Beten vergeblich war, dass es keinen Deal mit dem Schicksal gab, hoffe ich jetzt erneut, dass der Aufbruch zu der Insel mich befreit, dass nicht nur die Fähre die Leinen löst, sondern dass ich ebenfalls loslassen kann – dass Claudio und alle negativen Gefühle auf dem Festland zurückbleiben und mich in Carloforte nicht mehr belasten.

Ein Aufbruch ist für mich seit jeher ein Akt des Los- und Zurücklassens gewesen. Eine Möglichkeit, Ballast abzuwerfen, Abstand zu gewinnen, innerlich frei zu werden und sich neu auszurichten, um die alten Fehler in Zukunft zu vermeiden.

Plötzlich habe ich das Bedürfnis, Laia zu schreiben. Sie ist für mich so was wie meine beste Freundin, wir kennen uns seit Studientagen, und sie begleitete mich oft auf meinen einsamen Gängen zum Hafen. Doch ich finde nicht die richtigen Worte, verwerfe alles, was ich eintippe, sogleich wieder und stecke schließlich resigniert das Handy ein.

Vielleicht muss ich erst mit mir selbst ins Reine kommen.

Und so stehe ich nachdenklich in der Spitze des Bugs, lasse mir den Wind ins Gesicht blasen und schaue nach vorne, in die Zukunft, so möchte ich das zumindest sehen. Meine Gedanken hingegen scheren sich nicht darum, sie wenden sich der Vergangenheit zu.

Claudio. Ich hatte mir insgeheim eingebildet, dass er mich lieben könnte und unsere Liebe zu einer unbezwingbaren Festung außerhalb von Raum und Zeit würde, beschützt von zahllosen kleinen Soldaten, um alles Unangenehme fernzuhalten. Falsch gedacht! Stattdessen bin ich hart in der Realität aufgeschlagen. Jetzt kann ich bloß hoffen, dass ich mich dort einrichte und der Wind meine unerfüllbaren Träume mit sich fortträgt.

Es dauert sehr lange, nach Carloforte zu kommen. Morgen Früh werden wir zunächst Porto Torres auf Sardinien erreichen, von dort geht es dann weiter mit einem Mietwagen nach Portovesme, wo eine weitere Fähre übersetzt nach Carloforte, dem einzigen Ort auf der kleinen Insel San Pietro.

Als ich am nächsten Tag nach einer anstrengenden Reise und einem improvisierten Mittagessen am Straßenrand endlich mein Ziel erreiche, geht die Sonne schon unter. Ich bin so müde, dass ich beim Verlassen des Schiffes kaum noch einen Fuß vor den anderen setzen kann. Am Kai stehen Einheimische, die Schilder in die Höhe halten. Allerdings wartet keiner von ihnen auf einen bestimmten Gast, nein, sie alle bieten den ankommenden Touristen eine Unterkunft an.

Mir soll das recht sein, müde wie ich bin. Und so lasse ich mich widerstandslos von der erstbesten

Anbieterin abschleppen, einer winzigen Dame mit toupierten Haaren, die in Leggings und Flipflops steckt. Pina heißt sie, erfahre ich, und spricht ein für meine Ohren äußerst sonderbares Italienisch. Und damit quatscht sie ununterbrochen auf mich ein.

»Bist du im Urlaub?«, will sie wissen. »Du wirst dich hier sicher sehr wohlfühlen, ganz bestimmt«, fährt sie fort, ohne eine Antwort abzuwarten.

Offensichtlich gehört sie zu den Leuten, die vor allem sich selbst gerne reden hören. Bevor wir ihr Haus erreichen, kenne ich schon alle Vorzüge der Insel. Als müsste sie mich daran hindern, gleich wieder die Flucht zu ergreifen.

»Carloforte ist ein fantastischer Ort, so ein Meer wie unseres findest du sonst höchstens auf Ansichtskarten! Morgen gebe ich dir einen Inselplan und zeichne dir die schönsten Badebuchten ein. Du willst ja bestimmt im Meer baden, oder? Na klar, was hättest du ansonsten hier verloren! Was isst du eigentlich zum Frühstück? Erst mal einen schönen Milchkaffee, oder? Du gehörst hoffentlich nicht zu den seltsamen Touristen, die morgens Tee trinken und salzig essen! Das ist ausschließlich was für Engländer, nicht? Wie lange hast du vor zu bleiben?«

»Ich weiß es noch nicht.«

»In Ordnung, kein Problem. Bis nächsten Monat sind meine Enkel nicht da, sind bei den anderen Großeltern, daher hab ich ein bisschen Ruhe. Die können sich ruhig auch mal kümmern, findest du nicht? Normalerweise sind sie immer bei mir, tagein, tagaus, das ganze Jahr über. Außerdem tut es ihnen bestimmt gut, zur Abwechslung eine richtige Stadt kennenzulernen, mit großen Kaufhäusern und so, wo sie ihre Klamotten kaufen können ...«

Pina redet und redet, von ihren Enkelkindern und ihrer Familie, vom Wetter und vom Essen und von tausenderlei anderen Dingen. Ich lasse diese Dauerberieselung gottergeben über mich ergehen, ohne ihr wirklich zuzuhören, und bin froh, als wir am Ziel sind. Nehme es sogar klaglos hin, dass mein spartanisch eingerichtetes Zimmer jeder Klosterzelle Konkurrenz machen könnte. Na ja, wenigstens sind die Fenster nicht vergittert, und ich habe Meerblick, denke ich mit einem Anflug von Galgenhumor, krieche ins Bett und hoffe auf den nächsten Morgen.

Gleich nach dem Aufstehen verlasse ich das Haus und mache mich auf die Suche nach einer Strandbar, wo man frühstücken kann. Nicht ohne Signora Pina zuvor zu erklären, dass ich doch ein wenig sonderbar bin und heute Morgen den unwiderstehlichen Drang verspüre, salzig zu essen. Worauf sie erwartungsgemäß pikiert reagierte, mir aber dennoch die Hausschlüssel in die Hand drückte und mich, wenngleich nach wie vor etwas ungnädig, in die Freiheit entließ.

Mit dem Reise- und Erinnerungsalbum meiner Mutter im Rucksack und einem Handtuch über der

Schulter mache ich mich also gemächlich auf den Weg zum Strand.

Das Meer in Carloforte ist in der Tat unglaublich beeindruckend: Nicht weil es besonders sauber oder von einer besonderen Farbe wäre oder weil viele bunte Fische darin herumschwämmen, sondern weil es grenzenloser wirkt als anderswo. Unendlich weit. Das ist es, was ich auf dieser winzigen Insel mitten im Meer, wo Himmel und Wasser miteinander verschmelzen, empfinde.

Der Mensch fühlt sich klein und ausgesetzt, da ihm für so wenig Erde einfach zu viel Wasser da zu sein scheint. Er weiß, dass er dem Meer ausgeliefert ist und dass es ihn, wenn es ihm gefällt, einfach mit sich fortreißen kann, wie weggeworfene Zigarettenstummel, die der Regen in den Gully schwemmt. Und mit ihm alles, was er geschaffen hat.

Ich setze mich in eine Strandbar, bestelle ein Thunfischsandwich sowie einen frisch gepressten Orangensaft und genieße es, mein Frühstück ohne Pinas nervige Beschallung einzunehmen. Schließlich heißt es, dass die Art, wie man den Tag beginnt, von grundsätzlicher Bedeutung sei. Und hierherzugehen war sicher die richtige Entscheidung. Die kleine, unprätentiöse Bar gefällt mir sehr – nicht zuletzt wegen des großen Ventilators an der Decke, der nicht allein die Luft, sondern auch meine Gedanken erfrischt.

So sehr, dass ich mich endlich in der Lage sehe, an meine Freundin zu schreiben.

Hey, Süße, ich denke viel an dich und die alten Zeiten,
tippe ich ein und frage mich, wo sie sich wohl gerade aufhält.

Ich muss nicht lange warten, dann erfahre ich es. Kaum habe ich nämlich die Nachricht abgeschickt, kommt schon ein Anruf: »Hallo, meine Schöne«, schreibt mir Laia. »Ich vermisse dich ebenfalls … Bin gerade in den Pyrenäen, die Verbindung ist leider schlecht.«

Ach, Laia! Was gäbe ich darum, wenn sie jetzt hier wäre. Ein Stück Heimat in der Fremde …

»Bei mir gibt's nichts als Meer – Wasser, so weit das Auge reicht. Versprich mir, die nächste Reise machen wir zusammen.«

»Okay, gebongt«, erwidert sie, und ich stelle mir vor, wie sie dabei lächelt, und das macht mir Mut.

Zufrieden vertiefe ich mich erneut in den Anblick des Meeres, das an diesem strahlenden Morgen fast unbewegt und spiegelglatt in der Sonne glitzert. Noch ist die kleine Bucht so gut wie menschenleer, abgesehen von ein paar schläfrigen jungen Müttern mit ihren lärmenden Kindern. Trotz der frühen Stunde beschließe ich, schwimmen zu gehen. Zunächst tauche ich vorsichtig die Füße ins Wasser, um mich an die Kälte zu gewöhnen, wage mich nach und nach weiter vor, bis ich mich schließlich ganz dem leicht dümpelnden Meer überlasse. Nachdem ich ein Stück hinausgeschwommen bin, drehe ich mich zur Küste um und halte Ausschau nach dem

Haus von der Zeichnung, dem eigentlichen Grund, warum ich hier bin.

Auf der Stelle paddelnd, lasse ich den Blick über die Bucht schweifen, mustere die Häuser, die ich von hier aus sehen kann, entdecke jedoch nichts, was mit der Zeichnung übereinstimmt. Was nun?

Ich beschließe, ins Dorf zu gehen und mich dort umzuschauen. Und wenn das genauso ergebnislos verläuft, werde ich jemanden fragen, ihm die Zeichnung zeigen … Zum Glück habe ich keine Eile. Das Meer hat sich bislang nicht gegen das Menschengeschlecht erhoben, das Haus wurde folglich nicht verschluckt und sollte sich früher oder später finden lassen, sofern ihm nicht irgendein anderes Unheil geschehen ist.

Aber bevor ich mich in der zunehmenden Hitze auf den Weg mache, döse ich noch ein bisschen am Strand und kühle mich anschließend im Meer ab. Als ich mein Kleid über den nassen Badeanzug streife, erscheint zu meiner Belustigung auf dem Stoff ein Gesicht: zwei Augen dort, wo meine Brüste sind, und ein winziger Mund auf dem Venushügel.

Carloforte, der einzige Ort auf San Pietro, ist im Grunde nicht mehr als ein Dorf, dessen bunte Häuser sich am Hafen drängen. Trotz des strahlenden Sonnenscheins pfeift mir in den Straßen und Gassen der Wind ganz schön ins Gesicht. Ich habe mal gelesen, dass Wind die Menschen verrückt machen kann – in den Zügen der Einheimischen allerdings sind keinerlei Symptome von Wahnsinn zu entdecken. Im Gegenteil: Die Leute strahlen eine bewundernswerte, heitere Gelassenheit aus und scheinen mit sich und der Welt im Reinen zu sein. Niemand hat es eilig, man grüßt sich freundlich und nimmt sich Zeit für einen Schwatz, setzt sich entspannt ein Weilchen auf einen Felsblock oder eine Bank.

Definitiv ist dies keine Heimstatt für Superhelden.

Der Dorfplatz immerhin ist sehr hübsch, die begrünte Hauptstraße, in der sich Geschäfte aneinanderreihen, desgleichen. In einem der Souvenirläden werden Magnete mit Bildern von Sonnenuntergängen und kleine Holzschiffchen angeboten. Ob es die bereits gab, als Mama hier war? Und wenn, hat sie vermutlich nichts davon gekauft. Sie war nicht der Typ für sentimentale Erinnerungen. Ich hingegen habe ihr als Kind von einem Schulausflug immer ein Andenken mitgebracht. Jetzt wüsste ich nicht mal, wen ich mit einem Souvenir beglücken könnte.

Während ich durch den kleinen Ort schlendere, frage ich mich, was die Vorfahren der Bewohner von San Pietro bewogen haben mag, mitten im Meer zu siedeln. Ich muss mich unbedingt über die Geschichte der Insel und ihrer Bevölkerung informieren. Viele Straßennamen erinnern mich an Ligurien, während mir auf den Speisekarten der kleinen Lokale nordafrikanische Einflüsse auffallen. Ich mag solche Durchmischungen. Buntheit und Vielfalt gibt einem das Gefühl, willkommen zu sein und sich nicht als Fremde vorzukommen.

Nach einer kurzen Siesta in meiner Klosterzelle über die heiße Mittagszeit mache ich mich auf, den Umkreis des Dorfes zu erkunden. Unermüdlich wandere ich Asphaltstraßen und Schotterwege hinauf und hinunter, schlage mich auf schmalen Pfaden durchs Gebüsch, bis meine Beine schwer wie Blei sind und die Füße brennen.

Erschöpft sinke ich auf die Stufen eines alten Hauses, das oberhalb von Carloforte in der freien Landschaft steht. Hier scheint alles wild wachsen zu dürfen – zumindest ist das Gras lange nicht gemäht worden. Ein Bild ländlichen Friedens, denke ich und atme tief den intensiven Duft nach Kiefern, Erika und Myrte ein.

Von fern sehe ich einen alten Mann auf mich zukommen, einen wie den, den man bei dem Roman von Ernest Hemingway im Kopf hat, im Unterhemd und mit schlohweißen Haaren. Es ist sein Haus, wie ich bald darauf erfahre. Zunächst einmal setzt er sich neben mich, zeigt mir die Seeigel, die er aus dem Meer mitgebracht hat, und öffnet sie mit einem Klappmesser. Währenddessen erzählt er von seiner Frau, die seit Langem tot ist, von der Einsamkeit und von den Kindern, die ihn nicht mal am Sonntag besuchen. Dabei ist er so gastfreundlich. Zu den Seeigeln bietet er mir ein Glas Weißwein an und schenkt mir als Erfrischung für den Heimweg eine kleine Wassermelone.

Von ihm erfahre ich außerdem Wissenswertes über die Insel. Die Einwohner von Carloforte, die man Tabarchini nennt, kamen vor Jahrhunderten von der tunesischen Insel Tabarka übers Mittelmeer hierher. Daher also der nordafrikanische Einfluss, der sich vermutlich nicht allein in Kultur und Küche niedergeschlagen hat, sondern auch in der Sprache, kombiniere ich und muss mich sogleich belehren lassen, dass die Sache viel komplizierter ist. Denn die Bewohner von Tabarka waren gar keine echten Tunesier, sondern Genuesen, die es nach Nordafrika verschlagen hat. Seefahrer stranden eben überall.

Was mir der Alte erzählt, ist eine Geschichte von Migration, von alter und neuer Heimat und vom Reisen. Alle sind sie über dieses Meer gezogen und weit darüber hinaus. Bald wird die Sonne in die Wellen eintauchen. Gebannt beobachte ich ein Segelschiff, das sich in Richtung des roten Balls bewegt, als würde es mit der Sonne konkurrieren, wer wohl als Erster den Horizont erreicht. Am Ende gewinnt das Schiff – es verschmilzt schon mit Himmel und Meer, als der letzte Sonnenstrahl noch nicht verschwunden ist. Der Tag hat seinen Zenit überschritten und weicht der Dämmerung.

Ich ziehe das Album aus dem Rucksack und zeige dem Alten die Zeichnung.

»Kennen Sie zufällig dieses Haus?«

»Lass sehen …«, sagt er und hält sich die aufge-
schlagene Seite ganz dicht vor die Augen. »Ich kenne alle Häuser auf der Insel. Jeden Morgen bringe
ich meine Herde auf die Weide, und damit mir nicht
langweilig wird, gehe ich immer andere Wege … Das
hier müsste das Haus auf der Landspitze sein.«

»Das Haus auf der Landspitze?«

»Ja, ich nenne es so, weil es auf dem allerletzten
Stück Land steht und aussieht, als würde es gleich
ins Meer stürzen. Keine Ahnung, wem es gehört, es
scheint jedenfalls leer zu stehen.«

Er begleitet mich ein Stück, um mir das Haus zu
zeigen.

Obwohl es inzwischen dunkel ist und die Fens-
terläden geschlossen sind, erkenne ich es sofort. Es
sieht genauso aus wie auf der Zeichnung: klein, weiß
und mit einem braunen Dach. Drumherum allerdings
hat sich ein bisschen was verändert. Der Zaun fehlt,
stattdessen begrenzen Bäume und Büsche das Grund-
stück.

Mein Herz schlägt heftig bei seinem Anblick.

Mama, wie lange hast du dich wohl hier aufgehalten? Was war es, das du hier gefunden hast? Ich würde alles dafür geben, das junge Mädchen zu treffen,
das du einmal gewesen bist.

Niemand antwortet, als ich anklopfe.

Ich ziehe den Schlüssel aus der Tasche, halte ihn
eine Weile unschlüssig in den Händen, bevor ich
ihn ins Schloss stecke. Wider Erwarten öffnet sich

die Tür gleich bei der ersten Umdrehung, als wäre sie frisch geölt. Es mutet fast wie Zauberei an, denn normalerweise verrostet und verrottet am Meer alles schnell.

Von drinnen schlägt mir kühle Luft entgegen. Ich schalte die Lampe meines Smartphones an, um wenigstens ein bisschen was zu sehen. Offenbar besteht das Haus aus Wohnzimmer, Küche und zwei weiteren Zimmern, die Einrichtung ist spartanisch, nur die allernotwendigsten Möbel sind vorhanden.

Im Schlafzimmer nehme ich eine Tagesdecke vom Bett und wickele mich darin ein, bevor ich wieder nach draußen gehe. Was tue ich hier eigentlich? Blicklos starre ich auf das silbrig schimmernde Meer. Ich könnte die nächsten Nachbarn, die ein paar hundert Meter entfernt wohnen, fragen, ob sie wissen, wem das Haus gehört, oder ob sie sich, falls sie älter sind, an ein spanisches Mädchen namens Marta erinnern … Ich muss über meine nächsten Schritte nachdenken, heute ist es ohnehin zu spät, um etwas zu unternehmen.

Zurück im Haus suche und finde ich den Sicherungskasten und schalte den Strom ein. Ziehe dann Schubläden auf und krame in Schränken herum, ohne das Geringste zu entdecken, das mich weiterbringen könnte. Hier sieht alles nach einem ganz normalen Ferienhaus aus, dem im Moment die Gäste fehlen. Seufzend lehne ich mich gegen den Türrahmen, will mich bereits abwenden, als mein Blick plötzlich an der gegenüberliegenden Wand haften bleibt.

An einer Inschrift, die dort in die Vertäfelung geritzt wurde: Marta/Giuseppe. Dezember 1988.

Der Name meiner Mutter neben dem eines unbekannten Mannes, das Datum ist das Jahr vor meiner Geburt – neun Monate später wurde ich geboren.

Meine Knie drohen nachzugeben, ich muss mich festhalten, um nicht umzukippen. Meine Kehle ist eng, ich kann kaum atmen, komme mir vor wie der biblische Jonas im Bauch des Walfischs. Mit zitternden Händen lösche ich die Lichter und renne zur Tür, um zu flüchten – und wäre um ein Haar gegen einen Mann geprallt, der auf der Schwelle steht. Schlagartig begreife ich, was hier gerade passiert.

Meine Mutter hat mich zu ihm geführt.

Solange sie lebte, fand sie nicht den Mut, mir die Wahrheit zu sagen. Mein Gott, es ist mein Vater, der da vor mir steht, und ich habe das Gefühl, mich in Einzelteile aufzulösen.

4

Die Fähre

»Lavinia?«

Es kommt mir fast vor wie ein Diebstahl, mein Name klingt mir seltsam in den Ohren, als er von diesem Mann ausgesprochen wird, der mich gleichermaßen verdutzt und bestürzt anschaut.

Ich antworte nicht. Der Hausschlüssel rutscht mir aus der Hand und fällt klirrend zu Boden. Am liebsten möchte ich ihn weit wegschleudern, zusammen mit meiner ganzen Wut, als ich an ihm vorbeirenne, auf und davon, weg von dem Haus, weg von ihm, weg von den Schatten der Vergangenheit.

Dunkelheit hat sich über die Insel gesenkt, aber der dichte Nebel in meinem Kopf ist noch finsterer, noch schwärzer als die Abenddämmerung, noch beängstigender als der mondlose Himmel. Ich habe keine Angst. Nicht vor der Welt da draußen jedenfalls, sondern einzig und allein vor dem, was in meinem Inneren vor sich geht. Ich renne und renne, immer weiter und weiter, stürze mich in die Nacht hinein, schwimme zappelnd durch ihr lautloses Schwarz, lasse mich führen von dem Weg, den mir die Bäume vorzeichnen.

Ab und zu ratsche ich an Sträuchern vorbei und schürfe mir die Haut auf, und so vermischen sich die sichtbaren äußeren Wundmale mit den anderen, den inneren, die tiefer verborgen liegen. Piniennadeln bohren sich zwischen die Zehen, stechen mir in die Knöchel, und an einem Abhang verliere ich kurz das Gleichgewicht, stehe jedoch sofort wieder auf. Ich spüre den Schmerz von den Kratzern nicht, meine widersprüchlichen Gefühle ersticken alles andere. Felsblöcke am Straßenrand erscheinen mir wie schlafende Gestalten, und ich selbst komme mir vor wie ein Pferd, das wie wahnsinnig dahingaloppiert und sie mit dem Stampfen seiner Hufe aus dem Schlaf reißt.

Als ich Pinas Haus erreiche, ist sie schon im Bett. Ich schleiche mich in mein Zimmer und packe in Windeseile meine Sachen zusammen, das Geld lege ich ihr zusammen mit einem Zettel auf den Küchentisch: *Danke für alles.* Dann ziehe ich leise die Tür hinter mir zu und mache mich auf den Weg zum Hafen, ich will bloß weg von hier.

Die erste Fähre geht um fünf Uhr morgens, erfahre ich, jetzt ist es zwei Uhr nachts, die Wartezeit kommt mir endlos vor.

Ich setze mich an der Mole auf eine Bank. Schlafen kann ich nicht, starre vor mich hin, nicht einmal nachdenken will ich, also lausche ich einfach auf dieses tiefe Schweigen in meiner leeren Seele.

Plötzlich taucht eine geisterhafte Erscheinung auf. Es ist genau der Mann, vor dem ich davongelaufen bin, er ist mir gefolgt und kommt nun ohne Eile auf mich zu. Ich sehe ihn zum ersten Mal im Licht der Straßenlampe richtig an: Er ist groß und hager, kahlköpfig, hat aber einen dichten, gepflegten Bart.

Biologisch gesehen, ist das offenbar mein Vater, gefühlsmäßig hingegen ein Fremder, ein x-beliebiger Mann.

Kurz überlege ich, von Neuem wegzulaufen, bloß wohin? Vor mir erstreckt sich schließlich nichts als Wasser. Ich sitze in der Falle, die Insel ist mir zum Käfig geworden.

»Darf ich mich setzen?«

»Ich habe Ihnen nichts zu sagen. Gehen Sie«, fahre ich ihn an. Die Distanz, die uns trennt, scheint mir unüberwindbar.

Trotzdem lässt er sich neben mir nieder und bringt mich damit vollends aus meinem ohnehin prekären Gleichgewicht. Ich habe Angst, gleich in die Luft zu fliegen, so schwer scheint er auf seiner Seite der Bank zu wiegen.

»Woher wissen Sie, dass ich Lavinia heiße?«, frage ich ihn, obwohl ich die Antwort kenne. Ich schwanke zwischen dem dringenden Bedürfnis, ihn nicht zu beachten, und dem sehnlichen Wunsch, mehr von ihm zu erfahren.

»Ich habe dich vor ein paar Monaten gesehen, auf Martas Beerdigung.«

Wie von der Tarantel gestochen fahre ich zu ihm herum: »Das ist nicht wahr!«

»Doch, ich stand in der Menge. Natürlich hast du mich nicht bemerkt. Wie auch, schließlich kanntest du mich ja nicht. Marta und ich hingegen haben immer lockeren Kontakt gehalten.«

Er spricht ganz ruhig, sieht mich mit seinen auffallend klaren Augen an, seine Hände liegen auf den Knien.

Das Blut pocht bedrohlich in meinen Schläfen. Wenn er weiterspricht, wird er immer realer werden, und das will ich nicht. Ich will ihn einfach nicht anhören, alles was ich will, ist, dass er verschwindet.

»Ich verstehe deinen Zorn, da ich ebenfalls nicht darauf vorbereitet war, dich hier zu sehen. Allerdings nehme ich an, dein Kommen hat sicher einen Grund.«

»Es war ein Fehler, ich hatte keine Ahnung, ich habe einen Schlüssel in einem Reisetagebuch meiner Mutter gefunden …«

»Und jetzt bist du hier.«

»Trotzdem habe ich nichts zu sagen.«

»Was mich betrifft, so habe ich dir sehr wohl etwas zu sagen. Vielleicht wird es dir nicht gefallen, aber es ist meine Sichtweise der Dinge, meine Wahrheit, und es ist nur recht und billig, dass du sie kennst.«

Und dann erzählt mir der Mann, der angeblich mein Vater ist, eine Geschichte, die zugleich die Geschichte meines Lebens ist beziehungsweise davon handelt, wie mein Leben entstand. Nur dass er sie von einem anderen Standpunkt aus wiedergibt und den fehlenden Teil, seinen eigenen Anteil daran, hinzufügt.

Die Protagonisten der Geschichte sind Marta und Giuseppe, sie sind jung, und beide halten sich zufällig gerade in Carloforte auf. Es ist Dezember. Marta ist bei Freunden zu Gast, um Weihnachten auf der Insel zu verbringen, während Giuseppe sich hier von einer langen Konzerttournee durch Amerika erholen will. Er ist Dirigent, und Carloforte ist sein Rückzugsort, wo er sich entspannt und komponiert, hier steht das Haus, in dem er geboren wurde.

Das Einzige, das sie gemeinsam haben, sind diese Freunde, durch die sie einander kennenlernen – bei einem Abendessen im Freien, bei dem Giuseppe diesem spanischen Mädchen namens Marta einen Schal borgt, weil sie das ganze Essen über einen Arm um Schulter und Nacken liegen hat, um sich zu wärmen. Sie sei eben sehr verfroren, wird sie später lachend sagen.

Sie verlieben sich ineinander, Marta und Giuseppe, sehr leidenschaftlich sogar, stürmisch wie der Wind, der fast ständig auf der Insel weht. Vielleicht ist sogar er es, der ihre Liebe entfacht hat und die Liebenden schier in den Wahnsinn treibt.

Wie es später weitergehen wird, ist nicht von Bedeutung für sie. Ebenso wenig, dass Marta einen Freund in Barcelona hat und auf Giuseppe eine Frau und zwei Kinder in Berlin warten. Auf diesem winzigen Zipfel Erde mitten im Meer gibt es allein sie beide. Marta verlängert ihren Urlaub über Weihnachten hinaus, sie lieben sich jeden Tag wie zwei einsame Schiffbrüchige, weit weg von allen anderen, verborgen von der Welt in ihrem Haus auf dem Felsen. Sie machen lange Strandspaziergänge, bei Sonnenaufgang und bei Sonnenuntergang, sie fahren auf der *Lavinia* – Giuseppes Boot, das noch heute in dem kleinen Hafen vor sich hindümpelt – aufs Meer hinaus.

Sie versprechen einander nichts außer der Liebe, die sie sich hier und jetzt geben können. Sie respektieren ihr einziges Versprechen, nämlich jetzt in diesem Moment ganz füreinander da zu sein und jeden Gedanken an die Zukunft zu meiden – einfach, weil es keine gemeinsame Zukunft geben kann. Wenngleich für sie die Zeit manchmal stillzustehen scheint, naht unaufhaltsam das Jahresende. Danach wird ihnen kein Tag, keine Stunde länger gewährt werden.

Für Marta und Giuseppe ist der Beginn des neuen Jahres gleichbedeutend mit der Rückkehr in ihr vorheriges Leben, das sie beide in einer anderen Stadt zurückgelassen haben. Sie versuchen nicht, ein Wiedersehen zu arrangieren, aber sie hören nie auf, aneinander zu denken. Sie wissen beide, dass es Liebe war, so kurz und flüchtig sie gewesen sein mag.

Erst vier Jahre später erfährt Giuseppe von den gemeinsamen Freunden, dass Marta eine Tochter hat und dass dieses Kind den Namen Lavinia trägt wie das Boot, das sie an die Zeit ihrer Liebe erinnert. Er fragt nach und erfährt, dass sie sich sofort nach der Rückkehr aus Carloforte von ihrem Freund getrennt und beschlossen hat, ihr Kind ohne Vater großzuziehen.

Daraufhin bricht Giuseppe die Vereinbarung, ihr nicht zu schreiben oder sie anzurufen, und nimmt Kontakt zu ihr auf, trifft sie in Barcelona. Marta versichert ihm, dass er sich keine Sorgen machen müsse, und bekräftigt erneut, dass sie unter keinen Umständen vorhabe, sein Leben auf den Kopf zu stellen. Keinesfalls wolle sie ihn seiner Familie wegnehmen, an der er schließlich nach wie vor sehr hänge. Bei dieser Begegnung sieht er zum ersten Mal das bezaubernde kleine Mädchen, das ungezwungen mit ihm spielt und mit seinem geselligen Wesen auf ihn wirkt wie ein Abbild seiner Mutter, und zusammen scheinen sie einen vollkommenen Mikrokosmos zu bilden.

Nach dieser Begegnung steigt Giuseppe, Liebe hin oder her, wieder ins Flugzeug und kehrt zurück in ein Leben ohne Marta und Lavinia. Eine vielleicht vernünftige, jedoch deswegen nicht weniger schmerzhafte Entscheidung. Künftig wird er die beiden meiden und das Aufwachsen seiner Tochter lediglich von ferne verfolgen, so weh ihm das getan habe. Was hätte er ihr schon bieten können in so einer verfahrenen Situation, sagt er. Wenigstens sei er froh, dass er das Beste von sich an sie habe weitergeben können: sein musikalisches Talent.

»Es reicht!« Ruckartig stehe ich auf, unterbreche seinen Erzählfluss, der auf ein allzu absehbares Ende zusteuert, und mustere diesen Mann, an den ich nicht einmal eine vage Erinnerung habe, der bislang eine gesichtslose Schimäre für mich war, der ich keinerlei Gefühle zuzuordnen vermochte. »Was wollen Sie mir eigentlich sagen? Dass Sie ein großes Opfer gebracht haben? Erwarten Sie Mitleid?«

»Nein.« Mit versteinerter Miene schaut er mich an. »Ich möchte einfach, dass du weißt, wie das damals gelaufen ist.«

»Das hätten Sie mir vor langer Zeit erzählen müssen, nicht erst nach sechsundzwanzig Jahren. Was ich selbst weiß, ist Folgendes: dass ich mit meiner Mutter ein schönes Leben hatte, solange sie da war, dass wir glücklich waren und mir ein Vater nie gefehlt hat, keine Sekunde lang. Und von diesem Leben haben Sie nicht die geringste Ahnung. Weil Sie nicht da waren, weil Sie nie für mich existiert haben und nie existieren werden.«

Er ist ein Versager, denke ich verbittert. Dieser Mann, der uns verlassen und uns aus seinem Leben und seiner Erinnerung verdrängt hat, der beschloss, seine Komfortzone nicht zu verlassen und seine Karriere, seinen Ruf, seine Bequemlichkeit nicht aufs Spiel zu setzen. Der zu feige war, sich in die Untiefen des Lebens hinauszuwagen und sich seinen Stürmen auszusetzen, der lieber im sicheren Hafen blieb.

Und wir haben uns ohne ihn eingerichtet. Eine

Sache, die man nicht kennt, kann einem nicht fehlen, eine Person, die nicht existiert, kann einem nicht wehtun, so sehe ich das.

Ich schaue zu ihm hoch und fixiere ihn mit einem Blick, der ihm signalisieren soll, dass die Diskussion für mich beendet ist. Trotz meiner unversöhnlichen Reaktion macht er keinen Rückzieher. Eher ist da eine Art Neugier, die mich überrascht und noch wütender macht: Er tut, als sähe er sich einer Art Freundin gegenüber, die er vor vielen Jahren aus den Augen verloren hat und mit der er umstandslos wieder eine Beziehung aufbauen kann.

Nicht mit mir, ich werde bei meiner Weigerung bleiben, diesen Vater anzuerkennen.

Inzwischen bin nämlich ich es, die die Entscheidung trifft. Und ich habe mich gegen ihn entschieden. Ohne ein weiteres Wort nehme ich meinen Koffer und gehe auf den Fahrkartenschalter zu, lasse ihn einfach auf der Bank sitzen. Er kann mir gestohlen bleiben, denn ein Vater schenkt einem Kind nicht allein »das Beste« von sich, er trifft keine Auswahl – nein, ein Vater gibt alles, das Gute und das Schlechte, das Beste und das Schlechteste, er bleibt einfach da und gibt seinem Kind die Möglichkeit, ihn Tag für Tag neu zu entdecken.

Ohne mich noch einmal nach ihm umzudrehen, besteige ich wenig später die Fähre und suche mir einen Platz an Deck, wo ich mich auf den Boden kauere, damit er mir nicht am Ende noch zuwinkt. Erst als wir abgelegt haben, erhebe ich mich und blicke aufs Meer hinaus, über dem die Sonne den Himmel mit ihrem Licht zu überfluten beginnt. Und jetzt kommen endlich die erlösenden Tränen und tropfen ins Wasser, eine nach der anderen, vereinigen sich mit dem unendlichen Meer. Es ist, als wären alle Dämme gebrochen, als würde ein Ozean von Tränen in meinem Innern unkontrolliert überlaufen. Ich schere mich nicht darum, dass die Leute mich neugierig anstarren, versenke mich in mich selbst und steige hinab in die Tiefen meiner Seele, wo lauter schmerzhafte, nie bewältigte Dinge verborgen liegen. Erinnerungen, die durch die Begegnung mit meinem Vater wie Sand am Meeresboden aufgewühlt wurden und nun in mein Bewusstsein drängen.

Da ist meine Mutter, da ist Claudio, da ist der Kliniktest, da ist all mein Scheitern und all meine Einsamkeit. Es reicht. Ich will zurück nach Hause, weg aus Italien – und ich will keine Männer mehr treffen, weder untaugliche Väter noch untaugliche Liebhaber.

Mein Handy klingelt, die Nummer ist anonym, automatisch gehe ich ran.

»Hallo?«

»Ciao.« Paus Stimme ist die Rettung, sie holt mich aus dem Sumpf, in dem ich gerade zu versinken drohe. »Wie geht es dir? Ich wollte mal hören, wie deine Reise so verläuft.«

»Es geht … mir gut«, stammele ich und unterdrücke ein Schluchzen.

»Bist du sicher? Was ist los, Lavinia?«

Pau kann ich einfach nicht anlügen, und so brechen sich alle widersprüchlichen Emotionen mit einem Mal Bahn, überfallartig wie eine Heuschreckeninvasion. Ich schäme mich nicht für meine Tränen, für meine Verzweiflung und meine Schwäche und erzähle ihm von meinem Vater und von dieser Nacht, die mir wie ein böser Traum vorkommt. Die Worte purzeln nur so aus meinem Mund, spontan, wild durcheinander und immer wieder unterbrochen von Schluchzern.

Er hört sich alles schweigend an, lässt meinen Schmerz, meinen Kummer, meine Ängste über sich ergehen und erleichtert mir die Last, indem er mir das Gefühl vermittelt, dass er für mich da ist und mich versteht.

Und dann, als ich endlich fertig bin mit Erzählen und Heulen, sagt er das in diesem Moment einzig Richtige – das Einzige, was ich wirklich brauche.

»Komm zu mir, ich warte auf dich.«

5

Aufgehoben

Bin in Paris, deiner Lieblingsstadt, schreibe ich an Laia. Worte, die nichts von meiner seelischen Verfassung wiedergeben. Ich unterschlage meine Wahrheit, halte mich stattdessen an die der anderen, die leichter anzunehmen, auszusprechen, zu teilen ist.

Schnell tippe ich auf das Tastenfeld des Handys ein, während ich am Flughafen Charles de Gaulle auf mein Gepäck warte.

Laia antwortet sofort, sie ist immer online, und schickt mir ein weinendes Gesicht. *Neeein, ich will auch dort sein!*

Meine Freundin hat sich damals, im ersten Jahr an der Universität, als wir im Sommer ein paar Wochen in Paris verbrachten, in die Stadt an der Seine verliebt.

Dann setz dich doch in den Flieger, antworte ich.

Ach ja, du hast leicht reden, ich muss morgen nach San Sebastián zu Luis.

Das harte Leben der Verlobten …, spöttele ich.

Wie gerne würde ich sie hierhaben! Und wenn sie

vor mir säße, würde ich vielleicht die richtigen Worte finden, um ihr alles zu erzählen, ihr sogar das anzuvertrauen, was ich mir kaum selbst eingestehen mag.

»Was machst du denn plötzlich in Paris? Warst du nicht gerade erst in Italien?

Ich habe den Kurs geändert.

Bist du bei Pau?

Noch nicht, aber ich treffe ihn gleich.

Grüß ihn von uns! Xavi sagt, du sollst ihm ausrichten, dass das Freundschaftsspiel mit Real echt eine Schau war.

Und was treibt ihr, du und Xavi, so?

Wir bereiten uns gerade auf die Zwischenprüfung vor.

Ein ängstlicher Smiley beendet die Nachricht.

Sag mal, hängt ihr eigentlich pausenlos zusammen? Am Strand, beim Lernen … Verheimlichst du mir vielleicht was?

Ach, Quatsch! Und du? Was ist aus dem Kerl mit der Geige geworden?

Ich habe ihn wiedergetroffen …

Und?

Nichts. Hat sich leider herausgestellt, dass er ein Arschloch ist.

Durchgefallen?

Kannst du laut sagen.

Also auf zu neuen Ufern.

Nein, echt nicht, im Moment denke ich gar nicht daran. Mir ist derzeit mehr nach bekannten Gesichtern.

Wenn du länger bei Pau bleibst, kommen wir euch besuchen.

Das wäre schön! Ich muss los, das Gepäck kommt gerade.

Laia schafft es noch, mir zehn verschiedene Emoticons zu schicken, lauter Herzen, fröhliche Gesichter und applaudierende Hände, bevor ich mein Handy wegstecke und meine Koffer vom Band hieve.

Wenig später sitze ich im Bus, der mich in die Stadt bringt.

Paris fasziniert mich immer wieder, es ist ein gigantischer Melting Pot der unterschiedlichsten Kulturen – an jeder Ecke anders, wartet es ständig mit Überraschungen auf. Ich liebe die Hügel, die breiten Alleen, die majestätische Architektur und vor allem den endlosen Strom der Menschen, die zu jeder Tages- und Nachtzeit wie Ameisen durch die Straßen wimmeln auf der Suche nach einem Baguette, einem Blumenstrauß, einer Sitzbank auf einem der großen Plätze oder einem freien Tisch in einer überfüllten Bar.

Ich erinnere mich, dass Laia und ich seinerzeit hin und weg waren von den Pariser Frauen. Sie kamen uns alle wahnsinnig schön vor, und zwar auf eine sehr lässige, selbstbewusste und ein bisschen verruchte Weise, die uns fremd war. Damals beschloss ich spontan, nach dem Studium Französin zu werden.

»Was willst du machen, wenn du groß bist?« – »Französin werden.«

Das hat sich nicht geändert. Ein unglaublicher Glanz liegt auf Paris und seinen Menschen, da wird niemand auf mich achten. Der ideale Ort also, um mich unsichtbar zu machen, mich zu verstecken.

Als wir dann am Centre Pompidou vorbeifahren, male ich mir aus, wie es wäre, eine Maus zu sein, klein genug, um in einem dieser bunten Rohre zu verschwinden, sodass niemand mich finden kann. Ich würde dann immer hinauf- und hinunterkrabbeln, Ausstellungen besuchen, ein wenig Zeit in der verglasten Bibliothek verbringen, dann hochsteigen bis zum Dachgeschoss und meinen Blick über die Dächer der Stadt schweifen lassen, die dicht an dicht unter dem bleiernen Himmel liegen. Und wenn die Beleuchtung des Eiffelturms angeschaltet wird, würde ich mir etwas wünschen.

Obwohl ein einziger Wunsch natürlich völlig unzureichend wäre, um mein inneres Chaos zu entwirren und mein Seelenleben wieder in Ordnung zu bringen.

Um nach Belleville zu gelangen, wo Pau wohnt, muss ich in die Metro umsteigen und noch ein paar Stationen fahren. Er wartet schon vor dem Eingang zu seiner Wohnung auf mich, hat auf einer Bank Platz genommen. In der Hand hält er die übliche Zigarette, raucht mit denselben entspannten Gesten wie immer, und für einen Moment scheint es mir, als wäre die Zeit zurückgedreht worden, und wir würden uns wie üblich an der Haltestelle Marina in Barcelona treffen.

All die Nachmittage fallen mir wieder ein, die wir bei ihm zu Hause verbracht haben, meist hinter Büchern vergraben, englische Literatur bei mir, Design bei ihm. All die Male, die wir uns an seinem Schreibtisch gegenübersaßen und der Versuchung zu widerstehen suchten, unsere Bücher zuzuschlagen und uns aufeinanderzustürzen, nicht selten ohne Erfolg. Erst am späten Abend saugte mich die Metro wieder ein und brachte mich zurück nach Hause. Um mich am nächsten Tag erneut in Paus Arme zu katapultieren, sodass wir ungeduldig Hand in Hand die Treppen zu seiner Wohnung hochstürmten, beseelt von nichts anderem als dem Wunsch, einfach nur zusammen zu sein.

Wie lange ist das alles her?

»Ciao, Pau.«

Ich umarme ihn, er drückt mich an sich. Die Zeit der Reime ist lange vorbei, doch diesen Körper kenne ich gut. Vor allem sein Geruch ist mir nach wie vor vertraut. Er riecht nach Regen, nach lebendiger Natur, nach allem außer nach künstlichen Düften.

»Na, wie geht's dir?«

Er fährt mir durch die Haare, sieht mir in die Augen und bringt mit seinem Blick zum Ausdruck: *Lass alles los, ich bin jetzt da.*

»Chaos, einfach Chaos ...« Ich könnte in diesem Moment nicht treffender definieren, was mit mir los ist.

»Wir tragen erst mal dein Gepäck in die Wohnung, dann erzählst du mir alles.«

Das Haus, in dem er lebt, befindet sich in einem kleinen, abschüssigen Gässchen, und die Eingangstür hängt ein wenig schief, weil sie der Neigung der Straße folgt. Die vielen Briefkästen in dem engen, langen Hausflur tragen chinesische, arabische, französische, englische Namen. Viele Gerüche liegen in der Luft, als wir die enge Stiege hoch zum ersten Stock steigen.

Paus Wohnung ist winzig, aber entzückend und irgendwie sehr französisch. Aus Platzmangel gibt es statt einer Küche lediglich eine Kochecke mit einem halbinselförmigen Tisch und zwei Stühlen. Im Wohnzimmer stehen zwei braune Ledersessel und ein kleiner Tisch, auf dem sich Bücher stapeln, dazwischen ein voller Aschenbecher. Früher hat mich der Nikotingeruch gestört, jetzt mag ich ihn fast, weil er mir so vertraut ist. Unter dem Fenster steht ein Holzschränkchen, auf dem allerlei Arbeitsgeräte herumliegen, außerdem ein paar fertige Schmuckstücke, Skizzenblätter, ein weiterer Aschenbecher. Ich gehe näher ran, um einen noch unfertigen Armreif zu bewundern.

»Wie schön, Pau …«

»Er überzeugt mich nicht so richtig, ehrlich gesagt, deswegen habe ich ihn mit nach Hause genommen«, erwidert er.

Stimmt, seinen Perfektionismus, der alles und jedes, was er tut, durchdringt und alles wunderbar und einzigartig macht, was aus seinen Händen kommt, hatte ich vergessen. Er ist Segen und Fluch zugleich, denn er befähigt ihn nicht allein zu Außergewöhnlichem, sondern hemmt und blockiert ihn zugleich, hindert ihn daran, auch mal spontan seinen Intuitionen zu folgen.

»Wo ist dein Atelier?«

»Nicht weit von hier, es ist eigentlich ein Pförtnerhaus, wenigstens war es das früher. Ich zeige es dir später.«

»Ich weiß nicht, wie lange ich bleibe …«

»Es ist nicht nötig, das jetzt zu entscheiden. Entspann dich, ruh dich aus, dann wirst du weitersehen.«

Ja, Pau hat recht.

»Möchtest du duschen?«

»Vielleicht … Wenn ich in einer so desolaten Verfassung bin wie jetzt, kann ich nicht einmal die einfachsten Dinge entscheiden, alles scheint mir falsch zu sein. Bereits die Frage nach dem Duschen überfordert mich.«

»Es besteht überhaupt keine Eile. In keiner Hinsicht. Lass dir Zeit. Später gehen wir was essen.«

Paus Ruhe gibt mir Sicherheit. Ich schenke ihm ein Lächeln und wünsche mir, dass alle Dankbarkeit daraus hervorstrahlt, die ich in diesem Moment für ihn empfinde. Er ist für mich wie ein Rettungsanker im stürmischen Meer.

Selbst im Sommer sind die Abende in Paris meist mild, höchstens ein wenig frisch und von einer angenehmen Trägheit. Pau und ich sehen aus wie Studenten im Partnerlook: Zufällig tragen wir beide einen blauen Pullover zu unseren Jeans. Als wir ein Paar waren, habe ich mir manchmal Klamotten von ihm ausgeliehen, hatte meinen Spaß daran, auszusehen wie er, seine Zwillingsschwester zu spielen. Diese Zeiten sind vorbei, jetzt bin ich einfach froh, in ihm einen verlässlichen Freund zu haben, der mich auffängt mit meinem Kummer und meiner Verzweiflung. Mit ihm an meiner Seite kann ich mich endlich gehen lassen.

In alter Vertrautheit lege ich den Arm um seine Taille und den Kopf an seine Schulter. Er sagt nichts, drückt mich bloß schützend an sich, und so gehen wir weiter die Straße entlang, an der sich viele asiatische Restaurants niedergelassen haben, bis zu einer kleinen Bar an der Ecke. Viele Leute stehen vor der Tür mit einem Martini in der Hand. Wir setzen uns an einen Tisch im Freien unter einen hellblauen Sonnenschirm.

Kurz darauf, er hat sich inzwischen ein Bier geholt, wagt Pau es endlich, mich nach meinem Vater zu fragen.

»Und, wie ist er denn so?«

Er sieht mich mit einem Grinsen an, um seiner Frage die Dramatik zu nehmen.

»Er hat eine Glatze.«

»Eine Glatze???« Pau lacht. »Du spinnst ja …«

»Was die Glatze angeht, nicht. Sonst vielleicht schon«, räume ich ein. »Ist allerdings nicht verwunderlich, wenn man mit sechsundzwanzig zum ersten Mal den eigenen Vater trifft, oder? Das wirft einen ganz schön aus dem Gleis.«

»Wie hast du ihn überhaupt gefunden?«

»Ob du es glaubst oder nicht: Meine Mutter hat

mich im Grunde zu ihm geführt«, sage ich ernst, denn die Ironie ist mir vergangen.

Er sieht mich bestürzt an, spürt offenbar, wie aufgewühlt ich bin, und plötzlich überkommt mich das Bedürfnis, ihm die ganze Geschichte zu erzählen, um wenigstens einen Teil der Last abzuwerfen, die mich niederdrückt.

Aufmunternd nickt er mir zu und streichelt meine Hand.

»Ich beschloss, nach Italien zu fahren, weil ich in der Wohnung meiner Mutter so ein merkwürdiges Büchlein gefunden hatte. Eine Mischung aus Album und Tagebuch mit Einträgen über Reisen durch Italien, die sie als junges Mädchen unternommen hat, und einer wilden Sammlung von Erinnerungen: Fotos, Postkarten, alles eben, was sich in ein Buch legen lässt. Ich beschloss spontan, ihren Spuren zu folgen, mich dorthin zu begeben, wo sie einst gewesen ist. Immer wieder schlug ich irgendeine Seite auf und ließ mich inspirieren. Und eine war da, die mich geradezu elektrisierte, weil ich dort ein Foto entdeckte, an dem ein Schlüssel befestigt war. Er gehörte zu einem Haus in Carloforte, mitten im Meer gelegen auf einer winzigen Insel vor der Küste Sardiniens. Meine Mutter hat mich dorthin geführt, verstehst du?! Ich bin tatsächlich an dem Ort gelandet, wo ich gezeugt wurde. Und dann tauchte wie aus dem Nichts mein Vater auf, einfach so, und erzählte mir einen Haufen dummes Zeug, um sich zu rechtfertigen. Ich wollte das gar nicht hören, dieses Getue, dass er zum Beispiel meine Mutter geliebt habe und mich ebenfalls …«

»Hey, ganz ruhig! Komm mal her.«

Pau nimmt meine Hände in die seinen und drückt sie, schaut mich ganz fest an und bezwingt damit das Chaos, das von Neuem von mir Besitz ergreifen will.

»Ich habe keine Ahnung, was ich tun soll und was ich mit alldem anfangen soll.«

»Zwing dich zu nichts, du hast keinerlei Druck und musst dich zu nichts verpflichtet fühlen.«

»Ich will nicht an ihn denken und denke trotzdem jede Sekunde an ihn«, erwidere ich kläglich. »Es macht mich verrückt, dass ich es nicht schaffe, sein Gesicht aus meinem Kopf zu verbannen. Sogar seine Stimme hallt mir dauernd in den Ohren, seine Worte weiß ich inzwischen auswendig. Ich habe das Gefühl, auf der Stelle zu treten. Sich von etwas zu befreien, sieht anders aus.«

Eigentlich sollte ich dieses ganze Chaos nicht ausgerechnet vor Pau ausbreiten. Jedes Mal, wenn ich ihn wiedersehe, lade ich meine Probleme bei ihm ab, und das ist ziemlich unfair.

Damals mit der Krankheit meiner Mutter war es ähnlich: Zerrissen von Kummer und Angst war ich nicht mehr in der Lage, auf ihn einzugehen und unsere Beziehung zu pflegen. Etwas war in mir gestorben. Trotzdem blieb er an meiner Seite, ohne irgendwelche Ansprüche zu stellen, und gerade in den schrecklichsten Momenten hat er mir immer wieder gezeigt, dass er für mich da war und ich auf ihn zählen konnte.

Doch kein Gefühl kann auf Dauer überleben, wenn es nicht genährt wird, wenn es kein wechselseitiges Geben und Nehmen mehr gibt.

Die Zeit verging, und mit ihr verging unsere Liebe. Irgendwann stellten wir beide fest, dass wir uns auseinandergelebt hatten, dass jeder die ganze Zeit allein vor sich hin gelitten hatte, ohne sich dem anderen mitteilen zu können. Die Grenzen, die die Situation uns setzte, engten uns zunehmend ein, und der Alltag, den wir zu bewältigen hatten, forderte uns zugleich so sehr, dass am Ende kein Raum mehr blieb, in dem unsere Liebe gedeihen konnte.

Und jetzt bin ich ein weiteres Mal schwer beladen zu Pau zurückgekehrt, der mich erneut mit offenen Armen empfangen hat. Offenbar ist das Band zwischen uns nie ganz zerschnitten worden. Eine Erkenntnis, die mich zu der stummen Frage verleitet: Was wäre passiert, wenn …?

»Verzeih mir«, sage ich, bevor ich mich weiter in derartigen Spekulationen verliere. »Tut mir leid, wenn ich dich beunruhige. Ich weiß wirklich nicht, wieso du so geduldig mit mir bist.«

»Weil du verrückt bist. Ist man nicht nachsichtig mit Verrückten?«

Ich hebe den Kopf und sehe ihn an. Als mir ein leises Lachen entfährt, nimmt er meinen Kopf zwischen die Hände und schüttelt ihn ein bisschen, als ließen sich dadurch meine wirren Gedanken auf die Reihe bringen.

»Gehen wir was essen?«

Ich zögere kurz, weiß nicht, ob ich Lust auf ein Restaurant und viele Leute habe.

»Und wenn wir was mit nach Hause nehmen?«

»Bin dabei! Hast du Lust auf Chinesisch? Es gibt hier einen Imbiss, der wunderbare Sojaspaghetti macht.«

»Super, gehen wir.«

»Danke, Pau.«

»Wofür denn? Ich habe nur gesagt, dass wir zum Chinesen gehen, nicht dass ich dich einlade.«

Er macht einen Witz, wie immer wenn die Lage ernst wird. Als Dank für die Zeit, die er sich nimmt, und für die Zuneigung, die er mir entgegenbringt, müsste ich ihm eigentlich Gott weiß was schenken. Ein Flugticket nach Peking etwa, verbunden mit einer Einladung ins exklusivste Restaurant zum Entenbraten.

Während wir auf die Bestellung warten, nehmen wir am Tresen Platz und essen ein paar von den knusprigen Krabbenchips. Mit unseren verführerisch duftenden Essensbehältern machen wir uns dann auf den Heimweg, müssen dabei eine Straße hinauf, die so steil ist, dass es einem vorkommt, als würde man sich den Wolken nähern.

Sobald wir die Wohnung betreten, schaltet Pau seinen iPod an und legt Musik auf, nicht sehr laut, aber ich erkenne sofort die Gruppe Beirut.

»Nein, bitte nicht, das stimmt mich traurig«, wende ich ein. »Und das wäre in Anbetracht meiner derzeitigen Gemütslage keine gute Idee.«

»Okay, kein Problem! Lieber Radio? Was mich betrifft, ich rauche jetzt erst mal eine, das kannst du mir nicht verbieten.«

Ich muss grinsen. Früher habe ich ihn nämlich genervt mit meinen Vorhaltungen, dass er zu viel rauche.

»Gib mir auch eine.«

Anschließend legen wir ein paar Kissen auf den Boden, machen es uns darauf bequem und fangen genüsslich an zu essen. Im Radio läuft ein fader Popsong nach dem anderen, harmlos dahinplätschernde Unterhaltung, die jedoch den unschätzbaren Vorteil hat, mir nicht aufs Gemüt zu schlagen.

Zusammen mit Pau in dieser gemütlichen Höhle eingeschlossen zu sein, versetzt mich in einen Zustand wunschloser Zufriedenheit, ich fühle mich vor der Welt und allen Problemen geschützt. Nach dem Essen lehnen wir uns gegen die Sessel, zünden uns noch eine Zigarette an und unterhalten uns. Wir sprechen von Dingen, die nichts mit irgendwelchen Ängsten, Problemen oder Fluchten zu tun haben – sprechen so miteinander, wie wir es vor langer Zeit getan haben, als es uns allein darum ging, unsere Möglichkeiten zu erkunden. Er erzählt mir von seinem Leben in Paris, von seinem Heimweh, aber genauso von seinem geglückten Neuanfang, von Freundschaften und dem ein oder anderen flüchtigen Abenteuer. Ich ziehe ihn ein bisschen auf, um Details zu erfahren, versuche ihn aus der Reserve zu locken und frage mich unwillkürlich, wie diese faszinierend legeren Französinnen wohl mit ihm umgehen, ob sie interessanter oder liebevoller sind als ich, und ob ihn eine von ihnen früher oder später dazu bringen wird, sich so bedingungslos in sie zu verlieben, wie es mir nie gelungen ist.

Pau hingegen vermeidet es, mich nach meinem Liebesleben zu fragen, wofür ich ihm dankbar bin, und so erwähne ich weder Claudio noch die anderen Begegnungen, die ich in Italien hatte. Desgleichen verschweige ich ihm den Brief, den ich öffnen muss, wenn der Sommer vorbei ist und die Stunde der Wahrheit kommt. Eigentlich wollte ich ihm ja alles erzählen, doch ich habe keine Lust, weiteren Seelenschutt vor ihm auszukippen – dieser Moment ist einfach zu schön, um zerstört zu werden.

Eine tiefe, sinnliche Frauenstimme moderiert jetzt das Musikprogramm des Radios, das am späten Abend deutlich weniger kommerziell zu sein scheint. Sogar ein paar Indie-Stücke wurden bereits gespielt, und zu unserer großen Überraschung wird gerade ein Song der Band Beirut angekündigt. *Postcards from Italy*. Die Moderatorin spricht es französisch aus, mit Betonung auf der letzten Silbe: *Italie*.

The times we had. Oh, when the wind would blow with rain and snow. Were not all bad. We put our feet just where they had, had to go. Never to go.

Wir müssen grinsen bei diesen Worten. Offensichtlich war es Schicksal, dass dieser Song gespielt wird, den ich früher am Abend nicht hören mochte. Da kann man nichts machen. In Erinnerungen versunken lausche ich den Trompeten und Ukulelen, und die wehmütige Stimme scheint mir von uns zu sprechen. Ich sehe Pau an, und für einen Moment blitzt auf seinem Gesicht dieser Ausdruck auf, den ich so gut kenne: ernst und konzentriert, auf eine fast provozierende Art. Er hatte ihn nicht allein bei einer wichtigen Arbeit, sondern ebenfalls, wenn wir uns liebten.

Was genau danach passierte, weiß ich nicht mehr so recht.

Der Rauch der Zigarette, den ich gerade eingesogen habe, findet sich mit einem Mal in seinem Mund wieder, und unsere Lippen sperren ihn dort ein. Nach diesem eher zufälligen Aufeinandertreffen drücken wir entschlossen unsere Zigaretten aus und durchlöchern damit nicht bloß eines der Aluminiumschälchen vom Chinesen, sondern auch den stillschweigenden Pakt, den wir am Ende unserer Paarbeziehung geschlossen haben: niemals wieder miteinander ins Bett zu gehen.

Pau zieht mich langsam aus, seine Berührungen tun mir gut, sind wie Balsam für meine Seele. Zwar sind unsere achtlos ausgedrückten Zigaretten zu Asche geworden, aber das ist alles, was erloschen ist, denn die Glut zwischen uns lodert hell wie am ersten Tag.

Ich lasse zu, dass er mir T-Shirt und BH auszieht, lasse zu, dass seine Augen sehen, was ihnen längst bekannt ist. Mit den Händen fahre ich unter seinen Pullover und streichle seinen Brustkorb, finde das Grübchen, das er am unteren Ende des Brustbeins hat, eine kleine Mulde, in die ich einen Kuss hauche, um ihm anschließend das T-Shirt über den Kopf zu ziehen. Seine Fingerspitzen streicheln meine Brustwarzen, gehen Wege, die ihnen aus der Vergangenheit vertraut sind, während seine Lippen Erinnerungen in meinem Körper wachrufen.

Alles kommt wieder zurück.

Er weiß, wie er mich zu nehmen hat, was mir gefällt, was mich erregt, wo er mich berühren und wo er mich küssen muss. Beim Sex legt Pau eine unglaubliche Selbstsicherheit und Virtuosität an den Tag. Ich verstehe es als Pendant zu der Genialität, mit der er seine Kunstwerke erschafft. Als ich mich rittlings auf ihn setze, packt er meine Schenkel und hält mich an sich gepresst, hebt mich hoch und trägt mich zum Tisch. Der Mond schaut uns durch die Fenster zu und vielleicht genauso der ein oder andere neugierige Nachbar von gegenüber, denn wir haben die Vorhänge nicht zugezogen.

Pau legt mich auf den Rücken, zieht mir die Jeans aus, studiert mich ausgiebig, als wäre ich ein unfertiges Schmuckstück, das er noch bearbeiten muss. Dann beginnt er meinen ganzen Körper zu küssen, Stück für Stück, von oben bis unten, hält bei der

Mitte inne, zieht mir den Slip herunter und legt eine Kette aus Küssen vom Nabel bis zur Scham. Ich bäume mich auf, spüre die Härte des Tisches kaum, und wenn es einen winzigen Schmerz gegeben haben sollte, so versüßt und lindert Pau ihn. Niemals fordert er etwas von mir, schenkt mir stattdessen all die Liebe, die ich in letzter Zeit entbehren musste. Er leckt und küsst mich überall, hört nicht auf, mich zu erregen, gleitet unermüdlich mit seiner Zunge über meinen Körper.

Ich weiß nicht, wie lange es dauert: Jedenfalls habe ich das Gefühl, dass die Zeit stillsteht und ich reduziert bin auf die Lust, die er mir schenkt. Wieder und wieder treibt er mich bis kurz vor den Höhepunkt, um dann mit der Sicherheit des erfahrenen Liebhabers innezuhalten, um das Spiel noch ein wenig in die Länge zu ziehen.

»Komm in mich«, dränge ich ihn, als ich es kaum noch ertrage.

Endlich stellt er sich vor den Tisch, zieht seine Hose aus, drückt mich an sich, bis mein Geschlecht das seine berührt, und reibt sich an mir. Erneut ist da dieser angespannte Gesichtsausdruck, der mich ganz verrückt macht. Ganz langsam, ganz zärtlich und dennoch voller Leidenschaft dringt er schließlich in mich ein. Genau wie früher. Unsere Körper gewöhnen sich sofort wieder aneinander, fallen in die alte Routine. Nichts ist vergessen. Pau bewegt sich erst verhalten, wird immer schneller, seine Hände hat er an den Tisch gepresst, die meinen um seinen Nacken geklammert. Sein Schweiß tropft auf mich herunter, ich lecke ein paar salzige Spuren auf, erkenne den vertrauten Geschmack wieder.

Pau stöhnt laut auf, als er kommt, schließt die Augen und sackt über meiner Brust zusammen. Ein paar Sekunden hängt er so über mir, sein Rücken hebt und senkt sich im Rhythmus seines stoßweisen Atems. Schließlich richtet er sich auf, zündet sich eine Zigarette an, macht ein paar Züge und kommt zurück zu dem Tisch, auf dem ich immer noch liege, bläst mir den Rauch auf mein Geschlecht und leckt mich, wieder und wieder tut er das, immer abwechselnd. Auf diese Weise facht er meine Lust ein weiteres Mal an und treibt mich zum Höhepunkt.

Dann nimmt er mich in die Arme und trägt mich in sein Bett. Ich fühle mich wie eine Blume, die, in voller Blüte stehend, gepflückt wurde und nun bereits an Kraft verliert. Müde und erschöpft, wie ich bin, schlafe ich binnen Minuten ein. Das Letzte, was ich sehe, ist Pau, der mich zärtlich küsst und mich mit einem Laken zudeckt.

Mitten in der Nacht stehe ich auf, ziehe Slip und T-Shirt an und gehe ins Wohnzimmer, stelle mich ans Fenster und schaue auf die Straße hinaus. Die Straßenreinigung sammelt gerade die Überreste vom Tag zusammen, die Rollläden der Lokale sind heruntergelassen. Ab und zu fährt ein Auto vorbei, zwei junge

Leute küssen sich neben einem Hauseingang. Bei ihrem Anblick frage ich mich, was mir meine Reise, die ich mit so großen Erwartungen begonnen habe, eigentlich gebracht hat: Die Heiterkeit, das träge In-den-Tag-hinein-Leben des Anfangs, habe ich in Mailand zurückgelassen. Und die Suche nach mir selbst auf den Spuren meiner Mutter? Sie hat ein höchst verstörendes Resultat gebracht, das ich erst noch bewältigen muss. Insgesamt habe ich also eher das Gefühl, vor einem Scherbenhaufen zu stehen. Spätestens, nachdem Claudio sich als eine Geschichte ohne Zukunft erwiesen hat, die alle meine Träume in sich zusammenfallen ließ.

Hätte es überhaupt noch schlimmer kommen können? Erst habe ich mich in den falschen Typen verliebt, dann ist mir der Mann über den Weg gelaufen, dem ich nie begegnen wollte, um schlussendlich in den Armen eines Mannes zu landen, den ich vor gar nicht allzu langer Zeit verlassen habe. Es ist, als würde ich wie bei einer Zeitreise in die Vergangenheit zurückversetzt – eine Zukunft scheint es für mich nicht zu geben.

Wie auch immer. Jedenfalls steht fest, dass dieser Sommer sich unweigerlich seinem Ende nähert. Die Zeiger der Uhr rücken unaufhaltsam vor, jede Stunde, jeden Tag, und erinnern mich daran, dass die Auszeit, die ich mir genommen habe, bald vorbei ist und ich in mein altes Leben zurückkehren und der Wahrheit ins Gesicht sehen muss. Der Brief kann nicht ewig warten. Früher oder später werde ich gezwungen sein, mich dem Urteil, das er enthält, zu stellen. Damit allerdings will ich Pau nicht behelligen ...

»Hey, was machst du da?«

Er ist ins Zimmer getreten und setzt sich mir gegenüber.

»Ich konnte nicht schlafen, ich ... Entschuldige, wenn ich dich geweckt habe.«

»Du hast mich nicht geweckt.«

Als er Anstalten macht, sich eine Zigarette anzuzünden, halte ich seine Hand fest. »Nein, jetzt nicht.«

»Was ist mit dir? Spuck es aus«, fordert er mich auf und sieht mich forschend an, da er offensichtlich meine Unruhe bemerkt hat.

»Da sind so viele Dinge, die ich dir noch nicht erzählt habe«, beginne ich zögernd.

»Dann los, ich höre.«

Ich schüttele den Kopf.

»Lavinia, du hast hoffentlich nicht vergessen, dass du mir alles sagen kannst.«

»Nein, das weiß ich. Es ist nur so, dass ich es diesmal nicht sagen will. Es sind Dinge, die ich selber erst verstehen und verarbeiten muss.«

»Na gut ... Dann verrate mir wenigstens, was ich dabei tun kann.«

»Nichts, Pau. Wenn möglich, lass mich einfach ein wenig bei dir bleiben und lass mich gehen, wenn der Moment gekommen ist.«

Ein Kälteschauer fährt mir plötzlich über den Rücken.

Ich rede von Sich-gehen-Lassen und einem bestimmten Moment, der kommt, als wäre mein
Schicksal bereits definitiv besiegelt. Warum habe ich
nicht den Mut, Pau von dem Brief zu erzählen und
ihm zu gestehen, dass ich zu feige war, ihn zu öffnen, sondern schlage mich allein mit meiner Angst
herum?

Pau schweigt ein paar Sekunden lang, sitzt da in
Gedanken versunken, dann steht er auf und umarmt
mich ganz fest. Er kann den Sinn meiner orakelhaf-
ten Worte nicht entschlüsseln, doch er spürt meine
Verzweiflung.

»Gibt es etwas, das du mir sagen musst?«

Ich zögere einen Augenblick, bevor ich energisch
den Kopf schüttele.

Pau glaubt mir nicht, für einen Moment verdun-
kelt sich sein Gesicht, wirkt fast wütend.

»Wie kann ich dir helfen, wenn du mich nicht an
dich heranlässt?«

In diesem Moment erkenne ich in seinem Gesicht
denselben Schmerz, dieselbe Hilflosigkeit wie damals
während der Krankheit meiner Mutter, als ich mich
ebenfalls in mein Schneckenhaus verkroch und ihn
damit zutiefst verletzte. Jetzt kehren die Schatten der
Vergangenheit zurück und drohen die Gegenwart zu
vergiften.

Ich weiß nicht, was ich erwidern soll, ich kann bloß
die Arme um ihn legen und ihm leise zuflüstern: »Ich
will nicht noch einmal alles falsch machen mit dir.«

»Du hast nie etwas falsch gemacht.«

Ohne etwas klären zu können zwischen uns, gehen wir wieder ins Bett und schlafen ein, unsere Körper ganz nah beieinander, während unsere Träume in die Ferne schweifen.

6

Das Karussell

Am Morgen danach bleibe ich in Paus Wohnung, nachdem er in sein Atelier gegangen ist, und mache mich daran, nach einem kleinen Appartement zu suchen, das ich mieten kann. Ich habe nämlich beschlossen, noch eine Zeit lang in Paris zu bleiben, vielleicht bis zum Ende des Sommers – ich bin es müde, ziellos herumzureisen. Natürlich könnte ich weiter bei Pau wohnen, aber ich will es vorsichtig angehen mit unserer Wiederannäherung.

Noch für den Nachmittag verabrede ich mich mit drei Wohnungseigentümern, und am Abend schon habe ich einen Vertrag in den Händen: Ein Rundfunkjournalist mittleren Alters, der wegen einer Reportage für mindestens einen Monat nach Algerien reisen muss, überlässt mir für die Dauer seiner Abwesenheit sein Appartement. Wir sind uns sofort handelseinig geworden.

Als die Wohnungstür aufging, war ich geblendet von dem vielen Licht, das mir entgegenflutete. Die kleine Zweizimmerwohnung liegt im Dachgeschoss des höchsten Gebäudes der Straße und bekommt von allen Seiten Sonne ab. Ein Traum. Ich hoffe, die hellen Räume tragen dazu bei, auch meinen Kopf klarer und leichter zu machen.

Marc, wie der Besitzer heißt, hat mir großzügig alles Inventar zur Nutzung überlassen, und das zu einem fairen Preis. Vorausgesetzt, ich nähme beim Auszug nichts mit, scherzte er und zwinkerte mir zu. Ein Glückstreffer ohnegleichen. Das Haus liegt nur wenige Schritte vom Canal Saint-Martin entfernt, und mir gefällt die Idee, jeden Tag mit dem Fahrrad an dem Wasserweg entlangzugondeln und über Brücken und Stege zu kreuzen. Ich fühle mich schon ganz wie die Hauptperson aus dem berühmten Film »Die wunderbare Welt der Amélie«.

Und was das Beste ist: Gleich morgen kann ich einziehen.

Als Pau am Abend nach Hause kommt, erzähle ich ihm von meiner neuen Unterkunft. Er freut sich für mich und schlägt mir vor, dass wir uns im Parc de la Villette einen Film anschauen.

»Fürs Abendessen ist bereits gesorgt«, fügt er hinzu und hebt eine Tüte hoch, in der sich alles Nötige für ein Picknick befindet.

»Sag, was du alles gekauft hast!«

»Stinkerkäse und Körnerbrot. Und jede Menge Obst.«

»Und was noch?«

»Ich kenne dich doch. Eisgekühlten Weißwein, einen Chablis, um genau zu sein.«

»Jaaa!«

Ein ideales Menü für mich, und Kino ist ebenfalls ganz wunderbar. Seit ich herumreise, habe ich nämlich keinen Film mehr gesehen. Und dabei bin ich in Barcelona mindestens einmal die Woche ins Kino gegangen, entweder mit meiner Mutter oder mit Freunden.

Wir beschließen, zu Fuß in den Park zu gehen. Pau und ich sind immer gern gelaufen, und heute Abend ist die Luft einfach zu schön, um in die Metro abzutauchen. Offenbar sind wir nicht die Einzigen, die so denken, denn ein Strom von Menschen bewegt sich in die gleiche Richtung, alle mit Picknickkörben und Decken bewaffnet.

Nicht lange und wir sehen die riesige Stahlkugel des Kinos La Géode, die in der Abenddämmerung wirkt wie ein Mond, der auf die Erde gefallen ist. Darin befindet sich die größte Leinwand Europas. Unser Ziel ist heute allerdings die große Leinwand im Freien, vor der Liegestühle für die Zuschauer stehen. Leider sind alle belegt, und wir müssen mit dem Boden vorliebnehmen. Da der Film erst nach Anbruch der Dunkelheit beginnt, packt Pau erst mal unseren Picknickkorb aus, entkorkt den Wein und reicht mir ein Glas. Alles könnte so stimmungsvoll sein, so entspannt, wenn ich nur nicht so bedrückt wäre.

»Denkst du immer noch an Carloforte?«, fragt Pau unvermittelt.

Er kennt mich einfach zu gut, ihm kann ich nichts vormachen.

»Ja, tut mir leid. Ich fühle mich sehr wohl hier bei dir, aber mir spuken nach wie vor die Bilder aus den vergangenen Tagen im Kopf herum.«

Wieder nimmt er mich einfach in die Arme, ohne weitere Worte zu verlieren.

»Welchen Film schauen wir uns eigentlich an?«, erkundige ich mich nach einer Weile, um von meiner Verlegenheit abzulenken.

»*Mustang*. Ich habe ihn schon gesehen. Er wird dir bestimmt gefallen«, sagt er im Brustton der Überzeugung.

»Wovon handelt er?«

»Musst du immer alles im Voraus wissen?«, zieht er mich auf. »Wart's ab und vertrau mir.«

»Ach komm, du weißt schließlich, wie neugierig ich bin«, erwidere ich und angele nach dem Handy, um den Film zu googeln.

Ich tippe gerade »Film Mustang Handlung« ein, als ich sehe, dass ich sechs Whatsapp-Nachrichten erhalten habe. Alle von Laia.

Ich muss dir was gestehen / Klar, dass du sagen wirst, du hast es seit einer Ewigkeit gewusst / Bist du da irgendwo, Lavinia? / Ich bitte dich, antworte mir! / Ich weiß einfach nicht, wie mir geschieht, aber mit Xavi ist es nicht mehr wie vorher, ich habe das Gefühl, er ist nicht länger nur ein Freund. Wenn ich mit ihm zusammen bin, fühle ich mich unglaublich wohl, und das Schlimmste ist, wenn wir nicht zusammen sind, muss ich ständig an ihn denken.

Bingo, als ob ich es nicht geahnt hätte!

»Entschuldige, Pau … Laia hat mir geschrieben … Ich kann es einfach nicht glauben!«

»Was denn?«

»Sie hat endlich gemerkt, dass sie auf Xavi steht.«

»Na, dann ist ja alles gut. Xavi ist immerhin seit Ewigkeiten in sie verliebt.«

»Du glaubst das also auch?«, will ich wissen und strahle wie ein Honigkuchenpferd. »Ich habe nämlich seit Langem den Verdacht, dass da was läuft.«

Pau ist ein unglaublich sensibler und empathischer Mensch und verfügt über eine enorme Fähigkeit, die Gemütslagen anderer Leute zu erfassen. Vielleicht hat das damit zu tun, dass er ein guter Zuhörer ist. Ich hingegen bin das nicht, kreise dauernd um mich selbst und kriege deshalb viele Dinge überhaupt nicht mit. Insofern bin ich fast stolz, dass ich auf Laia und Xavi bezogen den richtigen Riecher hatte.

Sag es nicht mir, sondern ihm, antworte ich Laia. *Er wartet sicher darauf.*

Das sagst du so einfach. Da ist immer irgendeine Tussi, die um ihn herumschwirrt! Außerdem ist mir das Ganze entsetzlich peinlich. Und was ist mit Luis … Ich kann eine Beziehung nach sieben Jahren nicht so mir nichts, dir nichts in den Wind schießen. Vielleicht geht diese Anwandlung ja wieder vorbei … Ich hoffe es sogar.

Laia, hör auf, Vergangenem nachzujammern, und mach endlich Nägel mit Köpfen! Worauf wartest du noch? Aufs nächste Leben oder was??

»Also, wenn du weiter wie eine Wahnsinnige auf die Tasten einhämmerst, sind sie bald hin«, spottet Pau.

Ich versetze ihm einen Klaps. »Jaja, schon gut. Aber sag selbst: Ist es nicht der Gipfel, dass sie es ihm nicht sagen will. Ich hasse es, wenn Laia die Schüchterne spielt. Obwohl sie es nicht ist!«

»Wahrscheinlich faselt sie was von wegen Angst und die Freundschaft aufs Spiel setzen, oder?«

Pau grinst, er scheint sich sehr zu amüsieren, ganz im Gegensatz zu mir.

»Sie sagt, es sei ihr peinlich und sie wisse nicht wirklich, ob er ihre Gefühle erwidert.«

Das Aufleuchten der großen Leinwand beendet unsere Diskussion über Laias Liebesleben ebenso wie meinen Nachrichtenaustausch mit ihr.

Muss jetzt aufhören, wir sprechen uns später, tippe ich schnell noch in die Tasten.

»Wenigstens hat Laia dich abgelenkt, und du hast dir die Handlung des Films nicht durchgelesen«, flüstert mir Pau süffisant zu.

»Psst, ich muss mich auf den Vorspann konzentrieren«, gebe ich zurück und drücke ihm einen Kuss auf die Wange.

Wie üblich hat Pau sich bezüglich meines Geschmacks nicht getäuscht: Der Film ist tatsächlich unglaublich fesselnd, und ich tauche völlig in die Geschichte dieser fünf Mädchen ein, die zwischen der Sehnsucht nach Freiheit und den Zwängen der Tradition hin- und hergerissen werden. Den Blick gebannt auf die Leinwand gerichtet, habe ich den Kopf an Paus Schulter gelehnt, und es kommt mir beinahe vor, als wäre ich zu Hause in Barcelona und meine Welt wäre noch in Ordnung.

Ein Gefühl, das sich in den kommenden Tagen fortsetzt und mir hilft, eine gewisse Stabilität wiederzufinden. Zwar hängt mein inneres Gleichgewicht an nicht mehr als einem dünnen Faden, der leicht zerreißen kann, doch wenigstens ist da etwas Reales, Konkretes, Bekanntes, das meinem Leben Halt gibt – und das auf jeden Fall nichts mit unglücklichen Liebschaften und unerwartet auftauchenden Vätern zu tun hat.

Eine angenehm zwanglose Routine entwickelt sich zwischen uns. Tagsüber macht jeder sein eigenes Ding – Pau geht seiner Arbeit nach, während ich auf eigene Faust die Stadt erkunde –, und am Abend finden wir uns zusammen, verbringen die letzten Stunden des Tages miteinander, vom Sonnenuntergang bis zum Aufleuchten der Sterne am Himmel. Man könnte uns glatt für ein Paar halten, das aus welchen Gründen auch immer das helle Tageslicht scheut und erst mit Anbruch der Dunkelheit aufeinandertrifft.

Jedenfalls kommen wir uns auf diese Weise wieder näher und finden zurück zu unse[r] Zuneigung. Es ist, als wäre da eine Öffnung zunehmend weitet, sodass sie eines Tages vielleicht groß genug ist, damit die Liebe erneut eindringen kann.

Oft machen wir lange Spaziergänge durch die Stadt, mal auf dem rechten, mal auf dem linken Seineufer, durchqueren im Geist vergangene Epochen, die Paris geprägt haben. Überall spüren wir den Atem der Geschichte. Ein andermal legen wir uns in öffentlichen Gärten und Parks ins Gras, oder wir setzen uns auf einen der zahllosen Plätze und warten darauf, dass die Lichter von Paris aufleuchten und uns die Stadt in ihrer vollen Schönheit zeigen.

Irgendwann gehen wir wieder nach Hause, jeder in seine eigene Wohnung, und lassen alle Worte und Liebkosungen und Geschichten draußen vor der Tür, um uns wieder in zwei getrennte Leben zurückzuziehen. Keiner von uns beiden will zu weit in den Raum des anderen eindringen. Heiter und zufrieden leben wir mit- und nebeneinander, ohne bestimmte Grenzen zu überschreiten.

Heute ist der erste Abend, den wir getrennt verbringen, denn Pau muss bis morgen eine Arbeit fertigmachen. Es ist gerade acht Uhr vorbei, und die Zeit bis zum nächsten Morgen kommt mir unendlich lang vor. Überdies fühle ich mich mit einem Mal fremd in dieser Wohnung voller Dinge, die nicht mir gehören – als wäre ich gar nicht richtig ich selbst.

Ich muss mich auf andere Gedanken bringen.

Schwimmen, für mich ein erprobtes Allheilmittel, das wäre jetzt das Richtige. Im Internet suche ich nach einem Schwimmbad, das am Abend noch offen ist, und finde prompt eines: das Pontoise. Zu Fuß dorthin sind es etwa fünfzig Minuten, doch es ist ein schöner Weg durch das Marais, eines der alten Pariser Viertel, bis Notre-Dame, dann über die Seine zum Boulevard Saint-Germain.

Bevor ich das Haus verlasse blättere ich kurz im Album meiner Mutter, und meine Augen bleiben an einem Satz hängen, der mich berührt und mir zu denken gibt:

Es gibt keine Ankunft, es gibt keine Bestimmung. Das, was mir heute als Ziel erscheint, wird morgen der Ausgangspunkt für eine weitere Reise sein.

Der Gedanke, dass man im Grunde immer unterwegs ist, ohne je ein Ziel zu erreichen, gefällt mir zwar, hat aber zugleich etwas Deprimierendes. Schnell schlage ich das Album zu und stecke es in den Koffer. Für den Moment will ich mir nicht den Kopf zerbrechen, was diese Worte für mich und meine Zukunft bedeuten. Lieber denke ich heute an mein nächstes kleines Ziel, das Schwimmbad, als an meine große Lebensreise.

Entschlossen werfe ich mir den Rucksack mit den Schwimmsachen über die Schulter und gehe in den warmen Abend hinaus. Bei den ersten Schritten allerdings fange ich wieder an zu grübeln und denke an das Gewicht der Dinge, die mein Leben belasten. Etwa an das der Geige, die ich bis vor Kurzem mit mir herumgeschleppt habe, oder an das des Briefes, den ich in Barcelona zurückgelassen habe. Wie viel eine Sache wiegt, die uns belastet, entscheidet nicht eine Waage, sondern unser Herz, das von Mathematik keine Ahnung hat. So kann sich ein Brief, der bloß ein paar Gramm schwer ist, in einen Felsblock verwandeln und ein relativ kleines Musikinstrument in einen unerträglichen Ballast. Im Gegensatz dazu fühlt sich der vollgepackte Rucksack auf meinem Rücken an, als wären es zwei befreiende Flügel. Alles verändert sich, je nach den Emotionen, die wir damit verbinden und die so schwer zu regulieren sind.

Ich habe mich der Geige im physischen Sinne zwar entledigt, die damit verbundene gefühlsmäßige Last indes schleppe ich weiter mit mir herum. Der Abend in Ravello ist mir noch deutlich in Erinnerung: Meine Beine, die über das Gitter des kleinen Balkons stiegen und damit unwissentlich ein Minenfeld betraten. Claudios Territorium. Dort war ich in der Folge einer Kontaminierung ausgesetzt, die mir unter die Haut drang und sich wie ein Feuer in meinem ganzen Körper ausbreitete.

Ich habe zwar versucht, den Brand zu löschen, doch sobald ein Brandherd erlischt, entzünden sich andere, und alles war umsonst. Mein einziger Lichtblick ist, dass ich Pau wiedergefunden habe und er da ist, um mir die Abende erträglicher zu machen, wenn mit Einsetzen der Dunkelheit die vielen Fragen mich wie Nachtgeister überfallen.

Vor Notre-Dame renne ich, zerstreut wie ich bin, in eine Touristengruppe: eine fröhliche japanische Familie mit Rucksäcken und Fotoapparaten, die sich auf dem großen Platz versammelt hat und sich hier auf einem Foto verewigen will. Grinsend setze ich meinen Weg fort und überquere die Seine, wobei ich einen Moment auf der Brücke stehen bleibe und auf den majestätischen Fluss hinunterschaue, in dem sich die noch majestätischeren Häuser spiegeln.

Was mir am besten an den Pariser Gebäuden gefällt, sind die Schrägdächer mit den Schornsteinen dran, unter denen sich Mansardenwohnungen mit klitzekleinen Fenstern befinden. Manchmal stelle ich mir die Leute vor, die dort wohnen, und frage mich, welches Leben sie führen in ihren winzigen Appartements, zu denen man bisweilen nur über eine Wendeltreppe gelangt. Dann male ich mir aus, wie sie die Fenster öffnen und dann den atemberaubenden Blick über Paris vor Augen haben. Ob sie wohl genauso überwältigt sind wie ich in meiner Zufluchtsstätte auf Zeit? Oder macht die Gewohnheit einen unempfindlich? Für mich jedenfalls ist das Appartement des Journalisten nicht einfach eine Mansardenwohnung, sondern ein Eingang zur Stadt mit ihrem wimmelnden Leben, das man von oben beobachten kann.

Als ich meinen Weg aufs andere Flussufer fortsetze, komme ich in eine schmale Straße, in der elegante Damen und Herren flanieren und wo beidseits einladende Brasserien mit grünen und roten Markisen locken. Vor einer steht ein Grüppchen sehr französisch aussehender junger Mädchen, von denen besonders eine meine Aufmerksamkeit erregt: kastanienbraune Haare, groß und sehr schlank, in Jeans und T-Shirt gekleidet, in der einen Hand ein Glas Rotwein, in der anderen eine Zigarette. Neid erfüllt mich. So wie sie möchte ich sein und mit ihr auf den Eingangstreppen ihrer Eliteschule sitzen und so tun, als würde man über Politik sprechen.

Irgendwann komme ich beim Schwimmbad an.

Endlich. Ich gehe hinein, ziehe mich schnell um und tauche ins Wasser ein. Die ersten Bahnen schwimme ich auf dem Rücken, betrachte völlig fasziniert die mich umgebende Pracht. Das Becken ist auf allen vier Seiten von dreistöckigen Säulengängen umgeben, hinter denen Reihen von Umkleidekabinen mit blauen Türen zu sehen sind. Sie erinnern an Strandhütten, und bei ihrem Anblick muss ich an Ferien am Meer denken, an Kinder, die am Abend ihre Eimer und Schwimmreifen dort verstauen, und an Halbwüchsige, die dort heimlich knutschen. Das hohe Dach der Schwimmhalle ist komplett verglast,

sodass man den Himmel sieht, der sich jetzt in einem tiefen Dunkelblau zeigt, das sich bald schwarz
färben wird. Der ganze Raum strahlt Ruhe und Frieden aus. Es ist ein wunderbarer Ort, in einer wunderbaren Stadt.

Meine negativen Gedanken lösen sich in Nichts
auf, und wie immer beim Schwimmen fühle ich
mich einfach wohl. Für mich ist das Wasser wie ein
Wunderelixier, das sämtlichen Schmutz von mir
abwäscht. Mein Körper verliert alles Gewicht, alle
Schwere und alle Sorgen fallen von mir ab, während
ich mich auf der Oberfläche treiben lasse. Sechsundzwanzig Bahnen schwimme ich im Ganzen, eine
Bahn für jedes Jahr meines Lebens, jeder Schlag meines Arms eine wertvolle Minute. Mehr und mehr
gelange ich zu der Erkenntnis, welch kostbares Gut
die Zeit ist. Zu kostbar, um sie gedankenlos zu verschwenden.

Tropfend steige ich aus dem Wasser, ziehe mir die
Badekappe vom Kopf, wickele mich in mein Handtuch und strecke mich für ein paar Minuten auf einer Liege aus, bis der feuchte Badeanzug mir den
Körper auskühlt. Deshalb stelle ich mich ausgiebig
unter eine heiße Dusche, bevor ich mich auf den
Heimweg mache.

Diesmal gehe ich nicht zu Fuß, sondern nehme einen der zahlreichen Nachtbusse, die kreuz und quer
durch die Stadt fahren. Kaum in meiner Mansarde
angekommen, falle ich sofort ins Bett und überlasse

mich der lähmenden Müdigkeit, die einzig das Schwimmen mir zu geben vermag.

Am nächsten Morgen fühle ich mich erheblich besser und schicke sofort eine Nachricht an Pau:

Wollen wir heute Abend Party machen?

Wie meinst du das, Party machen?

Ob wir was zusammen unternehmen.

Na klar! Ich hole dich um achtzehn Uhr ab, freue mich schon.

Ich mich auch.

Den Vormittag verbringe ich in der Großen Moschee, die sich im Quartier Latin befindet. Mit Laia bin ich bereits einmal hier gewesen, damals allerdings zu dem Zweck, in den Hamam, das Dampfbad, zu gehen. Es ist ein außergewöhnliches Bauwerk mit seinem hohen Minarett, das die Dächer der umliegenden Gebäude überragt. Bereits am Eingang ahnt man, dass man gleich die Schwelle zu einem magischen Ort übertreten wird. Der Torbogen aus weißem Stein ist mit grünen Arabesken verziert und öffnet sich auf einen begrünten Hof mit Springbrunnen und geometrisch zurechtgestutzten Pflanzen.

Die unerwartete Stille hier trifft mich nach dem Lärm der Straßen ganz unvorbereitet. Ich schlendere zwischen mosaikverzierten Säulen hindurch und durchquere verschiedene Innenhöfe, die mich an die Alhambra in Granada erinnern. Die gepflegten Gartenanlagen erstrecken sich bis zu den Außenmauern, wo man vor einer Teestube an kleinen, nachtblauen Tischchen im Schatten von Zitronenbäumen sitzen kann.

Ich bestelle einen Pfefferminztee und gemischtes arabisches Gebäck, ein Stück köstlicher als das andere. Statt menschlicher Gesellschaft habe ich das Album meiner Mutter mitgenommen, und während ich darin blättere, nimmt das Italien, das sie als junge Frau bereist hat, anhand von Ansichtskarten, Zeitungsausschnitten und Fotos Gestalt an. Ich betrachte ihre mit unterschiedlichen Stiften geschriebenen Notizen und bemerke, wie ihre Schrift sich mit der Zeit verändert, wie sie sich manchmal neigt und manchmal schmaler wird, wie die Worte mal in deutlichen Druckbuchstaben dastehen, mal in einem nervösen Kursiv, vielleicht auf der Fahrt in irgendeinem Verkehrsmittel eilig hingekritzelt. Und plötzlich habe ich das Gefühl, dass einzelne Buchstaben zum Leben erwachen, sich von den Seiten lösen, aufsteigen in den Himmel und zwischen den Blättern der Bäume hindurchschimmern.

Immer wieder sind es einzelne Sätze, die meine Aufmerksamkeit besonders fesseln:

Dinge, die ich am Weg verlor: ein Blusenknopf, ein Ohrring, ein paar Haare, die davongeflogen sind, die Brösel eines Paninos, Tränen, die ich zurückhielt, das Herz, das dort zurückgeblieben ist, wo ich es abgelegt hatte, auf dem Nachtkästchen neben deinem Bett.

Nachdenklich starre ich auf das Blatt: Nur ein paar

Seiten liegen zwischen diesem Eintrag und dem Bild von Carloforte. Folglich spricht einiges dafür, dass sie meinen Vater meint. Unvermittelt überfällt mich die Angst, dass von jetzt an ausschließlich von ihm die Rede sein könnte. Zumindest indirekt ist er von nun an ständig präsent, denn alles, was ich lese, erhält jetzt eine neue Bedeutung, erscheint in einem anderen Licht.

Wie der Mistral fegt er dir durch den Kopf, zerknautscht deine Kleider und streicht dir über die Haut. Lediglich wenige Tage hat es gedauert und war dennoch wie Fliegen … – Nichts wird übrig bleiben von diesen Nächten außer einem Stich mitten ins Herz, der mir von Zeit zu Zeit Gesellschaft leisten wird, und ich werde ihn still und dankbar annehmen wie ein wertvolles Geschenk.

Seit ich Bescheid weiß, lese ich solche Sätze mit den Augen und dem Herzen meiner Mutter, die, das sehe ich inzwischen klar, damals ganz ihm gehörte. Tief in meinem Inneren muss ich, wenngleich es mir widerstrebt, zugeben, was ich anfangs nicht wahrhaben wollte: dass Marta Giuseppe wirklich geliebt hat und von ihm mit der gleichen Unbedingtheit wiedergeliebt wurde.

In der kurzen gemeinsamen Zeit, die meine Mutter und mein Vater hatten, war nichts relativ – alles war absolut und von der großen Gewissheit ihrer Liebe getragen. Einer Liebe, die rein und wahrhaftig war, wiewohl zugleich verzweifelt und zum Scheitern verurteilt.

Der Gedanke an Claudio stiehlt sich in meinen Kopf.

Auch unsere Begegnung war kurz und intensiv … Vielleicht ist es manchen Liebesgeschichten einfach nicht bestimmt zu überdauern, vielleicht leben sie bloß an einem bestimmten Ort und zu einer bestimmten Zeit und welken dahin wie Blumen, die man in eine andere Umgebung setzt. Marta und Giuseppe waren erblüht auf der Insel, strahlten dort. Womöglich wären sie im Alltag verkümmert, erdrückt von all den Banalitäten, die das normale Leben so mit sich bringt. Hatten sie geahnt, dass ihre Liebe nicht alltagstauglich war, sondern sterben würde, und deshalb nicht darum gekämpft zusammenzubleiben? Und wer weiß, ob es sich mit Claudio nicht genauso verhält, ob wir nicht ebenfalls nur für eine begrenzte Zeit in unserer magischen Blase dahintreiben konnten. Es war schön, aber nun ist es zu Ende.

Ein Vögelchen pickt einen Brösel von meinem Tisch und reißt mich aus meinen Tagträumereien.

Als Nächstes gehe ich in Richtung Seine, vorbei am Pantheon, vor dem ich ein paar Minuten bewundernd stehen bleibe, schlendere an der Sorbonne vorüber, die sehr ernst und feierlich wirkt, und schaue mich anschließend in einer nahegelegenen Buchhandlung um, die aussieht wie aus der Zeit gefallen. Altmodisch, alles aus Holz, der Boden quietscht bei jedem Tritt. Ich mache es mir in einem Sessel gemütlich und verliere mich zwischen Buchdeckeln und Geschichten, blättere in historischen Werken, in Romanen, Reiseführern und Bildbänden. Die Zeit scheint hier völlig stillzustehen, und ich als leidenschaftliche Leserin komme mir selbst vor wie ein Relikt aus einer anderen Welt, vom Rest der Gesellschaft vergessen, vom Staub der Regale bedeckt. Und doch glauben wir Bücherwürmer gerne, Anspruch auf ewiges Leben zu haben. Unverwüstlich und von einer magischen Aura umgeben fühlen wir uns in Drachenblut getaucht und unbesiegbar. All diese Bücher scheinen mir dafür bestimmt, selbst Kriege, finstere Epochen und unheilvolle Katastrophen zu überdauern. Es ist unser Menschsein, das aus diesen Seiten aufleuchtet und uns tausend Leben verleiht.

Ich stelle die Bände wieder an ihre Plätze und kehre zurück ins wahre Leben. Laufe und laufe, biege um viele Ecken und überquere mehrere Brücken, komme an verlockenden Patisserien und Delikatessenläden vorbei sowie an zahllosen Kiosken, an deren Ständern die Blätter der Zeitungen genauso flattern wie die Röcke der vorübergehenden Mädchen. Mich hingegen treibt der böige Wind weiter in Richtung Norden, durch unzählige Straßen und Gassen, über breite Boulevards und durch ausgedehnte Grünanlagen, bis ich endlich erschöpft nach Hause finde. Dort lege ich mich sogleich auf ein Sofa, das nicht mir gehört, und schlummere sofort ein, um von einer Wirklichkeit zu träumen, die auch nicht die meine ist.

Ich wache erst auf, als es an der Tür klingelt und ich mir in Erinnerung rufe, dass Pau unten auf mich wartet.

Schnell streife ich ein Minikleid mit Blumenmuster über, das vorne eine lange Knopfleiste hat, richte mich her und betrachte mich kritisch im Spiegel. Schließlich will ich hübsch sein für Pau, auf den ich mich riesig freue, auch wenn ich es nicht zugeben will. Als ich runterkomme, steht er an die Motorhaube eines Renault gelehnt und zieht genüsslich an seiner Zigarette.

»Ciao, Lavinia.«

Mehr sagt er nicht und macht keinerlei Annäherungsversuche. Dabei hätte ich mich am liebsten auf ihn gestürzt, die Scheibe des fremden Wagens eingeschlagen und ihn auf die Rückbank gezerrt wie ein liebeskranker Teenager. Und ich fürchte, dass ich bei diesem Gedanken sogar rot werde wie ein dummes kleines Mädchen.

Um mich nicht zu verraten, fahre ich mir mit der Hand durch die Haare: »Und was machen wir?«

»Ich möchte dir einen ganz besonderen Ort zeigen.«

Spontan umarme ich ihn, da ich meine Freude, ihn zu sehen, nicht mehr verbergen kann.

Mit der Metro fahren wir nach Bercy, das im

XII. Arrondissement liegt. Ich bin noch nie in diesem Viertel gewesen, es kommt mir sehr modern vor. Pau zeigt auf vier imposante Wolkenkratzer, die angeordnet sind wie ein aufgeschlagenes Buch und den riesigen Gebäudekomplex der Bibliothek Mitterrand bilden.

»Wirklich sehr schön. Trotzdem möchte ich lieber an der frischen Luft bleiben«, wende ich ein.

»Nicht so voreilig, wir sind ja noch gar nicht da … Warte erst mal ab, ein bisschen Geduld musst du schon haben.«

Wir passieren eine Reihe kleiner Cafés am Ufer der Seine, bis wir zum Marktplatz von Bercy kommen, wo ein Schild mit einer Meerjungfrau auf ein Jahrmarktmuseum hinweist.

»Warst du hier schon mal?«

»Nein.« Ich schüttele den Kopf. »Was soll das überhaupt sein?«

»Ich habe dir doch gesagt, dass ich dir einen ganz besonderen Ort zeigen will – und das ist einer.«

Er hält mir eine Eintrittskarte hin und schiebt mich in einen Gang, den große Gipsfiguren säumen und von dem die eigentlichen Ausstellungsräume abgehen. Man scheint hier in eine ganz andere Zeit einzutreten, denn darin befinden sich Karussells aus den verschiedensten Epochen. Manche vergoldet und glänzend lackiert, einige sogar noch funktionsfähig.

»Es ist das Privatmuseum eines französischen

Schauspielers, der eine Leidenschaft für Karussells hatte. Du darfst alles anfassen, was du hier siehst, und wenn du willst, darfst du sogar einsteigen.«

Ich kann mich gar nicht sattsehen, bin völlig verzaubert von so viel nostalgischem Charme und fühle mich zurückversetzt in die Zeit, als ich noch ein Kind war. Die roten Vorhänge und die bunten Lichter verleihen den Räumlichkeiten eine magische Atmosphäre, die uns schnell gefangen nimmt. Es gibt bunt bemalte Holzpferde, Kutschen mit riesigen Rädern, herrlich altertümliche Fahrräder und viele weitere Wunderdinge.

Pau wählt ein Pferd mit schneeweißer Mähne und ich einen himmelblauen Delfin, als wir schließlich das größte Karussell besteigen. Leierkastenmusik aus der Spieldose begleitet uns auf unserer Fahrt immer und immer wieder im Kreis herum. Am Ende fühle ich mich, als wäre ich leicht beschwipst, und verliere fast die Orientierung, weil alles sich um mich dreht.

Im nächsten Zimmer sind lauter Dinge ausgestellt, die etwas mit dem Karneval in Venedig zu tun haben, und als wir in eine Gondel steigen, scheinen wir in einer völlig anderen Welt gelandet zu sein.

Ein Zimmer reiht sich ans andere, und in jedem befinden sich andere Dinge: Holzspielzeug, Schaukelpferde und alte Billardtische. Eines aber ist allen Räumen gemeinsam: Überall hängen Spiegel in jeder Form und Größe an den Wänden, ja sogar an der Decke, und sorgen dafür, dieses kleine Universum mit zahllosen Paus und Lavinias zu bevölkern.

Es ist bereits Abend, als wir wieder hinaus ins Freie treten, wo gerade ein Pantomime die Passanten unterhält. Eng umschlungen mischen wir uns unter die Zuschauermenge.

Ich umfange ihn zärtlich, drücke mich an ihn und atme tief seinen unverwechselbaren Duft ein, während wir uns, an einen Baum gelehnt, zärtlich küssen. Dieser verrückte Ort, der ein bisschen durchgeknallt und sehr irreal ist, hat etwas ganz Besonderes. Ich mag ihn allein deshalb, weil er so anders ist als die normale Welt.

»Ich bin immer noch gern mit dir zusammen«, raunt Pau mir ins Ohr.

Ich lächle ihn an zum Zeichen, dass das für mich genauso gilt, und küsse ihn erneut, diesmal mit mehr Leidenschaft, streiche ihm über die Haare und übers Gesicht.

Er sieht mich liebevoll an. »Lass uns gehen, sonst kann ich dir nicht widerstehen.«

Ich lache amüsiert auf und pflichte ihm bei.

Wir beschließen, am Montmartre zu Abend zu essen, obwohl der sich am anderen Ende der Stadt befindet. Egal. Hauptsache, wir haben das Gefühl, alle Zeit der Welt zu haben – die ganze Nacht, ganz Paris, alles scheint allein uns zu gehören. Wir genießen selbst die lange Fahrt mit der Metro, scheren uns nicht um die Leute und küssen uns ganz ungeniert.

Ich setze mich sogar auf seinen Schoß und flüstere ihm unanständige Dinge ins Ohr.

Später steigen wir in das alte Viertel der Pariser Bohème hinauf, die Heimat von so vielen bedeutenden Malern und Kunstschaffenden, die in Paris lebten und arbeiteten. Und wer weiß, ob hinter den von Glyzinien umrahmten Fenstern und Türen, in den niedrigen kleinen Läden und Werkstätten nicht etwas von dem überlebt hat, was einst dieses Viertel ausmachte. Etwas von diesem rauschhaften Lebensgefühl, das allerdings für so manchen in Armut und Elend endete und das man sich mit Pastis und Rotwein schöntrinken musste.

Die Windmühlenflügel vom Moulin Rouge leuchten rot vor dem Abendhimmel, als wir uns immer weiter den Hügel hinaufkämpfen, hoch über die Dächer der Stadt, bis wir zur Basilika von Sacré-Cœur gelangen und uns dort schwer atmend auf die große Treppe setzen. Paris liegt uns zu Füßen wie ein Teppich, und fast scheint es, als müssten wir bloß den Fuß ausstrecken, um ihn zu betreten.

Wir bleiben für eine Zigarettenlänge sitzen, dann wagen wir uns in die Gässchen, wo sich eine Bar an die andere reiht. Ich will eine mit Lämpchen vor der Tür ansteuern, aber Pau hält mich zurück und zieht mich weiter zu einer anderen, die ihm offenbar besser gefällt. Es ist ein Bistro mit violettem Anstrich, das sich auf halber Höhe einer langen Stiege befindet, wie sie überall im Straßengewirr von Montmartre noch zu finden sind. Alles ist eng, und mühsam zwängen wir uns an einen der winzigen Tische vor dem Eingang, die aussehen, als wären sie aneinandergeklebt, damit sie nicht nach unten stürzen. Eine brennende Kerze wirft ihr flackerndes Licht auf unsere Gesichter, als wir die Karte in Augenschein nehmen. Unsere Auswahl fällt typisch französisch aus: Wir teilen uns ein paar Pâtés, ein Fleischgericht mit Weinsauce und eine Flasche Rotwein.

»Dieser Ort ist wunderbar, Pau, der ganze Abend war einfach ein Traum.«

»Ich bin glücklich, dass du hier bist«, erwidert er schlicht.

Für einen Augenblick scheint es mir, dass dies seine Art ist, mir zu sagen, dass ich bei ihm bleiben soll. Und ich frage mich insgeheim, ob es möglich ist, einen Neuanfang für eine alte Geschichte zu finden und sie genau an der Stelle, wo sie auseinanderbrach, wieder zu flicken. Würden wir es schaffen, uns jetzt das zu geben, was wir uns damals nicht geben konnten, jetzt das zu sagen, was wir damals nicht zu sagen wagten?

Keine Ahnung, ich weiß es nicht.

Trotzdem ist Pau mir auf eine geradezu unheimliche Weise vertraut. Das merke ich während dieses Essens. Ich erkenne alle seine Gebärden wieder, ich weiß, dass er gleich sein Glas auf eine bestimmte Weise aufnehmen und dabei einen Ellbogen auf dem Tisch abstützen wird, dass er mich gleich fragt, ob ich noch Wein möchte. Es ist, als könnte ich seine Gedanken vorwegnehmen, weil er einfach zu mir gehört und ich zu ihm. Zum ersten Mal seit Tagen geht es mir wieder richtig gut.

Später dann, als Pau mich nach Hause begleitet, fordere ich ihn auf, mit in die Wohnung zu kommen und ein letztes Glas zu trinken. Was mir eigentlich vorschwebt, sage ich nicht laut, denn bislang ist es bei dem einen Mal am Abend meiner Ankunft geblieben.

»Sollen wir etwa den Weinkeller des Journalisten plündern?«

»Ich habe selber Wein gekauft, was denkst du denn?«, protestiere ich.

»Gott, bist du langweilig geworden, Mädchen«, sagt er mit einer theatralischen Geste und erntet dafür einen Knuff in die Schulter.

Als wir die Wohnung betreten und ich leicht beschwipst im Dunkeln über einen kleinen Läufer stolpere, packt er mich prompt und hält mich fest. Für einen kurzen Moment liegt Spannung in der Luft, keiner von uns beiden spricht ein Wort, nur unser Atem ist zu hören. Bis Pau mit einem Ruck die Tür zuschlägt und damit den Startschuss gibt, alle Hemmungen zu vergessen.

Ich kann mich kaum zurückhalten, so sehr begehre ich ihn, und ich spüre, dass es ihm genauso ergeht. Er drückt mich gegen die Dielenwand und nimmt meinen Kopf zwischen die Hände, zerwühlt mir die Haare noch mehr, während ich meine Arme so fest um seinen Hals schlinge, als wollte ich ihn erwürgen. Schließlich hebt er mich hoch und trägt mich zum Sofa.

»Zieh alles aus«, befiehlt er, zerrt sich selbst sein T-Shirt über den Kopf und öffnet die Hose.

Es sieht so aus, als hätte er Eile, mein Pau, als hätte er allzu lange die ungeschriebene Regel respektiert, Distanz wahren zu wollen, und als könnte er jetzt keinen Augenblick mehr warten.

Ganz langsam knöpfe ich mein Kleid auf, einen Knopf nach dem anderen, um ihn zu provozieren. Tatsächlich macht es ihn ganz verrückt, denn er reißt mir Kleid und Slip herunter, schaut mich an, wie ich daliege und warte, nackt und hingegossen wie Manets Olympia. Dann steckt er mir zwei Finger in den Mund, spielt mit meiner Zunge, fährt anschließend mit den nassen Fingern meinen Hals entlang und zwischen den Brüsten hinunter zum Nabel und weiter zu meinem heißen Geschlecht.

Plötzlich hat er keine Eile mehr, streichelt ganz sanft über meinen Venushügel, sucht die Öffnung zwischen meinen Beinen und steckt den Finger hinein. Ich komme ihm bebend entgegen, Schauer jagen über meinen Rücken, alles da unten ist feucht und gierig, und ich kann es kaum erwarten, dass er in mich eindringt. Das tut er auch, nachdem er den Finger herausgezogen hat, schnell und entschlossen, und meine Erregung ist so groß, dass ich es nicht lange aushalte, sondern fast sofort explodiere und meinen

Schrei im Sofakissen ersticke. Auch Pau kommt gleich danach zum Höhepunkt, und wir rutschen aneinandergeklammert wie zwei Äffchen auf den Boden und schlafen unverzüglich ein.

Keine Ahnung, wie lange wir dort gelegen haben. Ich bin es, die zuerst aufwacht und ihn sanft am Arm rüttelt.

»Hey! Lass uns ins Bett gehen.«

Er reißt weit die Augen auf und richtet sich noch ein wenig benommen auf, sieht sich verwirrt um, als wüsste er nicht, wo er sich befindet.

»Komm«, sage ich und stehe auf, strecke ihm eine Hand hin. Er ergreift sie und lässt sich hochziehen, doch als ich ihn in Richtung Schlafzimmer führen will, leistet er Widerstand.

»Nein«, sagt er, »ich muss nach Hause.«

Verdutzt sehe ich ihn an. »Wieso das denn? Willst du nicht hier schlafen.«

Unschlüssig kratzt er sich am Kopf und sucht seine auf dem Boden verstreuten Klamotten zusammen.

»Lass mal, ich gehe besser nach Hause. Ich brauche Sachen, die ich morgen Früh mit ins Atelier nehmen muss.« Er zieht sich an und kommt dann zu mir, um mir einen Kuss zu geben. »Entschuldige, aber du weißt ja, dass ich mit dem letzten Auftrag hintendran bin. Wenn ich bei dir schlafe, komme ich morgen bestimmt zu spät in die Werkstatt.«

Ich zwinge mich, meine Enttäuschung zu verbergen,

und bleibe trotz seiner Erklärung mit dem unbehaglichen Gefühl zurück, dass etwas gründlich falschgelaufen ist – dass wir uns nicht wirklich wiedergefunden haben, wie ich gehofft hatte.

Schlagartig fühle ich mich mal wieder fremd in dieser Wohnung, einsam und allein, traurig und verstört. An Schlaf ist nicht zu denken. Jeden Moment des wunderschönen Abends rufe ich mir ins Gedächtnis zurück, ohne einen Anhaltspunkt für die unerwartete Wendung zu entdecken. Ich verstehe es einfach nicht. Habe ich schon wieder alles falsch gemacht mit Pau? Irgendwie scheint er auf Distanz gegangen zu sein, bloß warum? Um sich vor mir zu schützen oder um mich zu strafen? Eine späte Rache für meine damaligen Versäumnisse? Oder ist es schlicht ein Signal, dass er nicht zur Verfügung steht, sofern ich mich nicht hundertprozentig auf ihn einlasse?

Ratlos greife ich nach meinem Handy, um ihm zu schreiben. Will ihn bitten, mich jetzt nicht zu verlassen, weil ich ihn dringend brauche. Doch alles, was ich eintippe, verwerfe ich. Wieder und wieder, bestimmt ein Dutzend Mal. Alles, was ich vorbringe, klingt so egoistisch, so zweideutig und so falsch.

Resigniert werfe ich das Handy beiseite.

Später aber reißt mich ein Piepsen aus meiner Lethargie. Pau hat mir eine Nachricht geschickt.

Ich habe mal gehört, dass das Leben lediglich im Rückblick zu verstehen ist, schreibt er, *aber dass man es nach*

vorne leben muss. In welche Richtung bewegen wir uns ei-
gentlich gerade?

Ich habe nicht die geringste Ahnung. Mehr denn je drängt sich mir der Eindruck auf, in einem reißenden Strom zu schwimmen. Und Pau muss gemerkt haben, wie unsicher und wie unbeständig ich bin. Während ich noch einmal die Ereignisse der letzten Tage Revue passieren lasse, übermannt mich die Müdigkeit, und ich schlafe endlich ein, und in meinen Träumen kommt etwas an die Oberfläche, das sich im Unterbewusstsein vergraben und nur darauf gewartet hat, hervorbrechen zu können.

Claudio und ich befinden uns auf der Bühne eines Theaters und lieben uns ungeniert. Die Vorhänge sind aufgezogen, Menschen gehen vorbei, ohne dass es uns etwas ausmacht. Wir lieben uns einfach weiter vor aller Augen, bis mich jemand plötzlich nach meiner Fahrkarte fragt.

»Welche Fahrkarte?«, erwidere ich, denn ich habe keine.

Daraufhin jagt mich der Kontrolleur hinaus, ich verstehe gar nichts mehr, stehe plötzlich auf der Straße im Regen, frierend und ganz nackt.

In diesem Augenblick wache ich verstört auf. Warum habe ich von Claudio geträumt? Was hat er hier zu suchen? Ich will schließlich nicht Claudio, ich will Pau. Und was hat dieser Traum überhaupt zu bedeuten, was geht in meinem Kopf vor? Mühsam zwinge ich mich zur Ruhe, ordne meine Gedanken und

Gefühle, lege im Geist die Gesichter der beiden Männer übereinander – sie vermischen sich, wie ich ver-
blüfft erkenne. Je mehr ich über den Traum nachdenke, desto klarer tritt die Wahrheit zutage, und die ist
nicht so, wie ich sie haben will.

Vielleicht hat Pau das ja intuitiv gespürt, hat verstanden, dass etwas in mir nicht wirklich stimmt.

Ich bin infiziert mit einem Gift, das sich immer
weiter ausbreitet und von jeder Zelle meines Körpers
Besitz ergreift – und dieses Gift hat Claudio mir ver-
abreicht. Vergeblich habe ich mir in den vergangenen
Tagen weiszumachen versucht, dass ich bei Pau Hei-
lung finden kann, dass er das Gegengift sei.

Aber was, wenn es für mich gar kein Gegengift
gibt?

7

Marta

Am Morgen danach mache ich tausend Dinge, um nicht nachdenken zu müssen, immer wieder was Neues, ganz schnell hintereinander. Ich jogge den Kanal entlang, dusche, putze die Wohnung, wasche zwei Waschmaschinen hintereinander, gehe einkaufen, esse zu Mittag und mache mich dann auf den Weg zu einer ziemlich weit entfernten Bar, um einen Kaffee zu trinken.

Hauptsache, in Bewegung bleiben. Nur nicht zu analysieren versuchen, was gestern passiert ist: ein sehr reales Erlebnis mit Pau, eine bedeutungsschwangere Traumsequenz mit Claudio, das Ende meiner Hoffnungen, dass die Liebe zwischen Pau und mir erneut wachsen könne, und die Einsicht, dass es vermutlich eine falsche Liebe geworden wäre. Vielleicht war ja der Strom von unterschiedlichen Emotionen, mit dem ich Pau überflutet habe, gar nicht für ihn bestimmt, sondern für Claudio.

Bloß nicht nachdenken, bloß nicht nachdenken.

Pau schickt mir eine neue Nachricht und schlägt ein Glas Wein an der Seine vor, ich antworte, dass es mir nicht gut geht. Ich weiß, dass er mir nicht glaubt, lässt es sich aber nicht anmerken. Er meint, ich solle mich ausruhen, morgen sehe die Welt sicher wieder anders aus. Möglich oder auch nicht. Jedenfalls muss ich herausfinden, wie viel Abstand in Zukunft für uns gut wäre, und dann eine Grenzlinie ziehen, die keiner von uns mehr überschreiten darf. Sonst kommt nichts als Chaos heraus. Heute allerdings ist mein Kopf nicht klar genug, um ihn mir über so ein kompliziertes Problem zu zerbrechen, und deshalb verschiebe ich das Treffen lieber auf den nächsten Tag.

Im Laufe des Tages wird mir immer deutlicher, was eigentlich los ist: Ich muss mir endlich eingestehen, dass die Geschichte mit Claudio keineswegs bedeutungslos war und dass ich das ganze Durcheinander meiner Gefühle und Gedanken nicht einfach bei Pau abladen kann. Besser, wir rudern zurück, anstatt uns weiterhin Illusionen zu machen, an die ohnehin keiner von uns beiden wirklich glaubt. Als ich später ins Bett gehe, hoffe ich zum ersten Mal auf einen traumlosen Schlaf.

Am nächsten Morgen bin ich in einem besseren Zustand als am Tag zuvor und beschließe, alle Grübeleien vorübergehend zu verbannen, sie einfach wie Staub unter den Teppich zu kehren. Ich habe Lust,

Pau zu sehen und mit ihm zu sprechen, auch damit die Distanz zwischen uns nicht zu groß wird und wir uns am Ende ganz aus dem Weg gehen.

Von Liebe indes werde ich auf keinen Fall sprechen, das wäre unfair, weil ja offenbar Claudio irgendwie zwischen uns steht. Und ich Pau deshalb nicht so bedingungs- und selbstlos lieben könnte, wie er es verdient. Das ist mir gestern klar geworden. Natürlich liebe ich ihn, doch vor allem, weil er mir guttut, weil er mich erdet. Von den beiden leidenschaftlichen Ausbrüchen abgesehen, ist es eher eine warme, verlässliche Liebe, die mich mit ihm verbindet. Eine Liebe, die sich nicht dramatisch in den Vordergrund drängt, aber auch nie angezweifelt wird, die ruhig und gemächlich dahinfließt wie ein unterirdischer Fluss.

Nachdem ich mich entschlossen habe, mit Pau reinen Tisch zu machen, schreibe ich ihm eine SMS: *Kann ich bei dir vorbeikommen?*

Nach etwa zwanzig Minuten antwortet er: *Wenn du willst. Ich bin im Atelier,* und gibt mir die genaue Adresse.

Zu Fuß gehe ich zur Rue de la Mare, einem relativ kurzen Sträßchen, das sich s-förmig dahinwindet. Sein Goldschmiedeatelier liegt ungefähr in der Mitte in einem ehemaligen Pförtnerhaus und besteht ganz aus Glas und Schmiedeeisen. Erst kürzlich hat er die Tür restauriert, sie schwarz bemalt und *Capicua* eingraviert.

Das katalanische Wort steht für eine symmetrische

Zahl, die sich von rechts oder von links immer gleich liest. Pau glaubt daran, dass solche Palindrome Glück bringen. Vor langer Zeit habe ich ihm mal ein Bild von Tim und Struppi zum Geburtstag geschenkt: Struppis französischer Name, Milou, entspricht auf Katalanisch der Zahl 1001, die als Glücksbringer gilt. Ich finde es schön, dass er ein kleines Stück Katalonien mit nach Paris gebracht hat.

»Hallo Pau, mir gefällt der Name, den du deinem Atelier gegeben hast«, begrüße ich ihn. »Klingt irgendwie magisch.«

Ich halte ihm eine Tüte mit zwei noch warmen Croissants unter die Nase, die wir uns unverzüglich einverleiben. Keiner von uns beiden erwähnt die vergangene Nacht – wir plaudern einfach drauflos und klammern uns an harmlose, unverfängliche Dinge: Paris, sein Atelier, mein hübsches Kleid.

Zwischendurch betrachte ich den Raum eingehender: Die Wände sind weiß und kahl, was einen Kontrast zu den zahllosen Objekten bildet, die überall verteilt sind. Auf dem Arbeitstisch, der sich über eine ganze Wand hinzieht, liegen neben Paus Handwerkszeug allerlei bunte Steine und Metalle. An einer anderen Wand steht ein Klavier, an dem Entwürfe für Kreationen kleben, die er gerade in Arbeit hat. In einer Vitrine liegen ordentlich aufgereiht die fertigen Schmuckstücke, und beim Anblick der vielen Ohrringe, Armreifen, Anhänger, Ringe und Ketten kommt mir plötzlich Hannah in den Sinn, die ich in

San Gimignano getroffen habe. Ihr würde das sicher gefallen. Ich meine förmlich ihr *Wonderful!* zu hören und das strahlende Lächeln zu sehen, das ihr sommersprossiges Gesicht überziehen würde.

Pau hat sich wieder ans Werk gemacht: »Gibst du mir noch zehn Minuten, Lavinia? Ich muss diesen Anhänger hier unbedingt fertigstellen. Setz dich schon mal hin«, fordert er mich auf und zieht einen Schemel heran. Er hat die Haare zum Pferdeschwanz gebunden, trägt einen abgewetzten braunen Lederkittel und hat eine Schutzmaske vor den Augen. Während ich ihm bei der Arbeit zusehe, frage ich mich unwillkürlich, wie er es mit seinen großen, kräftigen Händen schafft, diese winzigen Schmuckstücke zu modellieren und mit einer unglaublichen Leichtigkeit Edelsteine zu bearbeiten, die kaum größer als eine Träne sind.

Als ich irgendwann einen Blick auf mein Smartphone werfe, sehe ich, dass ich eine Nachricht von Laia erhalten habe.

Bist du irgendwo da draußen, Süße? Ich weiß nicht, wie es zugegangen ist, aber es ist einfach passiert: Ich war mit Xavi im Bett! Und es war wunderschön …

Ich stoße einen Schrei der Begeisterung aus, der jeder Cheerleaderin Ehre machen würde, so laut, dass er sogar den Lärm übertönt, den Pau mit seiner Schleifmaschine veranstaltet.

»Was ist denn mit dir los?«, fragt er neugierig und schiebt die Maske hoch.

»Xavi und Laia haben's getan!«

Er setzt ein süffisantes Grinsen auf und wirkt nicht im Mindesten überrascht.

»Du weißt es schon?!«, rufe ich empört.

Gleichmütig zuckt er die Schultern. »Nein, ich wusste es nicht … Sagen wir einfach, ich habe Xavi gegenüber gewisse Andeutungen gemacht.«

»Und das sagst du mir erst jetzt«, stoße ich mit gespielter Entrüstung hervor. »Warte mal, erst muss ich Laia antworten …«

Und, bist du glücklich?, tippe ich ins Telefon.

Ja, trotzdem ist alles so komisch … Schließlich muss ich Luis verklickern …

Ist bestimmt nicht einfach, doch irgendwie kriegst du das hin. Du und Xavi, ihr beide seid einfach füreinander bestimmt.

Ich kann es kaum erwarten, dass du wiederkommst. Wir müssen endlich mal wieder richtig quatschen!!!

Ja, darauf freue ich mich ebenfalls. Zahllose Abende fallen mir ein, die Laia und ich miteinander verbracht haben. Wir haben über Gott und die Welt geredet, kamen immer vom Hundertsten ins Tausendste. Nie ging uns der Gesprächsstoff aus. Nie gab es auch nur einen Moment Funkstille. Und bei unserem nächsten Wiedersehen werden wir mindestens eine ganze Nacht brauchen, um alles zur Sprache zu bringen, was uns in den letzten Monaten so passiert ist.

Keine Sorge, ich bin bald zurück, versichere ich und verabschiede mich von ihr.

Laia wiederum schickt mir als Abschiedsgruß die übliche Latte von Küsschen, Herzchen und fröhlichen Gesichtern.

»So, und nun zu uns beiden«, wende ich mich resolut an Pau, während ich das Telefon wegstecke. »Woher wusstest du von Laia und Xavi?«

Unerwartet bereitwillig erzählt er mir, er habe vor ein paar Tagen, nach unserem Gespräch im Freilichtkino, mit Xavi telefoniert und ihm bei dieser Gelegenheit suggeriert, dass jetzt vielleicht der richtige Moment zum Handeln gekommen sei, falls er die Absicht habe, bei Laia zu landen.

»Das will ich aber jetzt schon in allen Einzelheiten wissen! Was genau hast du zu ihm gesagt?«, dränge ich ihn.

»Nun, dass du mir erzählt hast, Laia stecke mit Luis momentan ein bisschen in der Krise … Ich war sehr diskret, was denkst du denn?«

»Und was hat er darauf geantwortet?«, unterbreche ich ihn.

Pau stößt einen leicht genervten Seufzer aus. »Was spielt das bitte noch für eine Rolle? Die Sache ist schließlich gelaufen.«

»Antworte.«

»Er hat gesagt, dass er kein so gutes Gefühl dabei habe, in einem solchen Moment sein Glück zu versuchen, und dass er sich nicht sicher sei, ob er es wirklich tun werde.«

»Trotzdem hat er es getan«, schließe ich triumphierend und falle Pau in einem plötzlichen Impuls so stürmisch um den Hals, als hätte er das entscheidende Tor der Weltmeisterschaft geschossen.

»Das hast du jedenfalls super eingefädelt! Ich hätte das nicht besser hingekriegt.« Um nicht gleich wieder unsichtbare Grenzen zu überschreiten, lasse ich ihn los und weiche einen Schritt zurück. »Okay«, fahre ich mit gespielter Lässigkeit fort und stecke die Hände in die Hosentaschen. »Entschuldige, dass ich dich bei deiner Arbeit unterbrochen habe. Jetzt bleibe ich brav sitzen und störe dich nicht mehr.«

»Ich habe eine Zeitung gekauft, falls du einen Blick hineinwerfen willst.«

Zwar schnappe ich mir die Tageszeitung, die auf der Kommode im Flur liegt, und fange an, darin zu blättern, aber ich kann mich nicht konzentrieren. Zu sehr sind meine Gedanken bei Laia und Xavi. Jahrelang sind sie miteinander befreundet gewesen, bis es endlich gefunkt hat. Oder richtiger, bis sie gemerkt haben, dass sie sich lieben. Wenn man es recht bedenkt, geschieht bei Pau und mir gerade das genaue Gegenteil – unsere Beziehung entwickelt sich rückwärts. Früher waren wir mal ein Paar, befinden uns jetzt in einem Zwischenstadium und müssen entscheiden, was wir in Zukunft sein wollen: gute Freunde oder wieder mehr. Zwei Paare, zwei Wege.

Alles im Leben scheint in ständiger Veränderung begriffen zu sein, und irgendwie ist zugleich alles miteinander verflochten. In gewisser Weise hat schließlich das Wiedersehen von Pau und mir hier in Paris dazu beigetragen, dass unsere Freunde in Barcelona den Mut fanden, sich ihren Gefühlen zu stellen.

Zerstreut blättere ich weiter in der Zeitung, überfliege Berichte, betrachte Fotos, als meine Augen an einem Feuilletonartikel hängen bleiben: *Maestro Giuseppe Trivoli wieder in Paris!* Daneben prangt ein Schwarz-Weiß-Foto, bei dessen Anblick mir für einen Moment schwindelt. Als der Nebel sich wieder verzieht, starre ich erneut auf die Aufnahme. Mein Vater. Ich kann gar nicht anders, als mich auf den Bericht zu stürzen und ihn in einem Atemzug zu lesen. Hastig präge ich mir die wichtigsten Informationen ein: Datum, Ort, Stunde. Ich erfahre, dass mein Vater in Frankreich als Künstler hochgeschätzt wird und morgen ein paar hundert Meter von meiner Wohnung entfernt ein Konzert gibt.

»Fertig«, sagt Pau in diesem Moment und gesellt sich zu mir.

»Das ist er«, flüstere ich mit versagender Stimme.

»Was sagst du?«

»Hier, Pau, das ist er! Das ist mein Vater, der Mann, den ich in Carloforte getroffen habe … Und er kommt nach Paris, morgen schon«, platze ich heraus und zeige auf den Artikel.

Pau liest, ohne einen Ton von sich zu geben.

»Lavinia, das ist deine Chance! Besser hätte es gar nicht kommen können.«

»Meine Chance wofür?«

Pau denkt eine Weile nach, bevor er meine Frage beantwortet. Er weiß, dass ein falscher Satz, ein falsches Wort mich völlig aus der Fassung bringen kann. Daher lässt er sich mit der Erwiderung Zeit und überdenkt jedes seiner Worte, wählt sie mit der gleichen Sorgfalt aus wie einen Rosenstrauß, den er mir zum Geschenk machen möchte.

»Ich finde, du solltest hingehen und mit ihm reden, allein um Antworten auf all die Fragen zu finden, die dich quälen. Es hat keinen Sinn, so zu tun, als wärt ihr euch nie begegnet, und es sollte nach Möglichkeit nicht bei dieser ersten Begegnung in Carloforte bleiben. Ich will nicht behaupten, dass ich viel von Psychologie verstehe, doch ich glaube nicht, dass du ihn vergessen kannst, indem du einfach einen schweren Stein auf das Grab in deinem Innern rollst, wo du ihn versenkt hast.«

Kein Stein wäre groß genug, um den riesigen Schatten fernzuhalten, der mein Leben von Anfang an verdüsterte.

»Völlig ausgeschlossen, dass ich zu diesem Konzert gehe«, entgegne ich trotzig und falte die Zeitung zusammen.

»Okay, das kannst nur du entscheiden, um eins bitte ich dich allerdings: Lass dich bei deiner Entscheidung nicht von deinem Stolz leiten. Du musst ehrlich zu dir sein, und wenn bloß ein winziger Bruchteil von dir deinen Vater kennenlernen möchte, unterdrücke ihn nicht, sondern respektiere ihn. Es ist immer besser, der

Wirklichkeit ins Auge zu sehen, selbst wenn sie hart ist, als sich von einem Trugbild täuschen zu lassen.«

Als ich Pau anschaue, habe ich das schmerzliche Gefühl, dass er auch von uns spricht, von unserer seltsamen Situation und unserer Unfähigkeit, sie genau zu definieren. Plötzlich habe ich das dringende Bedürfnis, allein zu sein.

»Entschuldige, ich muss gehen. Es ist sowieso besser, wenn ich dich arbeiten lasse.«

Pau weiß genau, dass es eine Flucht ist – dennoch unternimmt er nichts, um mich zu halten.

Den ganzen Tag über gehen mir seine Worte im Kopf herum. Auch der Zeitungsartikel und das Konzert am nächsten Abend kreisen immer in meinen Gedanken.

Natürlich könnte ich mich schlicht weigern, auf die leise Stimme zu hören, die mich zur Einsicht mahnt, und mich zwingen, Carloforte einfach zu vergessen. Und mit ihm den Schlüssel, das Haus und vor allem seinen Bewohner. Aber wenn ich das tue, bleibt diese Reise unfertig, unvollendet, und über diesem Sommer läge ewig ein Schatten. Außerdem würde mich mein Leben lang das Gefühl begleiten, Verrat an mir selber verübt zu haben – und, schlimmer noch, an meiner Mutter, ohne die ich diese Reise nie angetreten hätte.

Nach langem innerem Ringen finde ich mich schließlich am nächsten Abend im Odeon ein. Nach wie vor sind alle meine Sinne zum Zerreißen gespannt, wie immer bei wichtigen Ereignissen, und ich nehme alles auf eine besonders intensive Art wahr, die weit über das Normale hinausgeht. Ich bin so nervös, dass ich auf meinem Stuhl wie auf einem Folterwerkzeug sitze und mich frage, wie ich in dieser stickigen Luft überhaupt weiteratmen soll.

Als mein Vater die Bühne betritt, bleibt mir vollends die Luft weg. Hastig presse ich die Hand auf die Brust, um dadurch den wilden Schlag meines Herzens vielleicht ein wenig zu besänftigen. Vergeblich, es klopft weiter wie ein Presslufthammer.

Zwar muss ich ihm lediglich für wenige Sekunden ins Gesicht sehen, da er als Dirigent dem Publikum ja den Rücken zudreht, und dennoch kann ich den Blick nicht von seiner hohen Gestalt wenden, die gestochen scharf vor mir steht. Meine Augen bohren sich wie zwei riesige Infrarotlaser in seinen Körper und durchleuchten ihn von Kopf bis Fuß. Als er die Hände hebt, das Tempo und den Takt vorgibt, studiere ich akribisch jede seiner Bewegungen, die Form seines ein wenig abgeflachten Hinterkopfs und seine sehr gerade Nase, als er sich mit Verve einem Kontrabassisten zu seiner Linken zuwendet. Zudem entgeht mir nicht, dass er immer wieder leicht in die Knie geht, um in Momenten erhöhter Intensität auf die Zehenspitzen hochzuschnellen.

Wer bist du, Fremder? Du, der mir nie dabei zugeschaut hat, wenn ich selbst auf Zehenspitzen gelaufen bin …

Pause. Das Publikum applaudiert, verhalten zunächst, dann immer lauter und am Schluss frenetisch sogar. Mein Vater neigt zum Zeichen des Dankes erst den Kopf und macht dann eine tiefe Verbeugung, mehrere Male hintereinander.

Als das Konzert weitergeht, werfe ich einen Blick auf den Programmzettel. Erst jetzt fällt mir auf, dass es sich um Eigenkompositionen handelt. Drei im Ganzen, die letzte fehlt noch. Sie trägt, wie ich in dem diffusen Licht erkenne, den Namen meiner Mutter: *Marta*. Als Tempo ist *presto* angegeben, also sehr schnell. Als mein Vater den Taktstock hebt, um den Einsatz zu geben, schließe ich die Augen, reise im Geist in die Ferne, liefere mich dem Sog der Musik aus, lasse mich von ihr davontragen und denke an die Geschichte meiner Eltern.

Alles begann bei einem Abendessen. Ganz plötzlich war die Liebe da wie eine Zündschnur, die rasch Feuer fing, *presto*. Im Eiltempo ging es weiter. Wenige kostbare Tage, die sie auf der *Lavinia* verbrachten, hinausfuhren aufs winterliche Meer, früh am Morgen, *presto*. Vielleicht hat er sogar beim Abschied in Barcelona, nach seinem einzigen Besuch bei uns, zu meiner Mutter gesagt: A *presto*, *auf bald*, denn auch das bedeutet es im Italienischen. Und dann muss ich an ihre Krankheit denken, die sie so schnell aus dem Leben gerissen hat, und an diesen Sommer, der ebenfalls viel zu schnell verrinnt, *presto*.

Der Rhythmus des Werkes geht unter die Haut

und zeugt von einer tiefen Empfindung, von einer umfassenden, bedingungslosen Liebe, die alles durchtränkt, keinen Raum lässt für anderes und die niemand aufzuhalten vermag. Mehr als tausend Worte es könnten, erzählt mir diese Musik von den Gefühlen, die Giuseppe einst für Marta empfand, von der Erinnerung, die er an sie bewahrt hat, von den Gedanken, die er zu ihrem Gedächtnis in Musik verwandelte, von dem bohrenden, nie versiegtem Schmerz, sie nicht haben zu können.

Und wider Erwarten sickert durch die Musik nach und nach die Wahrheit in mich ein, die ich bei der Begegnung mit meinem Vater in Carloforte nicht akzeptieren wollte.

Rührung überkommt mich bei dieser Erkenntnis, ob es mir nun passt oder nicht, und so schließe ich mich nach dem letzten Akkord fast automatisch dem begeisterten Applaus des Publikums an. Aufgewühlt, völlig durcheinander und mit zitternden Knien erhebe ich mich dann und verlasse den Konzertsaal, setze mich draußen auf eine Bank und beobachte, wie die Leute herauskommen: in Gruppen, paarweise, allein, und nach Hause streben.

Es kommt mir vor wie ein Déjà-vu. So habe ich schon einmal vor einem Theater gesessen, damals als ich auf Claudio wartete, um ihm seine Geige zurückzugeben. Nur dass ich jetzt auf niemanden warte, sondern lediglich auf dieser Bank im Freien den Tumult in meinem Inneren bezwingen will.

Ich merke nicht, ob mir kalt oder warm ist, ob ich Müdigkeit oder Hunger verspüre, sitze einfach da ohne jedes Zeitgefühl, fühle mich wie eines dieser steinernen Wesen, die in einer Pose oder einer Bewegung erstarrt die Parks bevölkern. Fast nebenbei registriere ich, dass sich die Tür des Seiteneingangs öffnet.

Und dann tritt er heraus: Maestro Giuseppe Trivoli, mein Vater.

Er ist allein, niemand ist bei ihm, er kommt direkt auf mich zu, sieht mich und bleibt stehen. In seiner Miene spiegelt sich Verwunderung. Dann setzt er sich erneut in Bewegung, scheint wie auf Zehenspitzen zu gehen, als würde er sich an ein wildes Tier heranschleichen.

Inzwischen habe ich mich erhoben, schaue ihm reglos entgegen und frage mich, was daraus werden soll.

Zumindest stehe ich in dieser Hinsicht nicht allein da, denn mein Vater weiß offenbar genauso wenig mit dieser Situation umzugehen. Nach einer Minute peinlichen Schweigens jedoch hebt er die Arme, schließt mich darin ein und legt den Kopf sanft gegen meinen. Einen Moment lang bleibe ich unbeweglich stehen, bevor ich, ohne so recht zu wissen, was ich tue, seine Umarmung erwidere.

8

Die Auster

Meinen Vater kennenzulernen, ihn als solchen anzunehmen und ihm am Ende sogar zu vergeben, war
alles andere als einfach. Seit dem Abend im Odeon
treffen wir uns häufiger, oft lädt er mich mittags oder
abends zum Essen ein. Trotz seiner zahlreichen Verpflichtungen nimmt er sich viel Zeit für mich, und
wie ich zugeben muss, vermittelt er mir kein einziges
Mal den Eindruck, dass er es eilig hat. Wir machen
Spaziergänge durch die ganze Stadt, erkunden sie mit
Zügen, Bussen und U-Bahnen, ruhen uns auf Park-
bänken aus und reden dabei ununterbrochen, stellen
Fragen, hören einander zu, lernen uns immer besser
kennen, geben uns so, wie wir sind.

Trotzdem schwanken meine Gefühle ihm gegenüber
nach wie vor stark: Angst, Hass, Zuneigung, Groll, Ver-
ständnis. Es ist ein einziges Auf und Ab, eine emoti-
onale Achterbahn. Ich bewege mich auf unsicherem
Grund, sehe mich einem Fremden gegenüber, zu dem
ich zugleich ein Vertrauensverhältnis habe. Im einen

Augenblick fühle ich mich ganz wohl damit, im nächsten werfe ich alles über den Haufen und frage mich, was ich um Himmels willen mit ihm anfangen soll.

Oft versuche ich mir vorzustellen, wie meine Mutter reagieren würde, wenn sie uns so sehen könnte, Seite an Seite, nach all dieser Zeit schließlich doch noch vereint. Die Erinnerung an sie schwebt über all unseren Begegnungen, über jeder einzelnen, wenngleich wir nicht explizit darüber sprechen. Was mein Vater in Carloforte bereits angedeutet hat, erzählt er mir jetzt ausführlicher: Er und meine Mutter hatten die ganzen Jahre über Kontakt zueinander, wenngleich sporadisch und lediglich durch Briefe. So waren sie über das Leben des anderen einigermaßen auf dem Laufenden. Dass sie krank war, erfuhr er allerdings erst ganz am Schluss.

»Ich habe viele Fehler begangen in meinem Leben«, gesteht er eines Tages, als wir gerade über die Promenade plantée spazieren, »und meistens habe ich das zu spät gemerkt. Was dich hingegen betrifft, da wusste ich von Anfang an, dass es falsch war, dir fernzubleiben, und dass ich für diesen Fehler später würde bezahlen müssen. Und für dich wäre es ebenfalls anders besser gewesen. Nur war ich damals felsenfest davon überzeugt, nicht anders handeln zu können.« Er wendet das Gesicht ab und schluckt ein paarmal schwer, wobei sein Adamsapfel auf und ab hüpft. »Entschuldige, Lavinia. Das sind alles leere Worte, eigentlich genügt es völlig, dir und mir einzugestehen, dass es unverzeihlich war, völlig aus deinem Leben zu verschwinden.«

Als er mich wieder anschaut, liegt ein verdächtiges Glänzen in seinen Augen, obwohl sein Mund lächelt. Zum ersten Mal bemerke ich, dass sich bei ihm, genau wie bei mir, ein Grübchen in der linken Wange bildet.

»Gott sei Dank bist du stärker und mutiger als ich und hast es geschafft, mich aufzuspüren. Du bist ein wunderbares Geschenk für mich, und ich weiß, dass ich das eigentlich nicht verdient habe.«

Ganz plötzlich überkommt mich das Bedürfnis, die Arme um ihn zu legen. Nicht weil ich plötzlich keine Vorbehalte mehr hätte, keine Distanz mehr brauchen würde – nein, einfach, weil er mir seine Schwäche offenbart hat und ich in ihm nicht länger einen nicht fassbaren Schatten sehe, sondern einen mit Fehlern behafteten und irgendwie tragischen Menschen, dessen Begrenzungen ich erkennen kann.

Auf diesem Weg der Wiederannäherung ist die Musik uns eine große Hilfe. An sie klammern wir uns, da sie unser beider Leidenschaft ist, sie ist der Ausgangspunkt für viele Gespräche, ist der Anker, der uns in einem vertrauten Hafen vertäut, sie ist ein Terrain, auf dem wir uns beide wohl und sicher fühlen. Ich erzähle ihm, dass ich nach einer gescheiterten Prüfung mein Studium unterbrochen habe. Das wahre Motiv verschweige ich, will ihm nicht beichten, wie sehr mich seinerzeit die Entdeckung schockierte, dass er meine musikalische Entwicklung aus der Ferne zu beeinflussen versuchte, indem er mir meine erste Geige schenkte und mein Studium finanzierte.

Er reagiert sehr rücksichtsvoll, ohne weiter nachzubohren oder mein Verhalten zu kommentieren, und dafür bin ich ihm unendlich dankbar. Er hört mir schweigend zu und versteht intuitiv, wie schwierig und schmerzhaft dieser Entschluss für mich war.

Vielleicht hat er ähnlich empfunden, als er vor drei Jahren selbst eine weitreichende Entscheidung fällte, indem er einen Schlussstrich unter seine Ehe zog. Die Kinder seien inzwischen erwachsen, jenseits der dreißig und völlig unabhängig, erklärt er, und in dieser Situation hätten er und seine Frau sich irgendwann eingestanden, dass sie im Grunde seit langer Zeit nur noch nebeneinanderher lebten. Seitdem verbringt er den Sommer wieder in Carloforte, eine Gewohnheit, die er eigentlich vor vielen Jahren aufgegeben hatte. Auf der Insel könne er abschalten, den Kopf freibekommen für die nächste Tournee, meint er. Deshalb überhaupt haben wir uns dort getroffen.

Heute Nachmittag tritt er zum letzten Mal in Paris auf, danach wird er nach Wien weiterreisen. Es ist ein Benefizkonzert, dessen Einnahmen einer NGO zugutekommen, und es nehmen verschiedene Orchester teil. Er selbst wird das Ensemble der Universität dirigieren. Ich war ein paarmal bei den Proben dabei, und mir hat besonders die Schubert-Sonate gefallen, die er für diese Gelegenheit ausgewählt hat.

Bereits am Vormittag betrete ich das Veranstaltungsgebäude durch den Künstlereingang und höre, dass die Musiker zum Aufwärmen soeben die ersten Akkorde anstimmen. An den Garderobenständern in dem langen Gang hängen allerlei Kostüme, denn hier finden auch Theateraufführungen statt. Derzeit offenbar ein Mantel-und-Degen-Stück, wenn ich mir die Hüte mit den breiten Krempen, die Speere und andere Gerätschaften so ansehe. Ein Bühnenarbeiter erklärt mir, dass es sich um den Fundus für ein Goldoni-Lustspiel handelt, und begleitet mich dann zur Garderobe von »Monsieur Giuseppe«.

»Darf ich?«, frage ich und klopfe an die angelehnte Tür.

»Ciao, Lavinia, hereinspaziert«, ruft er von drinnen und begrüßt mich sichtlich erfreut, nachdem wir uns ein paar Tage nicht gesehen haben.

»Seid ihr schon so weit?«

»Na ja, die Generalprobe beginnt gleich. Allerdings sitze ich gerade daran, die Sonate neu zu arrangieren, weil mir zwei Geigen ausfallen. Dass eine fehlt, wusste ich bereits, aber dass sich die zweite Geige kurz vor dem Konzert mit Fieber ins Bett legt, wirft endgültig alles durcheinander … Keine Ahnung, was ich tun soll. Na ja, irgendwas wird mir hoffentlich einfallen. Sonst müssen wir improvisieren – zum Glück handelt es sich bloß um ein Benefizkonzert.«

Obwohl er lächelt, ist seine Besorgnis deutlich

zu spüren, Mein Vater ist nicht der Mann, sich mit Zweitklassigem zufriedenzugeben.

Plötzlich überfällt mich der Impuls, ihm helfen zu wollen, wenngleich eine innere Stimme mich sofort leise mahnt, diese Schnapsidee zu vergessen und mich nicht wichtig zu machen. Doch da ist zugleich eine andere Stimme, die mir zuflüstert, wie schön es wäre, wenn sich der Kreis schließen und ich das dumme Versprechen brechen würde, das ich mir nach der verpatzten Prüfung gegeben habe: nie wieder eine Geige anzurühren. Ich zögere ein paar Sekunden, räuspere mich dann, überdenke alles noch mal und fasse einen Entschluss: Entweder ich mache jetzt den Mund auf, oder ich schweige für immer.

»Hör mal, du kannst es mir ruhig sagen, wenn es albern ist«, schicke ich vorsichtig voraus, »aber sofern du es mir zutraust – also, wenn du einverstanden bist –, könnte ich ja einspringen. Ich habe diese Sonate früher häufig gespielt.«

Giuseppe ist zunächst völlig perplex, dann strahlt er mich an. Doch bevor er etwas sagen kann, gehe ich wieder in die Defensive.

»Allerdings garantiere ich für nichts, es ist lange her, dass ich das letzte Mal eine Geige in der Hand hatte, und ich kann nicht versprechen, dass es keine Katastrophe wird.«

Er macht eine wegwerfende Handbewegung, wischt meinen Einwand weg. »Ganz im Ernst, ich wäre dir unendlich dankbar.«

Schon kramt er die Notenblätter hervor, damit ich sie mir ansehen kann, und verlässt den Raum, um mir eine Geige zu besorgen. Kaum eine Minute später ist er zurück.

»Hier, du hast eine halbe Stunde Zeit zum Üben, anschließend kommst du zur Probe.«

Allein in seiner Garderobe bin ich nahe dran, meinen spontanen Entschluss zu bereuen. Ich stecke in einem Wechselbad der Gefühle. Als ich mich aber mit den Noten vertraut mache, weichen die Zweifel und ein lang verdrängter Ehrgeiz steigt in mir auf: der Wunsch, die Herausforderung anzunehmen und die Noten auf dem Papier in Emotionen zu verwandeln. Trotzdem bete ich, dass ich nicht scheitere und mir das Wunder gelingt.

Bei der Probe geht nach ein paar Unsicherheiten alles gut. Dennoch merke ich, dass die Zeit einfach zu kurz ist, um der Musik wirklich nachzuspüren, sie tief zu empfinden, die Noten zu mir sprechen zu lassen. Bevor sich ein echtes Gefühl für die Geige einstellt, ist es bereits Zeit, in die Garderobe zurückzukehren und sich für die Vorstellung fertig zu machen. Ich spritze mir Wasser ins Gesicht und schminke mich mit dem, was da ist. Ein Kleid wurde in der Eile für mich nicht gefunden. Gott sei Dank habe ich heute Morgen mein schwarzes Schlauchkleid angezogen, das ganz passabel für diesen Zweck ist.

»Lavinia, wir warten schon auf dich«, ruft kurz darauf mein Vater.

»Moment«, antworte ich, nehme die Partitur und verlasse die Garderobe.

Ich finde ihn umringt von den Orchestermitgliedern vor, die mich unisono freundlich, fast dankbar, anlächeln. Offensichtlich gehen sie davon aus, dass ich ihr Konzert gerettet habe – dass ich es genauso gut völlig ruinieren könnte, daran scheinen sie keinen Gedanken zu verschwenden.

»Bist du bereit?«, erkundigt sich mein Vater. »Wie kommst du mit der Geige zurecht?«

Was soll ich sagen? Natürlich bin ich ziemlich aufgeregt, nach so langer Zeit eine Geige in der Hand zu halten und dazu vor großem Publikum, doch ich werde den Teufel tun, das zuzugeben.

»Ja, ich bin bereit«, erkläre ich stattdessen nicht ganz wahrheitsgemäß und beschließe, mich kopfüber in die Sache zu stürzen, ohne Rücksicht auf Verluste.

Ich kenne das Drehbuch für solche Auftritte genau: Unter dem Beifall des Publikums betreten wir die Bühne und nehmen auf unseren Stühlen Platz. Dann lege ich mir das Instrument auf die Schulter – die Kälte des Holzes auf der nackten Haut ist wie ein elektrischer Schlag –, lehne die Wange an die Kinnstütze und stimme mich in das vorgegebene La ein. Im Saal herrscht jetzt Stille, das Publikum ist in gespannter Erwartung, während wir konzentriert auf den Dirigenten blicken und auf unseren Einsatz warten.

Endlich gibt mein Vater das Zeichen, und die ersten Takte erklingen.

Obwohl ich zweifellos noch ein wenig eingerostet bin, gleitet der Bogen zu meiner großen Überraschung fast ohne mein Zutun über die Saiten und verwandelt die Noten in Musik. Meine Hände scheinen tatsächlich ihr eigenes Gedächtnis zu haben, scheinen Griffe und Bewegungen auszuführen, von denen mein Kopf nichts mehr wusste. Je tiefer wir in das Stück eindringen, desto klarer wird mir, wie sehr mir die Musik gefehlt hat: das Spielen, das Streben nach Perfektion, die Verschmelzung von Körper und Instrument, eine Art göttliche Vereinigung und zugleich voller Poesie.

Als ich mich ein wenig sicherer fühle, schaue ich auf und begegne dem Blick meines Vaters. In seinen Augen lese ich Stolz, die eigene Tochter in seinem Orchester zu sehen, und Freude, weil wir uns wiedergefunden haben, aber zugleich erkenne ich ein Bedauern, eine leise Trauer über all die verpassten Gelegenheiten, all die versäumten Umarmungen, all die vielen Dinge, die wir nicht gemeinsam tun konnten. Es ist, als würde ich einen Pakt besiegeln mit diesem Mann, der in meinem Leben so lange gefehlt hat – der nicht da war, um mir das Laufen beizubringen, und dafür jetzt meine ersten unsicheren Schritte bei der Wiederentdeckung der Musik begleitet.

Als die letzten Töne der Sonate verklingen und das Publikum applaudiert, zwinkert Giuseppe mir zu und schenkt mir ein anerkennendes Nicken. Ich weiß, dass mein Spiel nicht perfekt war, doch das ist mir egal. Für mich zählt in diesem Moment einzig und allein, dass ich die Freude an der Musik, die ich meines Vaters wegen verlor, nun durch ihn wiedergefunden habe. Ein unbeschreibliches Gefühl durchströmt meinen ganzen Körper und versetzt mich in einen fast rauschhaft euphorischen Zustand, als würden mit einem Mal Empfindungen wieder wach, die ich für abgestorben hielt.

»Du warst wunderbar, Lavinia«, sagt er leise, als wir von der Bühne gehen.

»Ich glaube, ich war eher mutig als wunderbar«, gebe ich mit einem Schulterzucken zurück. Tatsächlich bin ich einfach zufrieden und glücklich und darüber hinaus sehr stolz.

»Weißt du denn nicht, dass jedes Talent ohne Mut wertlos ist?«

Jetzt, da ich keine Angst mehr vor ihm habe, könnte ich ihm erzählen, wie sehr mir dieser Mut gefehlt hat am Tag der Prüfung – wie sehr ich mich damals von meinen Emotionen treiben ließ, von Empörung und einem fast heiligen Zorn, weil ich ihm seine Förderung meiner musikalischen Ausbildung verübelte, von meinem wilden Herzen, das ich nicht bezwingen konnte. Ich könnte mir all die Gedanken und Gefühle von damals ins Gedächtnis rufen, sie nebeneinander aufreihen und sie dann, eins nach dem anderen, zerpflücken, bis sie ganz verschwunden sind.

Die Stimme meines Vaters unterbricht meine Gedanken.

»Ich würde dich gerne zum Abendessen einladen. Hast du Zeit?«

Ich schaue auf die Uhr, es ist erst sechs.

»Nicht jetzt gleich, etwas später«, fügt er hinzu.

»Gut. Ich wollte noch schnell bei jemandem vorbeischauen, dann bin ich bereit. Wohin wollen wir gehen?«

»Warst du schon mal im Palais de Tokyo?«

»Nein, zumindest nicht zum Essen.«

Wir verabreden uns für neun Uhr. Ich habe gerade noch Zeit, Pau einen kurzen Besuch abzustatten. Das Herz geht mir über, als ich ihm überschwänglich von dem Konzert erzähle, jede kleine Einzelheit scheint mir erwähnenswert in meinem Glückstaumel. Im Grunde ist es ja auch ein wenig sein Verdienst, dass ich heute den Mut gefunden habe, eine Geige in die Hand zu nehmen. Denn wenn er mir bei dem Gespräch in seinem Atelier nicht ins Gewissen geredet und mir den Kopf zurechtgerückt hätte, wäre das sicher anders gelaufen, und ich würde nach wie vor schmollen.

Wie immer lässt Pau meinen Redeschwall geduldig über sich ergehen und freut sich für mich. Keine gekränkte Frage, warum ich mich die letzten Tage so rargemacht habe. Nichts. Ohne dass ich es groß erklären muss, weiß Pau Bescheid und akzeptiert, dass ich praktisch verschwunden bin. Es war gar nicht meine Absicht, Abstand zu ihm zu halten, aber ich musste einfach ein bisschen allein sein. Die Begegnungen mit meinem Vater waren sehr intensiv, gleichzeitig schwierig und schön, und immer wieder auch traurig. Um mit all diesen Emotionen zurechtzukommen und ein neues Gleichgewicht zu finden, habe ich Zeit für mich gebraucht.

Pau weiß das und ist nicht böse auf mich. Er hört mir aufmerksam zu, mit diesem leisen Lächeln, das so typisch für ihn ist, nimmt er jetzt meine Hand und versichert mir, er sei immer davon überzeugt gewesen, dass ich eines Tages eine glänzende Karriere als Violinistin hinlegen werde.

Seine Worte machen mich sprachlos, verlegen und glücklich. Umso mehr, als ich selbst das Gefühl habe, auf dem richtigen Weg zu sein, und zudem den Eindruck, dass sich das Ganze auch auf unsere Beziehung positiv auswirkt und wir die verlorene Harmonie wiederfinden.

Voller Stolz trete ich den Heimweg an, um mich für den Abend schön zu machen.

Ich wähle das eleganteste Kleid, das ich besitze, das seidene mit dem tiefen Rückenausschnitt. Als ich es überstreife, muss ich an Claudio denken und daran, wie er es mir an einem jener denkwürdigen Abende in Mailand vom Leib gerissen hat. Ein Schauer läuft mir bei der Erinnerung über den Rücken. Schluss damit, ermahne ich mich und bestelle mir ein Taxi, um nicht zu spät zur Verabredung mit meinem Vater zu kommen.

Das Palais de Tokyo ist wirklich eine ganz besondere Location. Eigentlich ein Ausstellungs- und Museumsgebäude, beherbergt es ebenfalls ein Restaurant. Abends war ich noch nie hier, und erst jetzt bemerke ich die grandiose Aussicht. Genau gegenüber erhebt sich scheinbar zum Greifen nah und hell erleuchtet der Eiffelturm.

Zu dem Restaurant, das sich im Innenbereich des Museums befindet, gelangt man über eine kleine Hängebrücke, und gleich als ich die Tür öffne, schlägt mir, dezent und gedämpft, das Summen unzähliger Stimmen entgegen. Neugierig schaue ich mich um: Der Raum ist sehr groß und sehr kahl, man kommt sich vor wie in einer Fabrik. Böden und Wände sind aus Beton, und von der unglaublich hohen Decke hängen rote, runde, abgeflachte Lampen, die an Raumschiffe erinnern und ein eher spärliches, indes warmes Licht spenden. Das ganze Ambiente ist mondän, informell und dennoch elegant. Ich lasse meine Blicke suchend durch den Speiseraum schweifen und entdecke meinen Vater winkend an einem Tisch genau in der Mitte.

»Schön, dass du da bist«, sagt er. »Ich hätte lieber einen Tisch am Fenster gehabt, um den Eiffelturm zu sehen, leider war bereits alles besetzt.«

»Ist doch okay hier, ich habe nichts gegen diesen

Platz«, versichere ich ihm und nehme die Speisekarte entgegen, die er mir reicht. »Bestimmt ist das Essen hier super«, füge ich hinzu und deute auf die Schauküche, die eine ganze Längsseite des großen Raumes einnimmt.

»Nun, mit Italien ist das Essen nicht vergleichbar«, erwidert mein Vater ein wenig gönnerhaft. »Du kennst ja die italienische Küche, wenn du dort herumgereist bist. Aber schlecht isst man hier natürlich nicht. Ich mag vor allem das Ambiente – und man trifft hier immer jemanden, den man kennt. Was möchtest du übrigens trinken? Wein? Und vorher einen Aperitif?«

»Ja, gern, eine Bloody Mary.«

Mein Vater hebt die Hand, um einen Kellner an unseren Tisch zu rufen, und bestellt die Aperitifs, während ich noch in die Empfehlungen des Chefkochs vertieft bin. Dann plötzlich fährt sein Arm erneut in die Luft, und strahlend winkt er jemandem zu.

»Das ist doch nicht die Möglichkeit«, begrüßt er eine Person in meinem Rücken, »gerade sagte ich noch, dass man hier immer Bekannte trifft.«

Ich drehe mich um und falle schier vom Stuhl. Claudio steht da im rötlichen Licht der Lampen mit seinem Dreitagebart und den aufgerollten Hemdsärmeln und kommt mir vor wie ein Hologramm. Als er mich sieht, zuckt er kaum merklich zusammen. Wie angenagelt bleibe ich auf meinem Stuhl sitzen, mein Vater hingegen ist aufgesprungen und tauscht mit Claudio Banalitäten aus: Wie lange es wohl her ist, dass man sich zum letzten Mal gesehen hat? Beim gemeinsamen Konzert vor zwei Jahren vielleicht?

Schließlich dreht er sich zu mir um. »Lavinia, ich möchte dir Claudio Giarda vorstellen, einen herausragenden Violinisten, vielleicht hast du schon von ihm gehört. Claudio, das ist Lavinia, meine Tochter.«

Die Worte »Claudio« und »Tochter« peitschen wie Schüsse durch den Saal, scheinen von den Wänden widerzuhallen. Claudio und ich wechseln einen Blick, er scheint meine Reaktion abwarten zu wollen, bevor er etwas erwidert. Vielleicht will er mir die Entscheidung überlassen, ob ich zu unserer Bekanntschaft stehe oder nicht. Im Prinzip nichts Schlimmes und nichts, worüber mein Vater sich wundern würde. Trotzdem zögere ich und entschließe mich am Ende dagegen. Irgendwie ist es mir lieber, wenn niemand weiß, dass wir uns kennen.

»Freut mich«, sage ich und strecke ihm die Hand hin.

Er ergreift sie, drückt sie fest zum Zeichen, dass er auf mein Spielchen eingeht, und stellt uns seinen Begleiter vor, der sich bisher diskret im Hintergrund gehalten hat.

Ich ziehe meine Hand sofort wieder zurück und packe stattdessen das Cocktailglas, das der Kellner soeben vor mich hingestellt hat, und von dem ich nun einen langen, gierigen Schluck nehme. Dabei hoffe ich inständig, dass der Drink vergiftet ist, um diese völlig paradoxale, unwahrscheinliche, grausame Situation nicht länger ertragen zu müssen.

»Das hier ist Philippe Benet, er ist Saxophonist. Wir wollten eigentlich hier was trinken, finden aber keinen freien Platz«, sagt Claudio mit einer Lässigkeit, für die ich ihn hätte erwürgen können.

»Warum setzt ihr euch nicht zu uns?«, schlägt mein Vater vor.

Claudio sieht mich fragend an, doch sein Freund hat bereits die Initiative ergriffen.

»Danke, sehr nett, das machen wir gern.«

Er hat ja auch keinen Grund, irgendwas an dieser Situation seltsam zu finden, denke ich verbittert. Sie zögern nicht lange und lassen sich zwei Stühle bringen, sodass wir schon einen Augenblick später zu viert an dem quadratischen Tisch sitzen, Claudio zu meiner Rechten. Ich tue alles, um ihn zu ignorieren, was mir zum Glück nicht schwerfällt, weil die Männer sich eine Menge zu erzählen haben. Teils auf Italienisch, teils auf Englisch, weil Philippe, der Franzose, offenbar Claudios und Giuseppes Muttersprache nicht versteht. Ich hocke stocksteif und stumm auf meinem Stuhl, lächle, sobald jemand in meine Richtung schaut, und nippe immer wieder still und heimlich an meinem Cocktail. Als ein Kellner kommt, um die Essensbestellung aufzunehmen, fällt mir siedend heiß ein, dass ich vergessen habe, mir etwas auszusuchen. In meiner Not schlage ich einfach irgendwo die Karte auf und zeige wahllos auf ein Gericht.

»Vielleicht noch eine Bloody Mary?«, fragt Claudio anzüglich und nickt zu meinem fast leeren Glas hin, wobei er mir einen ziemlich boshaften Blick zuwirft.

Ich blitze ihn nur vernichtend an und hoffe, dass nichts als Asche von ihm übrig bleiben möge wie bei den Blitzen, die Göttervater Zeus in grauer Vorzeit strafend auf die Erde geschleudert haben soll.

»Ja, ich würde sehr, sehr gern noch eine Bloody Mary trinken«, erkläre ich mit unverkennbarer Schärfe und wende mich an Philippe: »So, you are a saxophonist. Where du you usually play?«

Dabei rutscht mir ein Träger meines Kleids über die Schulter, und ich schaue ihn übertrieben interessiert an, um dann die Zitronenscheibe in meinen Tomatensaft zu tunken und anschließend das Fleisch herauszusaugen. Claudio beachte ich demonstrativ überhaupt nicht mehr. Gut so, was Besseres kann mir nicht passieren, denke ich und bin dennoch leicht genervt, dass ich für ihn ebenso Luft zu sein scheine wie er für mich. Deshalb versuche ich, während ich mich weiterhin mit Philippe unterhalte, immer wieder zu erlauschen, was mein Vater und Claudio so reden. Ich bekomme mit, wie mein Vater von meinem Einsatz bei seinem letzten Konzert schwärmt, was für eine wunderbare Sache das gewesen sei, und es klingt, als wollte er mich ihm als Musikerin empfehlen. Claudio sieht kurz zu mir herüber, und für einen Augenblick treffen sich unsere Blicke. Ich wende mich aber sofort wieder ab und mache mich neuerlich daran, Philippe mit Fragen zu malträtieren, deren Beantwortung mir in Wirklichkeit völlig gleichgültig ist.

Ich bin erleichtert, als das Essen kommt, doch die Erleichterung ist nur von kurzer Dauer. Zu meinem Entsetzen muss ich feststellen, dass ich in der Speisekarte ausgerechnet auf Austern gedeutet habe – so ziemlich das Einzige, was ich absolut nicht mag. Und jetzt bekomme ich eine riesige Schüssel von dem glitschigen Meeresgetier serviert, auf einer Etagere sortiert nach den verschiedenen Arten, angerichtet auf einem Eisbett und mit Zitronenvierteln garniert. Dazu gibt es mehrere Saucen und Brot als Beilage.

Na gut, zumindest kann ich mich hinter dem ganzen Aufbau verstecken, denke ich mit einem Anflug von Zynismus.

»Sehr gute Wahl, Lavinia«, lobt mein Vater. »Darf ich mir eine nehmen?«

»So viel du willst«, beeile ich mich zu sagen, doch leider begnügt er sich mit einer einzigen.

Daraufhin trinke ich mir mit einem großen Schluck Bloody Mary Mut an und greife beherzt nach einer Auster, schlürfe sie in Windeseile hinunter in der verzweifelten Hoffnung, so den Geschmack erst gar nicht wahrzunehmen. Weit gefehlt: Im Bruchteil einer Sekunde bricht in meinem Mund und in meinem Magen vor lauter Ekel so was wie ein Seebeben aus.

Angewidert lege ich die leere Schale zurück auf

den Teller, und schon schießt ein Zeigefinger nach vorn: Claudios Zeigefinger.

»Und das essen Sie nicht?« Süffisant betont er das *Sie*. »Es ist das beste Stück von der ganzen Auster«, fährt er fort und weist strafend auf ein kleines Stück Fleisch, das an der Schale hängen geblieben ist. Hasserfüllt schaue ich ihn an und wünsche mir einmal mehr, dass Blicke töten könnten, während er mir in aller Seelenruhe ein dreizackiges Gäbelchen reicht. »Damit kann man es abkratzen«, rät er mir, und ich frage mich unwillkürlich, ob er die Wahrheit kennt und mich einfach foltern will.

Am liebsten würde ich ihm die Gabel ins Gesicht rammen, stattdessen reiße ich sie ihm zornig aus den Händen und spieße das Austernstück auf, das sich partout nicht lösen will. Verbissen stochere und drehe ich weiter in der Schale herum und hätte um ein Haar die ganze Etagere mit ihrem unappetitlichen Inhalt umgeworfen. Als es mir am Ende wider Erwarten gelingt, das zähe Stück von der Schale zu lösen, werfe ich Claudio einen triumphierenden Blick zu, führe die Gabel zum Mund und schlucke das rohe Zeug tapfer hinunter. Ich bin so froh, es geschafft zu haben, dass es mir für einen winzigen Augenblick fast so vorkommt, als hätte es geschmeckt.

»Ich finde, es schmeckt nach überhaupt nichts«, sage ich jedoch zu Claudio.

Der sieht mich nur amüsiert an. Ich spieße mit der Gabel einen Brotwürfel auf, stelle mir dabei vor, es sei Claudios Herz, tauche den Brocken in die Mayonnaise und stecke ihn in den Mund. Als Grundlage sozusagen. Jetzt nämlich sage ich den Austern den Kampf an, schlinge rasend schnell eine Auster nach der anderen hinunter und spüle zwischendurch mit Bloody Mary nach.

Als mich plötzlich etwas am Bein streift, zucke ich erschrocken zusammen wie eine Klapperschlange, die einen Angriff abwehren muss, lasse meine Serviette zu Boden fallen und beuge mich nach unten. Tatsächlich, es war Claudios Fuß. Ohne einen Moment des Zögerns beiße ich ihn kräftig in den Knöchel.

Schluss mit all den Spielchen und schmutzigen Tricks! Die dumme, kleine Lavinia zeigt ihre Zähne.

Unsere beiden Tischgenossen scheinen nichts von unserem Scharmützel zu bemerken, das wir hier mit primitivsten Waffen führen. Ein bisschen fühle ich mich an die Urwaldindianer erinnert, die mit Pfeilen und Blasrohren aufeinander schießen, was allerdings bereits hochtechnisiert ist im Vergleich zu Austernschalen und dreizackigen Gäbelchen.

Überhaupt lebe ich an diesem Abend wüste Tötungsfantasien aus, die sich entweder der Mythologie oder falscher Wildwestromantik verdanken. Zum Beispiel wünsche ich mir gerade, ein Adler mit riesigen Schwingen würde von der hohen Decke herniederstürzen und Claudio mit seinen Klauen packen, um ihn fortzutragen zu seinem Horst, ganz weit weg auf den höchsten Gipfel eines verschneiten Berges, sodass er nie mehr runterkäme und ich ihn nie mehr wiedersehen müsste.

Als ich zu Claudio hinüberblicke und ihn grinsen sehe, fällt mir noch eine andere, völlig bizarre Variante der Geschichte ein. Ich würde den Adler bitten, uns beide zu packen, jeden mit einer Klaue, und ohne Rücksicht auf Verluste wild kreischend den Saal zu durchqueren und schließlich durch ein Fenster zu stoßen. Ich höre förmlich die Scheiben klirrend zerbersten und in zahllosen Splittern auf die Speisenden herniederregnen, und ich sehe die Damen, die sich, nicht weniger kreischend als der Adler, in Panik unter den Tischen verschanzen, während die Männer in fasziniertem Schweigen zuschauen, wie das königliche Tier in der Nacht verschwindet. Nicht um uns auf den Gipfel des fernen Berges zu tragen – in dieser Version würde der Adler sich damit begnügen, uns auf dem Eiffelturm abzusetzen, wo wir die ganze Nacht bis zum Morgengrauen damit zubringen würden, heftig miteinander zu knutschen.

Gott, Schluss mit dem Unsinn.

Entweder ich habe zu viel getrunken oder ich bin mit Claudio weniger durch, als ich dachte. Nichts von alldem wird auch nur ansatzweise geschehen, da Claudio und ich als Einheit nicht mehr existieren, weder als Beute eines Adlers, der uns auf den Eiffelturm trägt, noch als Tischgenossen in diesem hippen Restaurant. Ich nehme einen letzten Schluck Bloody Mary und erhebe mich.

»Entschuldigt, es ist schon spät«, sage ich lässig und tue so, als würde ich auf die Uhr meines Handys sehen. »Ihr könnt ruhig noch bleiben, ich gehe nach Hause.«

Mein Vater begleitet mich bis zur Tür und fragt, ob alles in Ordnung ist, ob es ein Fehler war, die beiden Musiker an den Tisch zu bitten. Nein, gar nicht, beteuere ich, es sei sehr nett gewesen, bloß müsse ich morgen früh raus wegen einer Verabredung. Er fragt, ob wir uns morgen zum Mittagessen treffen. Ich sage: Ja, klar, denn ich habe keine Lust zu diskutieren, will von diesem Ort flüchten, der mich plötzlich wie eine enge Schlucht zu erdrücken scheint, mitten im schönen Paris.

Ich gehe zur Garderobe, um meinen Mantel zu holen.

Ein Schild *Bin sofort zurück* steht auf dem Tresen, doch ich fackele nicht lange und mache mich selbst auf die Suche nach meinem Mantel. Taschen, Mäntel, Schals in rauen Mengen, ich zwänge mich durch die Reihen, ein Kleiderbügel fällt mir auf die Füße, ich grabe zwischen all den Jacken und Mänteln nach meinem, blau, kariert, mit Rosen, bunt, mit Reißverschluss, mit Knöpfen, kurz, lang. Einen nach dem anderen lasse ich durch meine Hände gleiten, als urplötzlich eine Hand aus dem Kleidergewirr schießt und mich packt und vornüberstolpern lässt.

Einen Augenblick später taucht Claudios Gesicht aus dem Kleidergewirr auf.

»Hab ich dich erwischt!«

»Lass mich sofort los«, fauche ich und weiche mit einem Ruck zurück.

»Warum so eilig?«

»Du sollst mich loslassen, bist du schwerhörig!«

Während ich noch versuche, mich ihm zu entwinden, lässt er mich tatsächlich los – mit dem Resultat, dass ich nach hinten stolpere und auf dem Boden lande. Mühsam rappele ich mich auf und streiche mir den Rock glatt.

»Das Kleid kenne ich«, stellt er bedeutungsvoll fest und mustert mich von Kopf bis Fuß. »Ich habe oft an unsere Tage in Mailand gedacht.«

Ich sehe ihn in ungläubigem Staunen an. »Hör auf, mich zu verarschen. Hör auf, plötzlich aufzutauchen, wenn niemand dich darum gebeten hat. Und jetzt lass mich endlich durch!« Claudio bleibt mit gespreizten Beinen stehen und versperrt mir den Weg. Mit seinem arroganten Gehabe macht er mir Lust, ihm eine Ohrfeige zu verpassen.

»Lass mich durch …«

Er schüttelt den Kopf, und sein widerliches Grinsen bringt mich endgültig auf die Palme. Ich kann einfach nicht mehr an mich halten und haue ihm eine runter. Dann schiebe ich ihn brüsk zur Seite, packe den erstbesten Mantel, der mir in die Hände kommt, und stürme aus dem Restaurant. Draußen regnet es in Strömen. Als ich den Mantel anziehen will, merke ich, dass es ein Herrenmantel ist, viel zu groß und viel zu lang, aber Umkehren kommt nicht infrage, auf gar keinen Fall.

Also lege ich mir das Riesenteil einfach über die Schultern und komme mir vor wie eine Schutzmantelmadonna. Wie eine vom Thron gestoßene Himmelskönigin. Zusätzlich zum Regen zucken jetzt Blitze über den Himmel und entladen sich in einem Sommergewitter. Zeit, die U-Bahn-Station zu erreichen, bevor ich durchweicht bin.

Ich laufe so schnell, wie meine High Heels es zulassen. Meine Füße schmerzen, meine Frisur löst sich auf, Wasser prasselt mir auf den Kopf und rinnt mir ins Gesicht. Ich wische mit der Hand darüber und mache damit sicher alles schlimmer: Wimperntusche, Make-up und Regenwasser bilden jetzt sicher eine interessante Melange in meinem Gesicht. Es ist mir egal, ich will nichts als nach Hause und ins Bett, mich unter der Daunendecke verkriechen, in einen Dornröschenschlaf sinken und nicht mehr aufwachen bis zum nächsten Frühjahr.

Den Trenchcoat schützend über den Kopf gezogen, haste ich die Treppen zur U-Bahn hinunter. Der Zug ist bereits eingefahren, ich renne, schiebe und drängele, dann ist es geschafft, und ich lasse mich erschöpft auf einen Sitz fallen. Erst mal verschnaufen, bevor ich an der fünften Haltestelle umsteigen muss. Das feuchte Kleid klebt mir auf der Haut, meine Füße in den Sandaletten sind schmutzig, mein Gesicht, das sich in der Fensterscheibe spiegelt, sieht aus wie das eines dreijährigen Kindes mit verschmierter Kriegsbemalung. Ich bin heilfroh, als ich endlich am Ziel bin. Jetzt noch ein Stück zu Fuß und ich kann mich in meinem Bau einigeln.

Es regnet immer noch, als ich in Richtung Wohnung gehe, mir ist kalt und ich freue mich auf eine heiße Dusche, doch mit einem Mal bemerke ich, dass ich meine Tasche im Restaurant vergessen habe. Samt Schlüsselbund, Geld und Handy. Ich durchwühle die Taschen des Mantels, der nicht mir gehört, und finde darin … nichts. Aus purer Trägheit gehe ich weiter auf das Haus zu, in dem ich wohne, weiß nicht mehr, wo mir der Kopf steht, und versuche verzweifelt, meine Möglichkeiten zu überdenken: umkehren (ausgeschlossen), mich in den Kanal stürzen (wahrscheinlich), zu Pau gehen (realistisch). Das letzte Stück Weg lege ich fast taumelnd zurück, stolpere zu allem Überfluss über einen Gullydeckel und erstarre ein paar Meter vor meinem Haus zur Salzsäule: Claudio steht vor meiner Haustür, wartet auf mich und ist kein bisschen nass. Offensichtlich ist er mit dem Taxi gekommen.

»Was hast du denn hier verloren?«, blaffe ich ihn an.

Er hält mir meine Tasche hin: »Die hast du vergessen. Dein Vater war so nett, mir deine Adresse zu verraten.«

»Danke«, sage ich kurz angebunden und reiße ihm die Tasche aus der Hand.

»Vor lauter Hektik hast du wohl die falsche Jacke erwischt«, spottet er und zeigt auf meinen Madonnenmantel.

»Und du hast den falschen Abend erwischt. Ciao.«

»Ganz im Gegenteil: Wenn ich dich wiedergefunden habe, muss es der richtige Abend gewesen sein.«

Die Worte klingen ernst, sein Ton nicht, und seine Unverfrorenheit regt mich maßlos auf. Ich ziehe die Schlüssel aus der Tasche, will rasch die Tür aufsperren, hineinschlüpfen und sie ihm dann vor der Nase zuschlagen, aber er hat sich bereits vor mir aufgebaut, genau wie vorhin im Restaurant. Die Situation wiederholt sich, ich mache Anstalten, ihm eine weitere Ohrfeige zu verpassen, doch diesmal kommt er mir zuvor und packt mein Handgelenk, blockiert so meinen Arm. Als ich protestieren will, verschließt er mir den Mund mit einem Kuss, drängt mich dabei gegen die Tür und entwindet mir den Schlüssel, um ihn gleich darauf ins Schloss zu stecken und umzudrehen.

Inzwischen leiste ich keinen Widerstand mehr, bin schon dabei, in seinen Armen dahinzuschmelzen. Irgendwie schaffen wir es die Treppen hinauf, allerdings erst, als er mir die durchweichten hochhackigen Sandaletten auszieht, mit denen ich ständig stolpere. In der Wohnung, die nicht die meine ist, verstreuen wir dann nach und nach alles auf dem Boden: den Trenchcoat, den ich geklaut, die Tasche, die ich vergessen habe, das Kleid, das er mir nicht zum ersten Mal auszieht, das Hemd mit den aufgekrempelten

Ärmeln, die Hose mit dem eleganten Schnitt. Er küsst meine Schultern, um ein paar Regentropfen aufzusammeln, streicht mir die Haare nach hinten und nimmt mein Gesicht zwischen die Hände.

»Das steht dir sehr gut so«, sagt er. »Du siehst aus wie ein Punk.«

Und ich habe nichts weiter im Sinn, als ihn immer weiter zu küssen, tief und tiefer einzutauchen in seine verborgenen Seiten, das zu finden, was dieser Körper mir verbirgt. Ich schüttele ihn durch, suche eine Antwort, warum er ständig einfach so verschwindet, aber bald habe ich alle Verletzungen und Kränkungen vergessen – die Liebe heilt selbst die tiefsten Wunden. Wie durch ein Wunder schließen sie sich, und wir liefern uns einander vollständig aus, Körper und Geist.

Wir spielen nicht mehr Indianer in Amerika, wir müssen nicht mehr so tun als ob. Claudio wirft mich aufs Bett, legt sich daneben und tastet alle meine Knochen ab: das Schlüsselbein, jede einzelne Rippe, die Ellbogen, die Handgelenke, das Becken, das Schambein, die Knie, die Knöchel. Und das Ganze noch einmal in umgekehrter Richtung von unten nach oben. Als Nächstes kommen die Weichteile dran: die Waden, die Schenkel, die Pobacken, die Brüste, schließlich die Lippen, bei denen er innehält, um sie zu küssen. Ich hingegen bin direkter, greife mit einer Hand nach seinem Geschlecht, streichle und drücke. Daraufhin nimmt er meine andere Hand, verschränkt sie mit seiner, führt sie zu meinem Schambein und dirigiert sie in meinen Körper. Sein Blick ist fest auf mich gerichtet, als ich anfange zu masturbieren, als ich Lust zu empfinden beginne, erst langsam, dann immer intensiver.

Schließlich erhebt er sich, um mich besser beobachten zu können, wie ich mit weit gespreizten Beinen und halb geöffnetem Mund vor ihm liege. Seine muskulöse Gestalt ragt neben mir auf, er sieht aus wie aus Stein gemeißelt. Er der Fels, ich das Wasser. Genüsslich sieht er mir zu, doch es stört mich nicht. Im Gegenteil. Der Gedanke, mich für ihn zu berühren, gefällt mir, treibt mich in Ekstase.

Erst einen Moment, bevor ich komme, halte ich inne, setze mich auf den Bettrand und ziehe Claudio an mich, lüstern, gierig, denn ich will ihn haben. Jetzt. Ich küsse sein Becken, folge der schrägen Linie, die von der Hüfte zum Schambein und zu seinem Glied verläuft. Er lässt sich lecken und saugen, bevor er mich hochhebt und mich auf die Kommode setzt, auf die gläserne Oberfläche. Dann beugt er sich herunter, um meine Schenkel mit seinem Bart zu streicheln und ihn dann mit meinem Schamhaar zu vereinen, ein dichtes, dunkles Haarkleid zu schaffen. Dann fängt er an, mich zu küssen, immer weiter, und alles brennt.

Als ich es nicht mehr ertrage, packe ich seinen Kopf und ziehe ihn an mich, dränge ihn, in mich einzudringen, damit ich ihn spüre, halte es nicht mehr aus. Aber er ignoriert mein Flehen und hält mir mit einer Hand den Mund zu. Als ich ihn beiße, nimmt er mich an den Schultern und dreht mich herum, sodass ich mich jetzt im Spiegel der Kommode sehe: Mein Haar ist zerwühlt, mein Gesicht verschmiert, die Augen sind schwarz umrandet, die Wangen gerötet. Hinter mir ragt sein klares, fast geometrisches Gesicht auf – in diesem Moment ist es von einer fast gefährlichen Schönheit. Dann packt Claudio mich an den Haaren und zieht meinen Kopf zurück, nähert seinen Mund meinem Ohr, ich kann seinen warmen Atem spüren: »Ich habe deinen Geruch vermisst, Lavinia«, haucht er hinein.

Seine Finger streichen jetzt über meine Lippen, wandern über meine Wangen und meinen Hals hinunter zu meinen Brüsten, kneten und drücken meine Brustwarzen. Ich spüre seinen harten Schwanz, der sich gegen meine Pobacken presst. Mit einer Hand greife ich hinter mich und packe ihn, beginne ihn erneut zu streicheln, um ihn damit verrückt zu machen, ihn zu kontrollieren. Im Spiegel sehe ich, wie er die Augen schließt und den Mund zusammenpresst, dann merke ich plötzlich, wie ich hochgehoben werde. Er nimmt mich auf den Arm wie eine Braut, die über die Schwelle getragen wird, wirft mich allerdings sogleich unsanft auf das zerwühlte Bett. Endlich legt er sich auf mich und dringt in mich ein, bewegt sein Becken vor und zurück, und ich spüre alles, sein Geschlecht in dem meinen, seine Haut auf der meinen, seine Augen in den meinen, seine Liebe, die sich mit der meinen vermischt.

Ein Strudel der Lust reißt uns mit sich fort. Ich muss mir auf die Lippen beißen, um nicht zu schreien, erst als ich merke, dass auch er gleich kommt, lasse ich mich gehen.

Mein Geist befindet sich in einem Zustand von Trance oder extremer Luzidität, ich habe Angst, mein Körper werde sich auflösen in einem unendlichen Nichts, und klammere mich mit beiden Händen an Claudio fest, um nicht zu fallen, um bei ihm zu bleiben bis zum letzten Atemzug.

Dann liegen wir nackt und still Seite an Seite, verstört und überrascht. Später umarmen wir uns wortlos und schlafen ein.

Morgen werden wir immer noch Zeit haben, uns zu fragen, was uns da widerfahren ist.

9

Das Fenster

Beim ersten Licht des Tages schlagen wir die Augen auf: Es sind die Straßengeräusche, die uns wecken, denn wir haben die Rollläden nicht heruntergelassen, und ein Fenster ist zudem gekippt. Es wird wohl sieben Uhr sein. Claudio liegt neben mir und ist ganz anders als beim letzten Mal, hält mich fest an sich gedrückt, als hätte er Angst, ich könnte mich heimlich davonstehlen. Irgendwie kommt er mir vor wie eine Münze mit zwei Seiten, bei der man nie weiß, wie sie gerade fällt. Oben oder unten, der Zufall entscheidet, welches Gesicht er zeigen wird. Das macht ihn unberechenbar, und deshalb tue ich mich schwer, ihm zu vertrauen.

»Ich habe dich vermisst, wirklich.«

»Und ich habe dich gehasst. Warum bist du so plötzlich verschwunden?«

»Du bist es, die meine Telefonnummer nicht haben wollte. Du bist es, die wegläuft«, dreht er den Spieß um und versucht von sich abzulenken.

»Es ist mir sehr ernst, denn ich verstehe dich einfach nicht.«

Er richtet sich ein wenig auf. Seine Haare sind wirr, auf der Wange hat er einen Abdruck vom Kopfkissen, sein noch schlaftrunkener Körper hebt und senkt sich in langsamen Atemzügen. Immer habe ich das Gefühl, ich würde ihn gut kennen, dabei stimmt das gar nicht, ich weiß rein gar nichts von ihm. Wir gehen immer gleich zur Sache, mitten rein, die Ouvertüre sparen wir aus, unterschlagen Vergangenheit und Zukunft und tauschen uns lediglich über das Heute aus. Wir bräuchten eine Datei, in der unsere Geschichte festgehalten ist, so etwas Ähnliches wie eine Krankenakte, die das medizinische Profil eines Menschen dokumentiert, nur umfassender.

»Was ist in Mailand passiert? Warum bist du plötzlich abgereist?«, insistiere ich, bin diesmal nicht gewillt, sein Schweigen hinzunehmen.

»Ich hatte keine andere Wahl, das musst du mir glauben. Es hatte nichts mit dir zu tun, wirklich nicht. Dass ich sehr kurz angebunden und nicht gerade freundlich war, ist mir sehr wohl bewusst, und ich bitte dich dafür um Verzeihung.«

»Das ist also deine Variante, um unser Gespräch zu beenden?«

Er stößt einen Seufzer aus, lehnt den Rücken an das Kopfteil des Bettes und fährt sich mit einer Hand durch die Haare. Es ist das erste Mal, dass ich ihn um Worte verlegen erlebe – trotzdem habe ich nicht die

Absicht, so zu tun, als wäre alles gut. Nach einer Weile rafft er sich zu einer Antwort auf.

»Was soll ich dir sagen, Lavinia? Willst du, dass ich dir von meinem Leben erzähle, dir die blinden Flecken enthülle … Wir haben alle unser Päckchen zu tragen, das meine ist vermutlich nicht schwerer als das von anderen Leuten und dennoch für mich eine Last. Vielleicht ist es das Beste, wenn wir einfach den Moment genießen, ohne alles zu kompliziert zu machen. Nehmen wir es doch so, wie es kommt …«

»Aha, alles klar«, unterbreche ich ihn. »Ich verstehe dich folgendermaßen: Wir zwei können zwar Spaß im Bett haben, aber ansonsten soll ich mir keine Illusionen machen.«

Meine Worte klingen bitter, doch dann frage ich mich, welche Illusionen ich mir überhaupt machen sollte. Schließlich weiß ich ja nicht mal, was aus mir wird. Als ich Anstalten mache aufzustehen, packt Claudio meinen Arm und hält mich zurück, umfängt mich von hinten und vergräbt sein Gesicht an meinem Hals.

»Ich mag dich, Lavinia, sehr sogar. Zu sehr. Wenn es nach mir ginge, würde ich dich in dieses Zimmer sperren und nicht mehr gehen lassen. Aber ich kenne mich gut und befürchte, dass das, was ich dir geben kann, dir am Ende nicht reicht. Und du hättest völlig recht damit. Es passiert mir nicht zum ersten Mal.«

Hin- und hergerissen zwischen dem Wunsch, mich zu befreien, und dem zu bleiben, überlasse ich ihm die Entscheidung, was aus uns werden soll.

»Dann sag du mir, was das Beste ist.«

»Keine Ahnung, ehrlich. Ich weiß bloß, was ich jetzt will, in diesem Augenblick.«

Während er das sagt, lässt er die Hand über meinen nackten Schenkel gleiten. Mein Körper reagiert sofort, und ich bin bereits feucht, als sich seine Hand in meinen Slip schiebt. Unsere Differenzen werden vertagt. Wir lieben uns von Neuem, diesmal zarter, in einem morgendlich süßen Akt, die Trägheit des Schlafes steckt noch in unseren Körpern. Anschließend schlafen wir wieder ein, und für den Moment haben unsere Herzen Frieden gefunden.

Als wir später aufwachen, liegen wir noch eine Weile da und genießen die Stille und das Wohlgefühl, im geschützten Raum dieser Wohnung aufgehoben zu sein. Bis es plötzlich an der Tür klingelt.

»Was machen wir jetzt?«, frage ich alarmiert.

»Auf keinen Fall die Tür öffnen, bitte! Bleib einfach liegen, es ist so schön gerade«, sagt er und drückt sich sanft an mich.

Es klingelt noch zwei weitere Male.

»Vielleicht der Postbote«, überlege ich laut. »Nein, ganz sicher sogar. Er klingelt öfter mal bei mir, um ein Einschreiben für den Wohnungseigentümer abzugeben.«

Das Klingeln hört auf, und wir dösen weiter. Allerdings nicht mehr lange.

»Ach, du meine Güte, es ist ja schon zehn!« Claudio hat einen kurzen Blick auf die Uhr geworfen und springt mit einem Satz aus dem Bett. »Ich habe in einer Stunde einen Termin. Kann ich schnell bei dir duschen?«

Ich zeige ihm das Bad und gehe aus reiner Neugier zum Fenster, ob ich irgendwo auf der Straße noch den Postboten erspähe. Nichts, keine Spur.

Im selben Moment höre ich ein Klopfen an der Wohnungstür. Na so was, da ist er tatsächlich bis ganz nach oben gestiegen, denke ich, ziehe schnell ein T-Shirt und Shorts an und schaue durch den Spion.

Draußen steht Pau. Scheiße, Scheiße, Scheiße.

Ich öffne die Tür einen Spalt und blicke hinaus auf den Korridor.

»Hab ich dich etwa geweckt? Entschuldige, ich war gerade bei einem Kunden hier in der Nähe und habe dich anzurufen versucht, dein Handy ist aus.«

Ich sage nichts, starre ihn mit weit aufgerissenen Augen an, als hätte er mich beim Klauen erwischt.

Pau mustert mich genauer und fügt hinzu: »Ist alles in Ordnung bei dir? Du bist ganz schwarz ...«

Zur Erklärung fährt er sich mit dem Finger um die Augen, und erst jetzt fällt mir ein, dass ich mich gestern gar nicht abgeschminkt habe. Ich muss ja aussehen wie ein drogensüchtiger Pandabär. Spontan schlage ich die Hände vors Gesicht.

»Entschuldige, Pau, es ist nur so, dass wir gestern Abend sehr viel getrunken haben und es mir entsprechend mies geht. Vielleicht sehen wir uns später, okay.«

Nein, nichts ist okay. Befremdet sieht er mich an, sicher findet er es komisch, dass ich ihn nicht hereinbitte. Dann wirft er einen Blick auf mein ausgeleiertes T-Shirt und meine nackten Beine und stutzt, holt ein Zigarettenpäckchen aus der Jackentasche und zündet sich eine an, wendet sich wortlos ab und geht die Treppe hinunter.

Es tut mir leid, so leid, ist alles, was ich denken kann. Ich kehre zurück ins Wohnzimmer und schaue ihm vom Fenster aus nach, wie er auf der Straße davongeht, die Hände in den Taschen und die Zigarette im Mund.

Ich sitze zwischen zwei Feuern: Paus spendet mir eine gleichbleibende, milde Wärme; Claudios hingegen ist eine lodernde Flamme, die einen verbrennt mit Haut und Haar, Herz und Verstand, nur erlischt sie unvermittelt und lässt einen in der Kälte zurück. Dennoch wäre es dumm von mir zu glauben, ich hätte die Wahl zwischen dem einen und dem anderen. Die Wahrheit ist, dass meine Heimkehr immer näher rückt und ich mich auf keinen von beiden einlassen, keinem von beiden etwas versprechen kann. Nicht, bis ich diesen Brief geöffnet habe und weiß, was die Zukunft für mich bereithält. So lange werde ich den Augenblick leben und es zu genießen versuchen.

Es ist mittlerweile August, und der Sommer dauert nicht mehr ewig.

»Was machst du mittags? Ich würde dich gerne zum Essen einladen«, reißt Claudio mich aus meinen Gedanken.

»Ich treffe mich mit meinem Vater«, erwidere ich schnell, weil ich keine Lust zum Reden habe.

»Magst du denn am Nachmittag vorbeikommen, um die Proben anzuhören? Oder du holst mich später ab, falls du dir nicht das ganze Repertoire anhören willst«, scherzt er. »Ich würde mich sehr freuen, wirklich. Ich könnte dir meine Musikerkollegen vorstellen, und danach gehen wir was trinken.«

Er nimmt mein Gesicht zwischen die Hände und küsst mich zärtlich, doch meine Gedanken mäandern zwischen ihm und Pau hin und her, sodass ich fast den Eindruck habe, nicht zu wissen, wer von den beiden mich gerade küsst.

Dass momentan jener Claudio vor mir steht, der mich offensichtlich in sein Leben lassen will, mir die Tür zu seiner Welt öffnet, macht es mir nicht leichter. Mir fällt keine plausible Ausrede ein, um ein Treffen abzulehnen. Immerhin bin ich auf Urlaub in Paris und kann keine dringenden Termine und Verpflichtungen vorschützen. Deshalb halte ich meine Antwort vage.

»Wenn es mit meinem Vater nicht zu lange dauert, komme ich dich abholen, okay.«

»In Ordnung, ich schicke dir noch die genaue Adresse des Theaters, ich habe sie im Augenblick nicht parat.«

Ich nicke, kann es kaum erwarten, dass er geht und ich endlich alleine bin. Um nachzudenken, mich zu sortieren, denn ich bin völlig durch den Wind. Zu viel ist auf mich eingestürzt: das Wiedersehen mit meinem Vater, Claudios überraschendes Erscheinen, die Sache mit Pau.

Es ist, als wäre mit dem Tageslicht alles anders geworden. Ich komme mir vor wie ein Roboter, der nur funktioniert, ohne Gefühle. Außerdem komme ich mir schäbig vor, weil ich nicht ehrlich bin, zu keinem. Nicht einmal zu mir selbst. Letztlich bin ich ebenso janusköpfig wie Claudio. Gestern war ich ein hungriger Wolf, der durch den nächtlichen Wald streifte, heute bin ich eine leichte Beute, die vor aller Augen darauf wartet, gefressen zu werden.

Sobald Claudio gegangen ist, greife ich zum Handy, um Pau anzurufen – er geht nicht ran. Ich beschließe, ihm eine Nachricht zu schicken, wenngleich ich nicht weiß, was ich ihm eigentlich sagen will – außer dass es mir leidtut wegen heute Morgen. Richtig entschuldigen möchte ich mich allerdings nicht. Wofür auch? Wir sind schließlich kein Paar mehr, und ich bin Pau keinerlei Rechenschaft schuldig. Warum aber fühle ich mich dann die ganze Zeit so gemein? Weil ich nicht einmal darauf eine Antwort weiß, verzichte ich auf die Nachricht und verlasse die Wohnung, um mich auf den Weg zum Marais zu machen, wo ich mit meinem Vater verabredet bin.

Das Restaurant, das er ausgesucht hat, ist sehr hübsch, klein und intim, ganz anders als das vom Abend zuvor.

»Ich habe mir gestern erlaubt, Claudio Giarda deine Tasche mitzugeben, da er sagte, er werde sowieso in der Nähe deiner Wohnung vorbeikommen …«

»Ja«, unterbreche ich ihn peinlich berührt. »Es hat alles gut geklappt. Danke.«

»Er hat mir von der missglückten Hochschulprüfung erzählt. Mir war nicht klar, dass er damals im Gremium saß und ihr euch also kanntet.«

»Äh …« Verzweifelt denke ich über eine passende Erwiderung nach und hoffe inständig, dass sie sich mit dem deckt, was Claudio ihm erzählt hat. »Ja, wir haben damals ein paar Worte gewechselt, doch wirklich kennen tun wir uns nicht. Was hat er denn sonst so gesagt?«, füge ich neugierig hinzu.

»Dass du eine sehr gute Musikerin bist und seiner Meinung nach unbedingt weitermachen solltest.«

Na klasse, Claudio weiß wieder mal eine Menge Dinge über mich, während er für mich weiterhin ein unbeschriebenes Blatt ist. Ich verspüre erneut den dringenden Wunsch, ihn bei nächster Gelegenheit zu packen und ein paar Auskünfte aus ihm herauszuschütteln, damit wir uns auf Augenhöhe begegnen.

Das Essen verläuft in freundschaftlicher Atmosphäre, denn inzwischen ist es selbstverständlich für mich, ganz zwanglos mit meinem Vater umzugehen. Ich bin gerne mit ihm zusammen, fühle mich wohl in seiner Gegenwart und bin stolz, wenn ich als seine Tochter erkannt und angesprochen werde.

Seine ruhige, gelassene Art tut mir gut, er ist so

ganz anders als meine temperamentvolle Mutter, und ich frage mich manchmal, wie wir zu dritt wohl miteinander ausgekommen wären. Gut, stelle ich mir natürlich vor, ohne es je verifizieren zu können.

Jedenfalls finde ich es nach den ersten Anlaufschwierigkeiten sehr schön, einen Vater zu haben. Schade, dass er heute abreist. Er hat sein Gepäck schon dabei, wird in wenigen Stunden nach Berlin zurückfliegen, in die Stadt, die seine Wahlheimat geworden ist.

Er kommt auf seine anderen Kinder zu sprechen.

»Ich habe dir ja von Greta und Wilko erzählt … Bestimmt werden sie staunen, wenn sie von dir erfahren, und ich hoffe sehr, dass du eines Tages nach Berlin kommst, um sie kennenzulernen.«

»Was glaubst du, wie sie reagieren werden?«, erkundige ich mich ein wenig besorgt.

»Sie sind beide außergewöhnliche Menschen und werden sich einfach freuen, dich kennenzulernen«, beruhigt er mich lächelnd. »Greta hat selbst bereits zwei Kinder, Adam und Leo.«

Unglaublich. Bis vor Kurzem war ich mutterseelenallein auf der Welt, und nun bin ich auf einen Schlag Tochter, Schwester und sogar Tante geworden. Wer weiß, was das alles mit mir und ihnen anstellen wird.

Draußen vor dem Restaurant verabschieden wir uns.

»Danke, Lavinia, für alles«, sagt mein Vater und nimmt mich in die Arme.

»Bis bald, Giuseppe«, erwidere ich und umarme ihn ebenfalls.

Das ist mittlerweile kein Problem mehr für mich. Hingegen nenne ich ihn nach wie vor bei seinem Vornamen; Papa zu sagen, ist bislang eine unüberwindliche Hürde für mich und wird es vielleicht immer bleiben.

Als er ins Taxi steigt, denke ich, dass die Begegnung mit ihm das Schwierigste und Außergewöhnlichste war, das mir überhaupt geschehen konnte. Es ist, als hätte sich meine ganze Reise auf diesen einen Punkt zubewegt.

Später spaziere ich ohne bestimmtes Ziel durch das Marais, lasse mich durch die Straßen dieses wunderschönen Viertels mit seinen vielen Läden und Bars treiben, in denen das Pariser Leben im immer gleichen Rhythmus dahinfließt, jeden Tag aufs Neue in einer Art geruhsamer Routine. Doch ich gehöre nicht hierher, stehe außerhalb der Geschichte und beobachte eine Welt, die nicht die meine ist. Überall ergeht mir das so. Außer in Barcelona, nur habe ich mein früheres Leben verloren, den vertrauten Alltag aufgegeben, komme mir selbst dort entwurzelt und nicht mehr zugehörig vor. Ich hoffe, dass dieses Gefühl der Fremdheit irgendwann vergeht.

Planlos schlendere ich weiter und lande irgendwann bei der Adresse, die mir Claudio genannt hat. Die Proben sind offensichtlich schon vorbei, denn ein paar Musiker kommen gerade zum Bühneneingang heraus. Ich betrete das Gebäude und gehe zum Konzertsaal, halte nach Claudio Ausschau. Vergeblich, ich kann ihn nirgendwo entdecken. Schließlich wende ich mich an ein junges Mädchen, das gerade sein Instrument einpackt, und erkundige mich, ob sie weiß, wo ich Claudio Giarda finde.

»Das haben wir uns selbst bereits gefragt«, antwortet sie freimütig. »Er ist heute nicht zur Probe gekommen. Was wirklich seltsam ist, denn Claudio ist einer, der sogar mit vierzig Grad Fieber nicht zu Hause bleibt. Ich habe wirklich keine Ahnung …«, fügt sie mit einem bedauernden Schulterzucken hinzu.

»Ach, tatsächlich …«, stammele ich konsterniert.

»Vielleicht rufen Sie ihn an, obwohl wir das auch schon ein Dutzend Mal versucht haben, immer ohne Erfolg. Erst hat er nicht abgenommen, dann war das Handy aus. Tut mir wirklich leid.«

Ratlos stehe ich da und weiß nicht, was ich davon halten soll.

Ohne große Hoffnung wähle ich Claudios Nummer und habe die Mailbox in der Leitung. Als ich gerade mein Handy wieder in die Tasche stecken will, tippt mir ein junger Mann auf die Schulter.

»Ich würde es mal im American Hotel probieren«, sagt er, »da wohnt er nämlich.«

»Danke, haben Sie vielleicht die Adresse?«

»Es ist nicht weit von hier, drei Haltestellen mit der Metro. Warten Sie, ich schaue nach«, antwortet er und wirft einen Blick auf sein Smartphone. »Rue Pascal Nummer dreizehn«, meint er dann und zeigt mir die Adresse auf Google Maps.

Das Hotel scheint sich gleich beim Ausgang der Metrohaltestelle Arts et Métiers zu befinden. Spontan beschließe ich, einfach hinzufahren, und male mir auf dem Weg zur Metro die schlimmsten Szenarien aus: Ist er plötzlich krank geworden? Ist er im Bad gestürzt und hat sich den Kopf angeschlagen? Oder hat ihn am Ende ein Auto überfahren?

Nach der Fahrt in der Metro renne ich die Treppen an die Oberfläche in Rekordzeit hoch. Ich habe das Gefühl, so schnell wie möglich bei ihm sein zu müssen. Wer weiß, vielleicht gilt es ja, ihn nach einem Herzinfarkt schleunigst in eine Klinik zu schaffen!

Vor dem Hotel, das sehr elegant ist, werde ich höflich von einem Concierge begrüßt, und noch bevor ich aus der gläsernen Drehtür heraus bin, entdecke ich Claudio. Er steht in der Lobby und hält den Arm einer jungen Frau gepackt, mit der er offensichtlich in ein Streitgespräch verwickelt ist. Ohne zu überlegen, bleibe ich in der Drehtür und drücke sie weiter, bis ich wieder am Ausgangspunkt gelandet bin. Soweit ich es beurteilen kann, hat Claudio mich nicht bemerkt.

Dennoch will ich wissen, was mit ihm los ist.

Möglichst unauffällig schleiche ich am Hotel entlang und beobachte durch die große Fensterfront, was sich drinnen abspielt. Claudios Miene wechselt zwischen angespannt, bedrückt und verärgert, er scheint seiner Gesprächspartnerin etwas erklären zu wollen, aber sie entwindet sich geschickt seinem Griff, stellt sich auf Zehenspitzen ganz dicht vor ihn hin und zischt ihm mit wutverzerrter und fast angeekelter Miene etwas zu.

Wer mag sie sein?

Ich mustere sie genau: Sie ist mehr oder weniger in meinem Alter, benimmt sich allerdings eher wie ein noch unreifes Mädchen. Ihr Gesicht hingegen will dazu nicht passen, es wirkt müde, irgendwie erloschen und dennoch zugleich sehr sinnlich. Sie hat tolle Beine, wenngleich durch blaue Flecken verunziert, ihre Füße stecken in hochhackigen Sandaletten. Zu ihrem kurzen Rock trägt sie ein bauchfreies T-Shirt mit weiten Ärmeln, die Haare sind zu einem schlampigen Knoten gebunden, aus dem lange lila Strähnen hängen. Trotz aller Makel ist sie von einer entwaffnenden Schönheit mit ihren hohen Wangenknochen und den vollen Lippen.

Offensichtlich weint sie, doch als Claudio sie zu beruhigen sucht, schiebt sie ihn unwirsch weg. Dass man sie beobachtet, scheint ihr völlig egal zu sein – ich kann zwar nicht hören, was die anderen Hotelgäste sagen, aber ich sehe, wie sie im Vorübergehen angewiderte Blicke wechseln.

Claudio bleibt das nicht verborgen, er wirft einen besorgten Blick in die Runde, ihm ist das Ganze sichtlich peinlich. Dann zeigt er auf den Lift, nimmt ihren

Arm, diesmal sanfter, und fordert sie auf, ihm zu folgen. Widerstrebend gibt sie nach und lässt sich mitziehen, bückt sich rasch noch und hebt etwas vom Boden auf. Es ist die Vuillaume, ich erkenne es an dem unverwechselbaren Aufkleber von Jabba dem Hutten auf dem Geigenkasten, der im Neonlicht kurz aufglitzert.

Mit dieser Geige hat alles angefangen.

Claudio machte mir das wertvolle Instrument in Ravello zum Geschenk. Warum er es tat, weiß ich nicht. Plagte ihn womöglich ein schlechtes Gewissen, weil er maßgeblich dazu beigetragen hatte, dass ich durch die Prüfung gerauscht war? Nein, vermutlich nicht, das würde nicht zu ihm passen. Was auch immer ihn bewogen haben mag, ich wollte das Geschenk nicht und habe es ihm schließlich zurückgegeben. Trotzdem schockiert es mich, die Geige in der Hand der anderen zu sehen. Schließlich hatte Claudio gesagt, ich könne meine Meinung jederzeit ändern, sie werde immer mir gehören. Offenbar nicht, denn jetzt scheint es zu spät, sie noch zu wollen.

Claudio und das Mädchen sind inzwischen vor dem Aufzug angelangt, plötzlich umarmt er sie und drückt sie fest an sich. Sie steht da mit hängenden Armen, die mir wie ein Zeichen der Kapitulation vorkommen, die Geige nach wie vor in der Hand.

Ich schließe die Augen und hole tief Luft, stelle mir Claudios Duft vor, stelle mir vor, ich wäre sie, doch mir steigt nichts als ein intensiver Geruch nach

Fensterputzmittel in die Nase. Meine Kehle wird trocken, mein Herz erstarrt zu Eis, mein Körper verwandelt sich in ein riesiges Feld aus verschimmeltem Laub.

Als ich die Augen wieder öffne, sehe ich mich selbst im Spiegel: ein dummes, naives Schäfchen namens Lavinia.

10

Der Armreif

Ich liege im Bett, bin völlig am Ende, wie ausgelöscht. Drei Tage sind es nun schon, dass ich mich in dieser Wohnung verbarrikadiert habe, die Fenster geschlossen, die Tür verrammelt, das Handy aus. Nur gelegentlich erhebe ich mich, um aufs Klo zu gehen oder die Speisekammer des Journalisten zu plündern. Um mich herum haben sich Sandwichreste, leere Wasserflaschen, halb gegessene Schokoriegel, zerkaute Bonbons und ein Teller mit eingetrocknetem Reis angesammelt.

Die Wohnung zu verlassen, traue ich mich nicht – aus Angst, plötzlich auf Claudio zu stoßen, der mir inzwischen vorkommt wie ein Phantom, das nach Belieben erscheint und wieder verschwindet und jedes Mal irgendeine unangenehme Überraschung mit sich bringt. Denn das war sein Anblick mit der jungen Frau im Arm, eine unangenehme, weil völlig unerwartete Überraschung.

Ich kann dieses Bild einfach nicht vergessen, und

dass ich es von außen durch ein Fenster sah, erscheint mir im Nachhinein als perfekte Illustration unserer Beziehung: Wir sind zwei Fremde, auf ewig durch eine dünne Glasscheibe getrennt, die sich nicht durchbrechen lässt. Jeder bleibt auf seiner Seite, er drinnen, ich draußen.

Daran ändert auch nichts, dass er mir bei jeder Begegnung die Illusion vermittelt, durch die Berührung unserer Hände oder unserer Lippen würden sich zugleich unsere Seelen vereinigen. In Wirklichkeit gibt es keinen echten Kontakt: Wohl nähern wir uns immer wieder an, bleiben aber stets durch eine unsichtbare Wand getrennt.

Ich komme mir unsäglich dumm vor und sehr einsam. Außerdem habe ich Pau gegenüber ein schlechtes Gewissen: Ich hätte besser Claudio zum Teufel jagen und meinen verlässlichen alten Freund hereinlassen sollen, als er vor meiner Tür stand. Stattdessen habe ich mir den falschen Mann ins Haus geholt und Pau eiskalt abserviert – ausgerechnet ihn, der mir unablässig bewiesen hat, dass er mich wirklich liebt.

In der Hoffnung, eine Nachricht von ihm vorzufinden, schalte ich mein Handy ein. Nichts, nicht der kleinste Hinweis, dass er mich sprechen wollte. Vergeblich suche ich nach einem Strohhalm, an den ich mich klammern kann, und nach einem Grund, ihn anzurufen, ohne in Erklärungsnot zu geraten. Hingegen sehe ich auf der Anrufliste, dass Claudio zweimal versucht hat, mich telefonisch zu erreichen.

Seit dem Tag, als ich ihn im Hotel gesehen habe, telefoniert er mir hinterher, doch ich gehe nicht ran, habe keine Lust, mir weitere Lügen anzuhören. Deshalb habe ich irgendwann das Telefon ganz ausgeschaltet.

Fast demonstrativ lösche ich seine Nachrichten und seine Nummer gleich mit, um reinen Tisch zu machen. Es kommt mir wie ein symbolischer Akt vor. Dann gehe ich meine Kontakte durch, lese die Namen meiner Freunde und habe plötzlich den brennenden Wunsch, nach Hause zurückzukehren und sie alle wiederzusehen.

Genau in diesem Moment klingelt das Telefon: Es ist Laia.

Seit Tagen habe ich nichts von ihr gehört, nicht seit der Wiederbegegnung mit Claudio, um genau zu sein. Davor waren wir regelmäßig in Kontakt, und ich habe ihr fleißig berichtet, wie es so läuft zwischen meinem Vater und mir. Während ich es nicht über mich gebracht habe, von Claudio zu erzählen. Vielleicht weil unsere Beziehung wechselhaft und launisch ist wie das Wetter und weil morgen bereits hinfällig sein kann, was heute noch sicher scheint. Ein solches Gespräch spare ich mir lieber auf, bis wir uns sehen.

Trotzdem kommt ihr Anruf wie gerufen – allein ihre Stimme zu hören, heitert mich auf.

»Ich kann es nicht glauben, das ist ja Telepathie«, rufe ich ins Telefon. »Gerade habe ich an dich gedacht … Wie geht's dir denn?«

»Gut! Ich muss dir was ganz Verrücktes erzählen, du wirst dich hoffentlich freuen!«

»Los, sag schon. Du und Xavi, ihr wollt heiraten?«

»Um Gottes willen, nein!«

»Was dann?«

»Wir kommen nach Paris!«

»Ehrlich, und wann?«

Ruckartig setze ich mich im Bett auf, bin völlig aus dem Häuschen. Endlich eine gute Neuigkeit, die mir vorkommt wie ein Geschenk des Himmels.

»Übermorgen, für drei Tage. Xavi wollte mich überraschen, weil wir letzte Woche die Masterprüfung bestanden haben, er hat mir die Tickets geschenkt. Ist das nicht super? Du weißt ja, wie sehr ich Paris liebe! Und natürlich freuen wir uns wahnsinnig, euch bei dieser Gelegenheit wiederzusehen. Sagst du Pau Bescheid?«

Ich schweige ein paar Sekunden betreten, verspreche es dann. Zur Not schicke ich ihm eine Nachricht, falls ich ihn telefonisch nicht erreiche. Jedenfalls ziehe ich es vor, mich über unsere Beziehungskrise auszuschweigen, um ihre Vorfreude auf ein gemeinsames Treffen nicht zu dämpfen. Dabei weiß ich nicht mal, ob Pau überhaupt bereit ist, mich zu sehen.

Zum Glück merkt Laia nichts. Sie will wissen, wie das Wetter in Paris ist und was sie alles in den Koffer packen soll, und schafft mir an, mir vorab ein paar Gedanken zu machen, was wir zusammen unternehmen könnten. Nachdem wir das Gespräch beendet haben, starre ich ein paar Minuten lang auf mein Handy und lasse es von einer Hand in die andere gleiten, als wäre es eine heiße Kartoffel, scrolle dann aber die Namensliste bis zum P runter und rufe ihn an.

»Hallo.« Er klingt absolut nicht sauer wie erwartet, eher überrascht.

»Ciao Pau, stell dir vor, Laia hat mich gerade angerufen: Sie und Xavi kommen übermorgen nach Paris und bleiben ein paar Tage hier. Ich soll mir überlegen, was wir vier gemeinsam anstellen wollen ...« Ich rattere alles in einem Atemzug herunter, damit er mich nicht unterbrechen kann, baue dann jedoch vor, um ihm einen ehrenhaften Rückzug zu ermöglichen. »Hör mal, wenn du keine Lust hast – was ich verstehen kann –, dann werde ich irgendeine Ausrede erfinden.«

Keine Antwort, kein Ton dringt an mein Ohr, nicht einmal sein Atmen. Es scheint, als wäre Pau einfach weggegangen.

»Nicht nötig, du musst keine Ausrede erfinden«, höre ich ihn nach einer gefühlten Ewigkeit sagen. »Ich werde da sein.«

»Danke.« Ich atme erleichtert auf. »Ich weiß, dass ich mich beim letzten Mal dämlich benommen habe ... Ich wollte dich anrufen, doch ...«

»Lass es gut sein, Lavinia«, unterbricht er mich. »Es spielt keine Rolle. Halt mich einfach auf dem Laufenden, wann sie ankommen, was sie planen und so. Bis dann.«

Einerseits bin ich erleichtert, andererseits bedrückt. Das kurze Gespräch hat mir nicht gerade den Eindruck vermittelt, dass alles vergeben und vergessen und wieder paletti ist. Nichts dergleichen, nur verkrampfte Höflichkeit. Und außerdem fühle ich mich ziemlich abserviert. Was ich, selbstkritisch betrachtet, auch verdient habe. Mein Verhalten war wirklich total daneben – ich könnte mich dafür jetzt noch in den Hintern treten.

Zumindest sehe ich nach den beiden Telefongesprächen etwas klarer – und das allein hilft mir bereits, das Bett zu verlassen und mich unter die Dusche zu stellen, um die Reste von Claudio und seinen Lügen von meinem Körper zu spülen.

Zwei Tage später treffen wir uns alle in Paus Atelier. Ich gehe absichtlich zu spät aus dem Haus, weil ich nicht als Erste ankommen und mit ihm allein sein möchte. Nach wie vor ist mir die Geschichte an sich sowie mein Benehmen mehr als peinlich, und vermutlich nicht zu Unrecht fürchte ich mich vor seinem tadelnden Blick.

Schon durchs Schaufenster sehe ich Laia und Xavi, und automatisch stiehlt sich ein Lächeln in mein Gesicht. Es ist einfach wunderbar, dass sie hier sind. Allein das baut mich auf. Als meine Freundin mich entdeckt, kommt sie sofort herausgelaufen und fällt mir zur Begrüßung stürmisch um den Hals. Wir klammern uns aneinander wie zwei Rugbyspielerinnen und vollführen unter Olé-Olé-Rufen einen Freudentanz. Solch spontane Aktionen sind typisch für uns, da scheren wir uns um nichts und niemanden.

»Du siehst super aus, Guapetona, meine Schöne«, sagt sie anerkennend, nachdem sie mich von Kopf bis Fuß gemustert hat.

»Unmöglich«, gebe ich wie aus der Pistole geschossen zurück. »Ich bin nämlich völlig am Ende, aber das erzähle ich dir später. Und du, was ist mit dir?«, frage ich sie mit einem anzüglichen Grinsen und nicke leicht zu Xavi im Atelier hinüber.

Beinahe verzückt lächelnd späht sie zu ihm hinüber und flüstert mir leise ins Ohr: »Ach Lavinia, ich bin total verliebt.«

»Dich scheint es ja gewaltig erwischt zu haben«, erwidere ich betont burschikos, um eine leichte Anwandlung von Neid zu überspielen. »Jedenfalls seid ihr in jeder Hinsicht ein tolles Paar. Klug, attraktiv und sexy. Und die anderen, wissen die Bescheid?«

»Mittlerweile dürfte es zu allen durchgedrungen sein. Die ersten Tage waren seltsam, alle kannten uns als gute Freunde. Da war es mir fast peinlich, wenn wir zusammen Händchen haltend gesehen wurden. Inzwischen hat sich das eingependelt, mir kommt es vor, als wäre es nie anders gewesen.«

»Na ja, irgendwie …«

Sie lacht: »Weißt du, es ist schon komisch: Alle haben geahnt, dass es so kommen musste, bloß wir nicht! Und du, wie ist es mit diesem Musiker ausgegangen?«

Mein Lächeln erlischt, und Laia zieht ihre Schlüsse.

»Nicht doch, Süße. Bislang habe ich noch nie erlebt, dass ein Mann es schafft, dir das Herz zu brechen. Willst du etwa jetzt damit anfangen?«

»Jedenfalls bin ich diesmal nah dran und kann an nichts anderes denken. Außerdem habe ich Pau gegenüber schreckliche Schuldgefühle …«

»Wie das? Jetzt kapiere ich gar nichts mehr. Okay, du wirst mir nachher brav alles erzählen, haarklein – jetzt sollten wir erst mal reingehen, ich glaube, die beiden warten bereits auf uns«, sagt sie mit einem prüfenden Blick durch die Fensterscheibe.

Arm in Arm betreten wir das Atelier – mit Laia an meiner Seite fühle ich mich gleich besser und habe keine Probleme, Pau gegenüberzutreten. Ihre Gegenwart versetzt mich zurück in die Zeit, als wir vier wie Geschwister waren. Es ist, als würden wir uns wie früher irgendwo in Barcelona treffen.

»Da wären wir«, zwitschert Laia.

»Hey, lass dich knuddeln«, ruft Xavi und schließt mich in seine Arme. »Was sagst du zu meiner letzten Eroberung? Kennst du sie zufällig?«

»Flüchtig«, erwidere ich grinsend und wende mich Pau zu, dessen Blick seit einer Weile auf mir ruht. »Ciao«, begrüße ich ihn vorsichtig und versuche zugleich, ihn mit den Augen stumm um Verzeihung zu bitten.

In seiner Gegenwart fühle ich mich erneut vollends wie eine Idiotin, und ich frage mich bang, ob er mich je wieder mögen wird und wieder mein guter, verlässlicher Freund sein kann.

»Ciao«, antwortet er, mehr nicht, aber in seinen Augen lese ich ein Ja auf meine unausgesprochenen Fragen.

»Und, was wollen wir heute machen?«, schaltet sich Laia ein.

»Das solltet ihr entscheiden. Was schwebt euch denn so vor? Habt ihr irgendwelche besonderen Wünsche?«, fragt Pau.

Laia muss nicht lange nachdenken. Kein Wunder, schließlich ist sie es, die übersprudelt vor Ideen und alle anderen mitzieht.

»Nehmt es mir nicht übel, ich würde am liebsten eine Bootsfahrt auf der Seine machen. Das ist so schön kitschig touristisch!«

»So etwas habe ich noch nie gemacht, daher wäre ich dabei«, meint Pau und lacht über Xavi, der die Augen verdreht und sich den Finger in den Mund steckt, als würde er gleich kotzen.

»Komm, so schlimm ist es nun wieder nicht«, beschwert Laia sich und sieht mich Hilfe suchend an. »Lavinia, erinnerst du dich, als wir damals zusammen in Paris waren? Da haben wir ebenfalls gleich am ersten Tag eine Bootsfahrt gemacht.«

»Ja, stimmt, allerdings ist mir auch im Gedächtnis geblieben, dass du nach fünf Minuten wieder aussteigen wolltest. Bist du sicher, dass du wirklich stundenlang über die Seine schippern willst?«

»Du übertreibst wie immer! Klar doch, ich habe richtig Lust dazu.«

Wir beschließen, ihr den Gefallen zu tun. Mir ist es im Grunde sowieso egal, was wir anstellen, für mich ist lediglich wichtig, mit meinen Freunden zusammen zu sein.

Als wir dann an der Seine ankommen, revidieren wir gezwungenermaßen unsere Planung. Eine schier endlose Touristenschlange, dazu lärmende Schulklassen rauben uns jede Hoffnung auf eine idyllische Bootsfahrt. Selbst Laia, wenngleich sie noch eine Weile hinhaltend Widerstand zu leisten versucht, knickt schließlich ein.

»Statt hier in der Schlange zu stehen, könnten wir uns gemütlich in eine Bar setzen …«, meint sie endlich und tut glatt, als wäre die Planänderung ihre ureigene Idee.

Pau hingegen hat einen anderen Plan B parat. »Was haltet ihr davon, ein paar Flaschen Bier zu kaufen und in den Parc des Buttes-Chaumont zu gehen? Ich wette, ihr seid noch nie dort gewesen.«

Spontane Programmänderungen sind ganz typisch für unsere Clique: Seit jeher haben wir improvisiert, mussten wir auch, denn immer wieder passierte es uns, dass wir irgendwo ankamen und das Fest entweder vorbei war oder an einem anderen Tag stattgefunden hatte. Egal, wir fanden es herrlich, den lieben langen Tag ziellos durch die Stadt zu streifen. Ständig waren wir unterwegs, blieben irgendwo hängen, lümmelten träge auf einer Bank herum oder lauschten einem Straßenmusiker, wechselten von einem Lokal ins nächste oder in eine Bar, je nachdem, wo es uns gefiel. Auf diese Weise durchkämmten wir die Straßen von Barcelona, immer in endlose Gespräche über Gott und die Welt vertieft.

Jetzt ist es Paris, das an uns vorüberzieht, fast wie eine Ansichtskarte, die in Bewegung geraten ist. Die Welt bewegt sich in Stop-Motion um unser Grüppchen herum, wir sind die einzigen Protagonisten dieses wunderbaren Sommernachmittags.

Im Park trennen Laia und ich uns von Pau und Xavi und gehen einen Parallelweg entlang. Laia liebt es, sich abzusondern, heimlich zu tun, sich in Verschwörungstheorien zu ergehen.

»Was ist eigentlich los mit dir und Pau? Als ich erfahren habe, dass du in Paris bist, habe ich schwer gehofft, dass ihr euch wieder zusammenrauft. Leider sieht es danach nicht aus … Was ist schiefgelaufen zwischen euch?« Sie hakt sich bei mir unter und fährt fort: »Dabei wäre er der ideale Partner für dich, fand ich früher schon, wie du weißt.«

Irgendwie bin ich froh, dass Laia das heikle Thema so unverblümt zur Sprache bringt. Indem ich mit ihr rede, wird mir vielleicht klarer, was ich eigentlich will. Hoffe ich zumindest.

»Weißt du, eine Zeit lang habe ich echt geglaubt,

wir könnten noch mal von vorne anfangen. Zumal es bei unserem Wiedersehen gleich gefunkt hat. Alles schien zunächst möglich. Aber dann lief es aus dem Ruder – beziehungsweise ich bin aus dem Ruder gelaufen ...«

»Aha, alles klar.« Laia hat sofort kapiert, worauf meine kryptische Äußerung abzielt. »Hier kommt also der Musiker ins Spiel«, flüstert sie verschwörerisch, nachdem sie sich vergewissert hat, dass Pau und Xavi uns nicht belauschen können.

»So ist es«, gestehe ich seufzend. »Ich hatte dir ja von unserer Begegnung in Ravello erzählt, oder? Es ist derselbe Typ, der mit in der Prüfungskommission saß und vermutlich den Ausschlag gab, dass ich durchgefallen bin ...«

»Oh, dieses interessante Detail hast du mir verschwiegen.«

»Ja, ich weiß. Es klingt absurd, doch wenn ich dir alle Zufälle erzähle, die mir im Verlauf des Sommers passiert sind, dann denkst du, ich spinne. Ich selbst kann es manchmal nicht fassen und beginne an meinem Verstand zu zweifeln. Frag mich nicht, warum – ständig ist mir dieser Claudio begegnet. Ich war sogar eine Weile bei ihm zu Hause in Mailand. Erst war es traumhaft, dann hat er mich eiskalt abserviert und ist einfach verschwunden. Und du glaubst es nicht: Vor ein paar Tagen läuft er mir zufällig hier in Paris über den Weg! Ausgerechnet, als ich mit meinem Vater in einem Restaurant sitze! Ein Knaller, sag ich dir.«

Laia starrt mich mit offenem Mund an – ihr hat es, was selten vorkommt, die Sprache verschlagen.

»Es ist, als würde er mich verfolgen«, erzähle ich weiter. »Wo immer ich hinreise, taucht er plötzlich auf und verschwindet genauso plötzlich wieder. Seit ich ihn kenne, beginne ich mehr und mehr zu glauben, es könnte Phantome und andere Trugbilder wirklich geben«, füge ich mit einem Anflug von Selbstironie hinzu. »Und das Schlimme ist: Er fällt mir immer dann vor die Füße, wenn ich gerade glaube, mit ihm fertig zu sein. Natürlich kriegt er mich rum, und das macht mich ganz verrückt.«

»Da können wir ja froh sein, dass du diese Reise bisher lebendig überstanden hast«, scherzt Laia, bevor sie wieder ernst wird. »Also, soweit ich das kapiert habe, gefällt dir dieser Musiker trotz allem ziemlich gut.«

»Ja, leider. Er gefällt mir sogar sehr gut«, gestehe ich seufzend. »Obwohl er das schlimmste Arschloch ist, das mir je begegnet ist.«

Laia hebt skeptisch eine Augenbraue und schaut mich mit ungeduldiger Neugier an.

»Er hat eine andere. Mir macht er weis, dass er sich nicht binden will, und kurz darauf sehe ich ihn mit einer anderen Frau.« Es kommt mir vor, als würde ich durch das Erzählen die Geschichte in eine Form gießen – und so von außen betrachtet erkenne ich jetzt erst richtig, wie ungeheuer naiv es war, mich jedes Mal aufs Neue von Claudio einlullen zu lassen. »Ich könnte mich ohrfeigen, weil ich wie eine Idiotin auf ihn hereingefallen bin«, schließe ich resigniert. »Immer und immer wieder.«

Tröstend legt Laia mir einen Arm um die Schulter. »Lavinia, lass die Finger von diesem Typen! Vergiss ihn einfach und hake ihn ab. Was passiert ist, ist passiert und lässt sich nicht ändern. Zieh einfach einen Schlussstrich. Du hast dir nichts vorzuwerfen, er ist das Arschloch, nicht du. Niemand versteht dich besser als ich: Manchmal suchen wir die Liebe irgendwo in der Ferne und merken gar nicht, dass wir sie ganz in der Nähe finden können.«

Bedeutungsvoll deutet sie hinüber zu Pau, der gerade zu uns herüberschaut und mir ein rätselhaftes Lächeln schenkt. Ich meine, eine leichte Bitterkeit darin zu erkennen, doch vielleicht liegt es bloß daran, dass ihn die grelle Nachmittagssonne blendet.

Kurze Zeit später ist jedenfalls alles in bester Ordnung: Wir lassen uns auf dem Rasen nieder, ziehen die Schuhe aus und öffnen die Bierflaschen. Um uns herum lagern inmitten von bunten Blumen und dichtem Gebüsch andere Grüppchen, die meisten etwa in unserem Alter, Hunde hecheln den Stöckchen hinterher, die ihre Besitzer ihnen werfen. Ein friedliches Bild. Negative Gefühle haben hier keinen Platz. Wir genießen entspannt das Hier und Jetzt, die paradiesische Umgebung mit dem künstlichen Wasserfall, der fast den Himmel zu berühren scheint, und zu seinen Füßen den kleinen See, zu dem man über in den Fels gehauene Stufen gelangt. Wir vergessen sogar die Zeit, und als es plötzlich dunkel wird, wissen wir nicht, wo die langen Stunden des Tages geblieben sind.

Laia und Xavi haben für den Abend ohne uns geplant. Ein romantisches Abendessen bei Kerzenlicht in trauter Zweisamkeit steht auf dem Programm. Pau und ich machen uns ein bisschen über sie lustig, aber in Wirklichkeit sind wir neidisch. Wer möchte nicht gerne selbst noch mal frisch verliebt sein?

Wenigstens ist die Spannung zwischen uns gewichen. Das Gespräch mit Laia hat mich wieder einigermaßen ins Gleichgewicht gebracht. Meine Freundin hat die seltene Gabe, die Dinge zurechtzurücken und einen konfusen Menschen wie mich auf den Weg der Vernunft zurückzuführen. Sie hat recht mit ihrer kategorischen Ansage, dass ich Claudio abhaken soll. Vor allem darf ich unsere Beziehung nicht idealisieren und mir einreden, sie habe eigentlich das Zeug zu etwas Großem, Außergewöhnlichem. Und was Pau angeht, so liegt die Entscheidung nicht bei mir – das muss ich dem Schicksal überlassen und es nehmen, wie es kommt. Damit basta.

Wenn ich in diesem Sommer eines gelernt habe, dann das: zuzulassen, dass das Leben seinen Lauf nimmt.

Am nächsten Tag sehen wir Laia und Xavi nicht, sie wollen ihre ganz persönliche Version von Paris kennenlernen, was immer das heißen mag. Ich bin ein bisschen traurig, aber Pau erinnert mich daran, dass Frischverliebte gelegentlich alleine sein wollen. Vor allem wenn es ihr erster Urlaub als Paar ist.

Komm schon, du siehst sie ja bald in Barcelona, schreibt er. *Ich hingegen muss mindestens bis Weihnachten warten. :) Egal, wenn sie glücklich sind, dann bin ich es ebenfalls.*

Widerwillig muss ich ihm recht geben. Es kommt mir fast vor, als würden Pau und ich uns durch die frische Liebe unserer Freunde einander wieder etwas annähern – als würde eine unsichtbare Macht uns zusammenflicken wie ein Kleidungsstück, das nur als Ganzes zu gebrauchen ist. Oder ist es lediglich ein frommer Wunsch?

Das nächste Mal sehen wir unsere Freunde am Tag darauf zum Abendessen, das zugleich ein Abschiedsessen ist, denn am nächsten Morgen werden sie nach Barcelona zurückfliegen. Bevor wir uns endgültig verabschieden, zieht Laia mich noch einmal zur Seite.

»Du weißt, dass ich die Daumen für Pau halte«, flüstert sie mir zu, »aber das Allerwichtigste ist, dass du glücklich bist und ausschließlich das tust, was gut für dich ist. Erinnerst du dich noch, was deine Mutter immer sagte? *Sei du selbst, und du wirst keinen Fehler machen.*«

Vor Rührung bringe ich kein Wort heraus, dafür drücke ich meine Freundin so fest, dass ich ihr fast die Rippen breche. Einmal mehr merke ich, wie sehr sie mir gefehlt hat, genauso wie unsere Essen auf der Terrasse, unsere Weiberabende, oft zu dritt mit meiner Mutter. Das alles vermisse ich, mein ganzes vergangenes Leben, und ich weiß bislang nicht, wie ich dem zukünftigen gegenübertreten soll.

Laia versteht das intuitiv. »Wir nehmen uns ein paar Tage für uns alleine, sobald du wieder da bist, dann reden wir. Du weißt ja, dass ich zu Hause auf dich warte – und denk dran, dass dort auch dein Zuhause ist.«

Ich nicke. Endlich kann ich wieder lächeln.

Nachdem Laia und Xavi abgereist sind, mache ich es mir zur Gewohnheit, ziemlich regelmäßig in Paus Atelier vorbeizuschauen, meistens gegen Abend und ohne Ankündigung. Meist setze ich mich still in eine Ecke und lese Zeitung. Es reicht mir, in seiner Nähe zu sein, er ist für mich erneut zu einem Fixpunkt geworden, zu einem Anker, der mich davor bewahrt, in den Untiefen meines Lebens zu versinken.

Heute habe ich mir ein französischsprachiges Buch mitgebracht, das ich im Bücherschrank des Journalisten gefunden habe. Es ist aus den Achtzigern, und auf dem Titel ist eine Illustration zu sehen, die eine Gestalt mit einem Blitz in der Hand zeigt. Soweit ich verstanden habe, handelt die Story von einem Mann, der alles andere als ein Superheld ist und sich dennoch für unbesiegbar hält. Klingt spannend, aber vor allem will ich das Buch lesen, um mein Französisch zu verbessern. Ich bin gerade in die Lektüre vertieft, als mein Handy klingelt. Es ist mein Vater.

»Hallo?«

»Ciao, Lavinia.«

»Giuseppe! Wie geht es dir?« Ich bin glücklich, seine Stimme zu hören.

»Ausgezeichnet, würde ich sagen. Ich rufe dich an, weil ich eine gute Nachricht erhalten habe …«

»Und die wäre?«

»Man hat mich mit einem sehr wichtigen Preis ausgezeichnet. Die Verleihung findet am 27. August hier im Konzerthaus am Gendarmenmarkt statt. Ich würde mich freuen, wenn du dabei sein könntest.«

»Wirklich? Danke, ich …«

»Ich dachte, du kommst ein paar Tage früher, damit wir mehr Zeit füreinander haben. Was sagst du dazu, hast du Lust?«

»Sicher habe ich Lust, das wäre wunderbar!«

»Dann ist ja alles klar. Ich besorge dir ein Flugticket und schicke es dir.«

»Das kann ich doch selber kaufen …«

»Nein, keine Widerrede, das erledige ich.«

»Okay …«

»Bis bald.«

Ich bin so aufgeregt, dass ich die Nachricht brühwarm Pau mitteilen muss – und vor lauter Begeisterung frage ich ihn spontan, ob er nicht mit nach Berlin kommen will.

»Du könntest dir ein paar Tage Urlaub nehmen, und

wir erkunden zusammen die Stadt. Außerdem würde ich dir wahnsinnig gern meinen Vater vorstellen.«

Pau lächelt. Es ist dasselbe Lächeln wie vor Kurzem im Park, und es scheint tatsächlich ein Anflug von Bitterkeit darin zu liegen. Und zudem eine gewisse Wehmut.

»Besser nicht, Lavinia.«

»Dann komm wenigstens für zwei Tage mit«, dränge ich in der Hoffnung, ihn überreden zu können.

»Es geht mir nicht um die Zeit.« Sein Ton ist plötzlich so ernst, dass ich innerlich zusammenzucke.

»Worum dann?«, frage ich beklommen, denn nach wie vor schwelt die Sache von damals im Untergrund weiter.

Zu meiner Erleichterung geschieht nichts Dramatisches.

Pau tut nichts weiter, als zu einer kleinen Vitrine zu gehen und ihr einen Armreif zu entnehmen, den er mir ums Handgelenk legt. Er ist wunderschön, ein Goldreif, an dem viele dünne Goldstifte mit winzigen bunten Perlen als Abschluss hängen.

»Was ist das?«

»Das bin ich.«

Ich sehe ihn fragend an.

»Ich habe ihn für dich gemacht: Jede Perle steht für ein Gefühl, das du in mir hervorgerufen hast.«

Gebannt, fasziniert und gerührt starre ich auf den kunstvoll gearbeiteten Armreif. »Ich verstehe nicht, Pau.«

»Lavinia, es war wunderschön, dich hier bei mir zu haben, und ich habe in den letzten Tagen sehr viel über uns nachgedacht … Es hat keinen Sinn, sich der Illusion hinzugeben, dass alles wieder wie früher werden könnte. Wir haben es versucht, doch du hast es selbst gesehen: Es funktioniert nicht. Die Zeit lässt sich nicht zurückdrehen. Neues entsteht und vergeht wieder, aber nichts, was vergangen ist, kommt je zurück. Wir haben uns beide verändert und entwickeln uns weiterhin in unterschiedliche Richtungen.«

Eine Träne hat sich in meinen Augenwinkel gestohlen und rinnt mir nun über die Wange.

»Du sagst mir Lebewohl?«, frage ich und schniefe wie ein kleines Mädchen.

Er schüttelt den Kopf. »Nein, das werde ich nie tun. Ich möchte ein Teil deines Lebens bleiben, und auf meine Weise werde ich dich immer lieben … Du bist einfach in meinem Herzen drin«, sagt er und legt eine Hand auf die Brust. »Trotzdem ist es Zeit, nach vorne zu schauen, nicht nach hinten. Das Beste, was wir füreinander tun können, ist die Bereitschaft loszulassen, uns gegenseitig freizugeben.«

Er lächelt mich an, und in diesem Lächeln entdecke ich jeden einzelnen Moment, den wir gemeinsam erlebt haben, viele, viele wunderbare Momente im Barcelona meiner besten Jahre. Ich entdecke Liebe und Wehmut, Trauer und Heiterkeit. Unsere Wiederbegegnung hat einen Schlusspunkt hinter diese

Zeit gesetzt, sie hat einer Geschichte, die unvollendet in der Luft hing, ein Finale gegeben.

Vielleicht hat Pau recht: Es hat keinen Sinn. Wir haben uns eingebildet, wir könnten unsere Liebe neu aufleben lassen, doch das ist nicht gelungen. Dennoch haben wir die Zeit genutzt, um sie zu verwandeln, um ihr in unseren Herzen und in unseren Leben eine neue Form zu geben, und damit zugleich den Grundstein für einen Neuanfang gelegt.

Alles das hat Pau in diesen Armreif gelegt, alles spiegelt er wider.

Ich umarme ihn ganz fest, um ihm zu verstehen zu geben, wie sehr ich ihn geliebt habe und wie viel er mir nach wie vor bedeutet. Ich hoffe, mit dieser Umarmung mehr zu sagen, als Worte es vermögen, zumal sie von meinen aufsteigenden Tränen erstickt werden. Dann blicke ich erneut auf den Armreif an meinem Handgelenk und weiß mit einem Mal, dass Pau niemals ganz weggehen wird.

Irgendwie wird er immer bei mir sein.

11

Gähnende Leere

Ich sitze auf dem Bettrand und schaue auf die Stadt hinaus. Vor dem Fenster liegt Berlin, vor der Tür dieses Zimmers liegt die Wohnung meines Vaters. Ich tue, was ich schon so oft getan habe und immer wieder tue – ich suche meine Mutter. Und wenn ich die Sätze lese, die sie in ihr Album geschrieben hat, meine ich ihre Stimme zu hören.

Die Jahreszeiten wechseln sich ab, aber die Zeit, die wirklich zählt, verliert man nicht mehr.

Auch Gefühle, Erlebnisse und Erinnerungen bleiben: die Liebe zu meiner Mutter etwa und die gerade erst entdeckte Zuneigung zu einem Mann, der mir ein wirklicher Vater geworden ist, wenngleich ich ihn nicht so nenne; das gemeinsame Lachen mit meinen Freunden, die, obwohl wieder in der Ferne, doch so nah sind; die Begegnungen mit so vielen Menschen während meiner Reise durch Italien und die Gegenstände, die sie mir zum Andenken schenkten … Meine Mutter wird recht behalten:

Diesen Sommer, diese letzten drei Monate, werde ich nie verlieren.

Es ist ein Haus zum Wohlfühlen, in dem sich mein Vater eingerichtet hat. Drei Stockwerke, hohe Räume mit Parkettböden, im Wohnzimmer ein offener Kamin, in der Diele als Paradestück eine antike, handbemalte chinesische Kommode, im Musikzimmer ein Steinway-Flügel und überall kleine und große Bilder in schweren Rahmen, zumeist moderne Kunst. Vor allem mag ich die geräumige Küche, in der Frida, die italienische Haushälterin, den größten Teil ihrer Zeit mit der Zubereitung italienischer Spezialitäten zubringt, die sie sich im Lauf der Jahre angeeignet hat.

Die Villa steht in einer Allee, die zum Charlottenburger Schlosspark führt, ist aus ziegelrotem Backstein erbaut und hat einen kleinen Garten, in dem im Schatten eines Pfirsichbaums eine alte Schaukel hängt.

Mein Vater hat übrigens eine besondere Morgenroutine. Er steht früh auf, zieht seinen blauen Morgenrock über, geht ins Erdgeschoss hinunter und öffnet dort jedes einzelne Fenster, steigt dann die Treppen wieder hinauf und macht im ersten Stock weiter, im zweiten und selbst im Dachgeschoss. Dass der Wind bisweilen gewaltig durchs ganze Haus fegt und sogar herumliegende Zeitungen wegweht, stört ihn nicht.

Obwohl das Haus groß ist, fühlt man sich nie allein: Mein Vater bekommt viel Besuch, und für seine

Freunde steht die Tür immer offen. Seit meiner Ankunft hatten wir fast täglich Gäste, zum Abendessen oder auf ein Glas Wein, darunter Professoren, Künstler und Journalisten verschiedener Nationalitäten. Ganz egal, woher sie kamen oder welchem Beruf sie nachgingen, es waren ausnahmslos sympathische Leute, die interessante Geschichten zu erzählen wussten.

Von Anfang an habe ich mich wie ein Familienmitglied behandelt gefühlt. Anhand der vielen Fotos, die überall herumstehen, hat er viel über die Verwandtschaftsverhältnisse und die Anlässe erzählt, bei denen die verschiedenen Aufnahmen entstanden. Es war, als wollte er mich wie auf einer Fotomontage im Nachhinein mit aufs Bild bringen.

Gleich am Tag nach meiner Ankunft lernte ich Greta und Wilko kennen. Es war insgesamt ein sehr bewegender Moment, aber der Sentimentalste von allen war mein Vater. Seine drei Kinder zusammen zu sehen, war wohl für ihn, als würden die zwei Hälften seiner Seele endlich zusammenfinden.

Zuerst war es Wilko, der an der Tür klingelte, ein großer, stämmiger Mann von dreißig Jahren, der Giuseppe sehr ähnlich sieht, allein schon wegen des ein wenig melancholischen Gesichtsausdrucks. Er arbeitet als Ingenieur in einer großen Autofirma und lebt in Kreuzberg. Dann kam Greta, die große Schwester, blond, blaue Augen und in ein wunderschönes geblümtes Strandkleid gekleidet. Als Erstes fiel mir ihr strahlendes Lächeln auf, das durch den knallroten Lippenstift noch betont wurde. Sie sieht ihrem Vater kein bisschen ähnlich, hat dafür sein musikalisches Talent geerbt, das sie allerdings auf ganz andere Weise einsetzt als er, nämlich als Produzentin einer Schallplattenfirma. Mit ihrem Mann und zwei Kindern wohnt sie ganz in der Nähe.

Ich muss gestehen, dass ich im Vorfeld Angst vor der Begegnung mit meinen beiden Halbgeschwistern hatte. Ich fürchtete, sie könnten wegen meines plötzlichen Auftauchens eifersüchtig oder verärgert sein. Alle Sorgen waren zum Glück umsonst: Sie nahmen mich mit großer Herzlichkeit auf, und wir verstanden uns auf Anhieb. Da sie neben Deutsch perfekt Italienisch sprechen, überschütteten sie mich sogleich mit Fragen und wollten alles von mir wissen. Nun ja, eine erwachsene Schwester schneit schließlich nicht jeden Tag ins Haus. Ich jedenfalls habe sie inzwischen richtig liebgewonnen. Beide sind offene, intelligente Menschen mit einem sicheren Gespür für Ironie und Selbstironie.

Mit einer Paella nach einem tollen Rezept meiner Mutter gewann ich sie endgültig für mich. Der süffige Weißwein, den wir dazu tranken, tat ein Übriges. Seitdem sind wir ein Herz und eine Seele und sehen uns regelmäßig. Einmal bei Greta und bei dieser Gelegenheit lernte ich ebenfalls ihren Mann, meinen Schwager, kennen sowie meine Neffen Adam und Leo, sechs und zwei Jahre alt, zwei blonde Wirbelwinde, fröhlich und lebhaft wie die Mutter.

Ganz ohne mein Zutun bin ich urplötzlich zu einer Familie in Berlin gekommen.

Heute feiern wir im kleinen Kreis die Preisverleihung, der große Festakt findet morgen statt. Das Zusammensein vorher mit der Familie ist ihm wichtig. Bei diesen offiziellen Galaveranstaltungen, sagt er, ertrinke man immer in der Menge. Bereits beim Dinner sei man von zu vielen Leuten umringt, und oft unterhalte man sich lediglich mit Fremden und verliere die Familie völlig aus dem Blick. Deshalb also am Tag zuvor eine private Feier mit einem schönen Abendessen. Dafür persönlich einzukaufen, das lässt sich mein Vater nicht nehmen und hat mich gebeten, ihn zu begleiten.

Ich bin fast fertig mit den Vorbereitungen, hier in dem Zimmer, das mein Vater »Lavinias Zimmer« nennt. Das habe ich ihn jedenfalls vorgestern zu Frida sagen hören, als er sie bat, die Laken zu wechseln. Es hätte mich auch verunsichern können, doch stattdessen hat es bewirkt, dass ich mich geliebt und wertgeschätzt fühle. Jetzt bin ich gerade dabei, mein Bett zu machen und das Nachtkästchen aufzuräumen, auf dem ich jeden Abend Berge von Visitenkarten und Notizzetteln ablege. Ich habe die Angewohnheit, mir in jeder Stadt Notizen zu machen, wenn ich besonders schöne Orte entdecke, und hier in Berlin habe ich damit jeden Tag alle Hände voll zu tun.

Wie üblich erwartet mein Vater mich im Wohnzimmer zum gemeinsamen Frühstück, eine inzwischen liebgewordene Routine. Es gibt viele gute Dinge, süße wie salzige, und dazu einen köstlichen Kaffee, der extra von einer neapolitanischen Rösterei frisch nach Berlin geliefert wird.

»Bist du bereit für unseren Marktbummel?«

»Sicher, ist es weit von hier?«

»Nein, gar nicht, es ist ein schöner Spaziergang. Lohnt sich nicht, dafür das Auto zu nehmen.«

»Weit« ist in Berlin ziemlich relativ, unser Ziel ist immerhin eine gute halbe Stunde Fußmarsch entfernt. Trotzdem sind mir unsere gemeinsamen Spaziergänge zu einer lieben Gewohnheit geworden. Meist reden wir, manchmal schweigen wir und laufen eine Weile stumm nebeneinander her. Für meinen Vater ist Spazierengehen von fundamentaler Bedeutung, es regeneriere ihn, sagt er, da die körperliche Bewegung seinen Geist anrege. Und nicht selten setzt er sich, sobald wir nach Hause kommen, an den Flügel und verwandelt seine Gedanken und Ideen in Noten.

Außerdem behauptet er, dass die Stadt ihn inspiriert. Als er zum Studium nach Berlin gekommen sei, vor über vierzig Jahren, habe er sofort gespürt, dass das seine Stadt werde. Weil sie ihm ein Gefühl von Unfertigkeit vermittele, eine ewige Baustelle sei, geschunden und zerstört, von tiefen Narben gezeichnet und zugleich ungewöhnlich zäh.

So langsam kommen wir in ein sehr belebtes Viertel, das ziemlich multikulti wirkt. Hier laufen einem Menschen aus aller Welt über den Weg. In der Luft liegt der Duft der vielen asiatischen Restaurants, die sich hier niedergelassen haben, unterbrochen von den Gerüchen, die eher der italienischen, der türkischen oder der nordafrikanischen Küche zuzuordnen sind.

Dann haben wir unser Ziel erreicht, die große Markthalle Tiergarten-Moabit, ein imposantes, denkmalgeschütztes Gebäude mit über vierhundert Ständen aus dem neunzehnten Jahrhundert, das alles bietet, was das Herz begehrt.

»Was müssen wir denn alles kaufen?«

»Hier ist Fridas Liste. Sie sagt, sie will uns heute mit einer ganz besonderen Köstlichkeit verwöhnen.«

»Wie lange arbeitet sie eigentlich schon für dich?«

»Oh, Frida gehört praktisch zur Familie, sie ist seit über zwanzig Jahren bei uns – und wird nie müde, uns mit immer neuen Gerichten zu überraschen.«

Wir kaufen alles, was auf der Einkaufsliste steht, und darüber hinaus noch die Zutaten für die Torte mit Joghurt und Karotten, die mir Hannah in San Gimignano gebacken hat und die mir damals nicht allzu schwierig vorkam.

Auf dem Nachhauseweg kommen wir an einer kleinen Boutique vorbei, in deren Schaufenster sehr originelle Kreationen ausgestellt sind, darunter ein langes weißes Kleid. Spontan bleibt mein Vater stehen.

»Hättest du nicht Lust, es mal anzuprobieren? Ich würde es dir gerne schenken – du sähest morgen Abend darin bestimmt umwerfend aus.«

Das Kleid ist tatsächlich ungewöhnlich schön, und

die Vorstellung, mich für diese besondere Gelegenheit neu einzukleiden, gefällt mir. Kurz entschlossen betreten wir den kleinen Laden und stellen unsere Einkaufstüten in einer Ecke ab. Das Angebot ist recht übersichtlich, aber sehr exklusiv. Hierher verirrt sich niemand, der Massenware sucht. In einer Vitrine sind Accessoires ausgestellt. Ein paar Schmuckstücke, ein paar Taschen, ein einziges Paar Schuhe. Die junge, hübsche Verkäuferin empfängt uns mit routinierter Freundlichkeit, zeigt uns das Kleid und lässt es mich in Ruhe anprobieren, ohne sich aufzudrängen, hält sich diskret abseits.

»Es passt dir wie angegossen, Lavinia, als wäre es eigens für dich gemacht worden.« Mein Vater ist ganz überwältigt, als ich aus der Kabine komme. »Und du siehst wunderschön darin aus … Nicht nur das, du erinnerst mich mit einem Mal so sehr an deine Mutter.« Ohne mich nach meiner Meinung zu fragen, dreht er sich spontan zu der Verkäuferin um. »Wir nehmen es.«

Nachdem sie das Kleid sorgfältig in Seidenpapier gewickelt und in eine dekorative Tragetasche gepackt hat, bekommt mein Vater die Rechnung, und ich bekomme ein Kompliment.

»Es gibt nicht viele Frauen, die ein solches Kleid zu tragen verstehen«, sagt die junge Frau.

»Oh, vielen Dank! Ich habe noch nie ein so elegantes Kleid besessen«, gebe ich zurück, während ich mich auf den Ausgang zubewege, die Tüte mit dem Kleid in der Hand.

»Du wirst morgen der Star sein, der leuchtendste Stern, die Festkönigin«, fügt mein Vater hinzu, und es klingt, als würde er es völlig ernst meinen.

Zu Hause angekommen, fällt mir beim Blick auf den Wandkalender in der Küche ein, dass ich dieses Jahr Ferragosto, Mariä Himmelfahrt, völlig ignoriert habe. Früher habe ich diesen Tag zusammen mit meinen Freunden am Strand von Cadaques an der Costa Brava, verbracht, und wir wetteiferten immer, wer am häufigsten schwimmen geht – meist habe ich gewonnen. Dieses Jahr war ich nicht da, und ich weiß nicht mal, ob sie ohne mich überhaupt dort waren: Laia, Xavi, Manel, Sara und Jana …

Kurz darauf klingelt es an der Tür: Wilko, Greta, Leo und Adam kommen mit Lila im Schlepptau, einem zotteligen Hündchen, das ein fester Bestandteil der Familie ist.

»Los, ihr beiden, sagt Hallo zu Lavinia«, fordert Greta ihre Söhne auf, während sie sich einen ihrer üblichen Schals vom Hals wickelt und die Kinder in meine Richtung schiebt.

Prompt springt mir die ganze Meute samt Hund entgegen, und während Adam sich an mein linkes und Leo sich an mein rechtes Bein klammert, drückt mir Lila ihre Pfoten in den Bauch.

»Lasst sie mir bitte am Leben«, versucht Greta ihre Kinder zu bändigen.

»Hey, ihr beiden, ihr habt ja nette Gesellschaft

mitgebracht«, begrüße ich die Kleinen und streichle dabei dem Hund besänftigend über den Kopf. »Ciao, Greta, ciao, Wilko«, wende ich mich sodann an meine Geschwister.

Zu mehr komme ich nicht, weil Adam mich an meinem T-Shirt wegzerrt, um mir seinen neuen Drachen mit roten und lila Schuppen zu zeigen. Leo will es ihm prompt gleichtun und präsentiert mir stolz seinen Plüschfrosch.

»Bist du heute Single, oder kommt Tim später nach?«, frage ich Greta.

»Er wurde im Krankenhaus aufgehalten, das Übliche! Allerdings ist es mir ganz recht, wenn er nicht mitkommt. Er schlägt sich immer dermaßen den Bauch mit Fridas Essen voll, dass er am nächsten Tag ausgiebig leidet und lamentiert, dass ich ihn hätte bremsen sollen. Typisch Ehemann, würde ich sagen«, klagt meine große Schwester. »Und du, wie geht's dir so?«, fragt sie sodann und tätschelt mir die Schulter.

»Mhm, was ist das denn für ein herrlicher Duft? Da müssen wir doch gleich mal nachsehen, was es heute Gutes gibt!«

Wilko hat sich, an jeder Hand einen Neffen, bereits auf den Weg in die Küche gemacht. Das tut er immer. Bei jedem Besuch inspiziert er als Erstes die Küche beziehungsweise die Kochtöpfe. Greta und ich folgen ihm.

»Hey, da seid ihr ja schon alle!« Giuseppe, der im Garten war, kommt durch die Terrassentür herein und küsst seine Enkel, wendet sich dann an Wilko: »Und, wie ist es dir heute bei dem Meeting mit dem Big Boss ergangen?«

Selbst wenn er noch so viel um die Ohren hat – in der Familie bleibt er der Drahtzieher und verfolgt alle Schritte seiner Kinder mit großer Aufmerksamkeit.

»Gut«, berichtet Wilko, »wir haben uns einigen können. Sie schicken mir so bald wie möglich den Vertrag.«

»Du bist ja ein richtiger Karrierist«, spottet Greta, während sie Leos Lätzchen verknotet, der lauthals nach seinem Abendessen plärrt.

»Und du bist eine Mama in Schwierigkeiten«, gibt ihr Bruder maliziös zurück.

Die Küche hat sich inzwischen mit Stimmen und Düften gefüllt, es herrscht eine ausgelassene Stimmung, alle laufen durcheinander, ziehen Schubladen auf oder heben Deckel von den Töpfen. Adam quengelt, weil er mir seine Monstersammlung zeigen will, die noch in Gretas Tasche steckt.

Giuseppe nimmt ihn liebevoll in den Arm und versucht ihn abzulenken. »Die Mama hat jetzt mit Leo zu tun, Adam. Vielleicht erzählst du erst mal die Geschichte von deinem Drachen mit den Zauberkräften.«

»Meine Herrschaften, fort mit euch, es geht gleich zu Tisch«, fährt Frida dazwischen und scheucht alle mit wedelnden Händen aus der Küche, als wären wir lästige Mücken.

224

Wenn die Haushälterin befiehlt, gibt's keinen Widerspruch. Wir folgen brav und nehmen im Wohnzimmer Platz, wo eine lange, festlich gedeckte Tafel auf uns wartet. Die Vorspeisen hat Frida schon aufgetragen. Wilko zündet noch die Kerzen an, die zwischen den Brotkörben auf dem Tisch stehen, und Giuseppe legt Musik auf. Er wählt Nina Simone, eine amerikanische Jazzsängerin und Pianistin.

Sie leistet uns bei dem wunderbaren Essen Gesellschaft, mit dem Frida uns wie erwartet in Verzücken versetzt.

Von mir aus könnte dieses Essen die ganze Nacht dauern, denke ich, oder mindestens so lange wie ein Silvestermenü. Ausgerechnet ich, die ich mit meiner Mutter meine einzige Verwandte verloren zu haben glaubte, finde mich in einer Großfamilie wieder. Und das ist so unbeschreiblich schön, dass ich es nicht in Worte fassen kann. Vielleicht ist es ja das, was Mama im Sinn hatte, als sie mich nach Carloforte und zu meinem Vater führte. Sie wünschte sich für mich eine Familie. Und bestimmt wäre sie glücklich, wenn sie mich hier sehen könnte, von allen verwöhnt und geliebt, und wenn sie wüsste, dass ihre eigenen Reisen mir viele Jahre später ein neues Leben schenken sollten.

Jedes noch so unscheinbare Detail dieses Abends versuche ich mir einzuprägen: Wilkos lustige Geschichten über seine Kollegen, Adams stürmische Liebesbezeugungen, Leos Kauderwelsch, Gretas geflüsterte Geständnisse unter Frauen und vor allem das zufriedene Lächeln meines Vaters, der Ausdruck von Glück auf seinem Gesicht angesichts dieses Familienabends. Später am Abend, nachdem wir noch meine Karottentorte verzehrt haben, trinken wir endlich auf den Preis, den Giuseppe morgen bekommen wird. Adam und Leo, in die Arme ihres Großvaters gekuschelt, stoßen mit ihren Wassergläsern an.

Noch später, als wir uns dann gute Nacht sagen, überkommt mich eine leise Melancholie. Deshalb lasse ich vor dem Einschlafen noch einmal den ganzen Abend Revue passieren, verankere jedes Detail in meinem Gedächtnis, damit ich es nie, nie vergesse. Morgen wird es neue unvergessliche Momente geben.

Ich schaue auf die Uhr: In ein paar Minuten müssen wir aufbrechen. Ein letztes Mal streiche ich über das kostbare neue Kleid, um jedes noch so winzige Fältchen zu eliminieren, und stelle mich vor den Spiegel, fingere ein bisschen an der Frisur herum, überprüfe mein Make-up, ob es zu meinem Teint und meinen braunen Haaren wirklich passt, stecke mein Handy in die Tasche und gehe hinaus.

»Oh, wie hübsch Sie sind! Der Signor erwartet Sie draußen, das Taxi ist bereits da«, flötet Frida. »Schönen Abend, Signorina!«

Ich steige zu meinem Vater ins Auto, der in seinem schwarzen Frack außergewöhnlich elegant wirkt. Wir sind beide aufgeregt und drücken einander nervös die Hand. Auf unserer Fahrt durch die Stadt komme ich mir vor wie eine Prinzessin. Am liebsten würde ich huldvoll die Hand heben und den Passanten zuwinken.

Nach wie vor kann ich es nicht fassen, dass ich im Begriff bin, an der Seite meines Vaters in das Berliner Kulturleben einzutauchen. Gleich werde ich jedermann als Giuseppe Trivolis Tochter vorgestellt werden, der immerhin als lebende Legende gilt.

Als wir am Gendarmenmarkt gegenüber vom Konzerthaus aus dem Taxi steigen – mein Vater liebt es, noch ein paar Schritte zu Fuß zu gehen –, den weitläufigen Platz überqueren und dem Eingang zustreben, sind wir rasch umringt von Schaulustigen, Fotografen und Fernsehteams. Mein Herz schlägt zunehmend schneller, ich hoffe inständig, mich nicht zu blamieren, und konzentriere mich ganz darauf, mich auf meinen hohen Absätzen einigermaßen souverän zu bewegen und nicht am Ende vor versammeltem Publikum zu stolpern und hinzufallen.

In einem abgesperrten Bereich haben sich die geladenen Gäste versammelt. Alle tragen Abendkleidung, die Herren Smoking, die Damen Roben, die meist bis zum Boden reichen, während ihre Frisuren sich als fachmännisch gebaute Türme in die Höhe recken. Auf unserem Weg durch die Menschenmenge dringt mir der Duft der Parfüms und Haarsprays der Damen in die Nase, und ich schnappe hier und dort ein paar deutsche Worte auf. Der harte und doch so romantische Klang dieser Sprache hat mich schon immer fasziniert. Ein roter Teppich bedeckt den breiten Treppenaufgang, den wir nun langsam hinaufgehen. Immer mehr Leute erkennen meinen Vater und treten respektvoll zur Seite. Ich kann es kaum glauben, dass sie alle gekommen sind, um ihm ihre Hochachtung zu erweisen. Oben angekommen, gelangen wir in einen prächtigen Saal, der von kostbaren Lampen hell erleuchtet wird. Elegant gekleidete Kellner servieren Häppchen, in der einen Hand das Silbertablett, die andere steif hinter dem Rücken verborgen. Ich nehme ein Glas perlenden Champagner, der prickelnd meine Kehle hinunterrinnt, lehne das angebotene Essen hingegen dankend ab, da ich momentan keinen Bissen herunterkriegen würde.

Ein alter Freund meines Vaters kommt auf uns zu, um ihn mit einer herzlichen Umarmung zu begrüßen. Weitere folgen, allen werde ich mit sichtlichem Stolz vorgestellt. Ich genieße es, obwohl ich die deutsche Sprache nur bruchstückhaft verstehe, fühle mich einfach wohl. Mein Vater bleibt stets an meiner Seite und sorgt dafür, dass ich mir nie deplatziert vorkomme, nicht einmal, als er den Journalisten lustige Anekdoten von seinen ersten Schritten in der Musik erzählt.

Irgendwann entdecke ich Greta und Wilko in der Menge, die sich sogleich zu uns gesellen. Meine Schwester entführt mich sofort in Richtung Bar: »Du

musst unbedingt ein Glas mit mir trinken, bitte …
Papa, ich lasse dir dafür Wilko da. Ich weiß, er ist bei
Weitem nicht so attraktiv, aber mit ihm kannst du
einen Lacher erzielen, indem du die Geschichte mit
dem Konstruktionsfehler zum Besten gibst.«

»Was ist denn das für eine Geschichte?«, frage ich
amüsiert.

»Er ist der Einzige in der Familie, der nichts mit
Musik am Hut hat. Findest du das etwa normal? Da
muss doch irgendwo ein Fehler unterlaufen sein«, erklärt sie mir in einer Mischung aus Ironie und Spott.
»Und das bezeichnet Papa als Konstruktionsfehler.«

Noch bevor wir die Bar erreicht haben, ertönt
eine schrille Frauenstimme, die einen Missklang in
die festliche Atmosphäre bringt: »Na, habe ich euch
endlich gefunden! Wo habt ihr denn den Champagner versteckt?«

Die Worte, in einem vom Alkohol leicht verwa-
schenen Italienisch hervorgestoßen, lasten schwer im
Raum. Alle Gäste sind schlagartig verstummt. Peinli-
che Verlegenheit macht sich breit. Fast scheint es, als
wären die Menschen mitten in der Bewegung zu Eis
erstarrt, so reglos stehen sie da mit ihren Häppchen
und Gläsern in der Hand. Hier und da wird getu-
schelt, die Mienen der handverlesenen Gäste reichen
von indigniert bis empört. Man fühlt sich sichtlich
gestört.

Die junge Frau, die den Aufruhr verursacht hat,
steht an der Bar und hat sich angriffslustig über die

Theke gebeugt, um ihre Frage auf Englisch zu wiederholen. Der Barkeeper reagiert mit einem diskreten Kopfschütteln. Nein, er wird ihr keinen Alkohol ausschenken, denn sie hat eindeutig mehr als genug. Ich bin neugierig geworden, irgendetwas kommt mir bekannt vor, bloß was? Als die Leute um sie herum dann ein Stück zurückweichen wie vor einer Aussätzigen, springt mir plötzlich ein signifikantes Detail ins Auge, und jetzt erstarre ich ebenfalls: Ihre Haare sind mit lila Strähnen durchzogen, die im Licht wie die Schuppen eines mythologischen Tieres leuchten.

Erinnerungen steigen in mir auf: eine Hotellobby, eine große Glasscheibe, ein durchdringender Geruch nach Fensterputzmittel, der Geigenkasten mit der Vuillaume … Kein Zweifel, es ist die Frau aus dem Hotel, dieselbe Frau, mit der Claudio sich so heftig gestritten und die er dann so liebevoll umarmt hat.

Außer sich über die Weigerung des Barkeepers, ihr etwas zu trinken zu geben, schlägt sie vehement mit der Faust auf den Tresen und macht wutentbrannt auf dem Absatz kehrt. Als sie realisiert, dass sie von allen angestarrt wird, geht sie auf eine Dame zu, die eine besonders entrüstete Miene zur Schau trägt:

»Was glotzen Sie denn so blöd? Wissen Sie nicht, dass alles hier ein abgekartetes Spiel ist? Die verarschen uns bloß und geben den Preis dem, der ihnen in den Kram passt«, lallt sie und stakst torkelnd davon.

Dass sie dabei über einen Kellner stolpert und

ihm sein mit Gläsern beladenes Tablett aus der Hand schlägt, das daraufhin mit ohrenbetäubendem Klirren zu Boden fällt, ist bloß das Tüpfelchen auf dem i.

»Das wird eine von den üblichen Verrückten sein, die sich immer bei derartigen Veranstaltungen einschmuggeln, um an kostenlosen Alkohol zu kommen«, höre ich Wilko sagen.

Meine Geschwister scheinen die junge Frau nicht zum ersten Mal zu sehen. Greta hingegen ist der Meinung, es könnte sich um eine Nachwuchsmusikerin handeln, die für den Newcomerpreis nominiert war und sich jetzt schlecht behandelt fühlt, weil sie ihn nicht gewonnen hat. Wir sollten nicht weiter auf sie achten, mahnt sie uns, aber ich kann das Erlebte nicht abschütteln, habe das Gefühl, dass mehr hinter der bizarren Situation steckt, viel mehr.

»Komm schon, wir müssen los«, reißt meine Schwester mich aus meinen Gedanken, für einen Besuch an der Bar sei es inzwischen zu spät. »Unsere Plätze sind ganz vorne in einer der ersten Reihen, da macht es sich nicht gut, wenn wir auf den letzten Drücker kommen.«

Ich folge ihr automatisch, fast wie ein Roboter, und während sich Wilko hinter uns immer noch über die randalierende Betrunkene lustig macht, beiße ich mich an dem Bild von Claudio fest, wie er dieses merkwürdige Mädchen im Hotel in den Armen hielt. Und als wäre das nicht quälend genug, durchzuckt mich plötzlich der schockierende

Gedanke, dass er vielleicht hier ist, in Begleitung dieser durchgeknallten Amokläuferin.

Ich bin froh, als wir unsere Plätze erreichen und ich in den Tiefen meines Sessels versinken und mir einbilden kann, unsichtbar zu sein.

Was nichts daran ändert, dass ich völlig durcheinander bin. Zudem spüre ich die Wirkung des Champagners, seine prickelnden, perlenden Bläschen scheinen in meinem Kopf herumzuwirbeln. Wenn sie wenigstens meine Erinnerungen dämpfen, mir barmherziges Vergessen bescheren würden! Tun sie leider nicht, sondern verstärken sie zusätzlich. Jedes einzelne dieser vielen, vielen Bläschen kommt mir vor wie eine Erinnerung an Claudio, an jeden Tag, den ich mit ihm verbracht habe, an das Schöne ebenso wie an das Hässliche. Wobei ich mir nicht mehr sicher bin, ob die Faszination, die er auf mich ausübt, nach wie vor die zahlreichen Kränkungen und sein dauerndes Verschwinden wettmacht.

Dann verlöschen die Lichter im Saal, und der Festakt beginnt. Während der Moderator einführende Worte spricht, schaue ich mich verstohlen um, ob ich Claudio irgendwo entdecke. In meinem umnebelten Hirn wird er zu einem hinterhältigen Heckenschützen, der in seiner Loge sitzt und ein Gewehr auf mich richtet. Natürlich sehe ich nichts. Wie auch, es ist viel zu dunkel in dem großen Saal. Also versuche ich mich wieder auf die Preisverleihung zu konzentrieren, wenngleich ich von den Reden kaum ein Wort verstehe. Ich lache einfach, wenn die anderen lachen, applaudiere, wenn die anderen applaudieren.

Schließlich betritt mein Vater die Bühne. Das Publikum empfängt ihn mit stehenden Ovationen, und als er den Preis in Empfang nimmt, vermag er seine Rührung kaum zu verbergen.

»Danksagungen sind mir noch nie leichtgefallen«, sagt er auf Englisch. »Ich habe immer Angst, jemanden zu vergessen, und daher möchte ich einfach Ihnen allen danken, wirklich jedem Einzelnen von Ihnen. Ganz besonders indes danke ich meinen Kindern, die die wichtigsten Menschen in meinem Leben sind – ihnen widme ich diesen Preis. Ich habe viel von euch gelernt, Greta, Wilko … und nicht zuletzt Lavinia, die ich verloren glaubte und die mich nun daran erinnert, dass es nie zu spät ist im Leben.«

Tränen rinnen mir über die Wangen. Vor Kurzem erst fühlte ich mich von Gott und der Welt verlassen, und jetzt sitze ich hier, mein Vater widmet mir seinen Preis, erkennt mich öffentlich als seine Tochter an, meine Geschwister umarmen mich. Es ist wie ein Traum, aus dem ich hoffentlich nie erwache.

Obwohl der Festakt noch nicht zu Ende ist, erhebe ich mich leise und schleiche mich aus dem Saal. Nicht vorrangig um einem dringenden Bedürfnis zu folgen, sondern vor allem um meinen fliegenden Atem zu beruhigen und den Aufruhr in meinem Innern zu bekämpfen.

Die luxuriöse Damentoilette, deren Wände dort,

wo sich die Spiegel befinden und wo man sich ausruhen kann, mit Samt bespannt sind, ist erwartungsgemäß leer. Gut für mich, später würde hier die Hölle los sein. Ich setze mich in einen Sessel und versuche mich zu entspannen. Von ferne dringt gedämpfter Applaus an mein Ohr. Ich weiß nicht, wie viel Zeit vergangen ist, als ich Geräusche höre. Eine Tür wird zugeschlagen und ein Wasserhahn aufgedreht, dann ein Röcheln und ein dumpfer Schlag. Schnell springe ich auf, um nachzuschauen.

Im Waschraum sitzt die junge Frau mit den lila Strähnen gegen eine Wand gelehnt. Sie hat die Augen geschlossen, ihr Kopf hängt zur Seite, es sieht aus, als wäre sie ohnmächtig. Ich beuge mich hinunter und gebe ihr einen Klaps auf die Wange. Undeutlich brummt sie etwas vor sich hin und stößt stöhnend eine Alkoholfahne aus, die mich schier umhaut, bevor sie erneut abdriftet. Daraufhin versuche ich es mit Wasser, bespritze ihr damit Hals und Handgelenke – mit dem Erfolg, dass sie zumindest einen Spaltbreit die Augen öffnet.

»Sind Sie okay?«, frage ich.

Sie trägt ein Minikleid, enganliegend und tief dekolletiert, dazu schwarze Stiefeletten, und hat ein schwarzes Ledertäschchen umhängen. Ihre Schminke ist ein wenig zerlaufen. Während ich noch versuche, sie hochzuziehen, geht die Tür auf und ein Mann kommt herein, mustert mich kurz und wendet seine Aufmerksamkeit sofort der Frau zu.

»Was ist mit dir, Liebling?«

Ich trete zur Seite, beobachte, was weiter geschieht, und versuche, die richtigen Schlüsse zu ziehen und eine Erklärung dafür zu finden, dass der Mann, der sich jetzt über die halb Ohnmächtige beugt, ausgerechnet Claudios Freund Ettore ist, der Kontrabassist aus Mailand. Selbst wenn ich alle mir bekannten Informationen zusammenfüge, fehlen mir noch wichtige Teile des Puzzles. Claudio, Ettore, die unzurechnungsfähige Lilagesträhnte, Mailand, Berlin – wie hängt das alles zusammen?

Mir bricht der kalte Schweiß aus, keine Ahnung, was hier los ist, gleich ticke ich aus.

»Lavinia, stimmt's?«, spricht Ettore mich an. »Kannst du mir helfen?«

Erklärungen Fehlanzeige. Stumm nicke ich, beuge mich hinunter und nehme den linken Arm – den rechten hat Ettore bereits gepackt.

»Los, wir schaffen sie hier raus.«

Die junge Frau leistet keinen Widerstand und lässt sich wegzerren. Sie scheint halbwegs bei Bewusstsein zu sein und ist dennoch nicht so ganz von dieser Welt. Unkontrolliert schwankt ihr Kopf hin und her, sackt ab und zu auf die Brust, und ständig murmelt sie unverständliches Zeug vor sich hin. Ettores Fürsorge tut das keinen Abbruch. Liebe und Hilflosigkeit liegen in seiner Stimme, als er sie jetzt anspricht, als könnte sie seine Worte wirklich wahrnehmen.

»Du hattest mir versprochen, dass du es lässt,

Stefania, du hattest es mir versprochen. Es ist nicht richtig, was du da treibst, du machst uns alle damit kaputt, allen voran dich selber.«

Wir schleppen sie aus dem Konzerthaus und verfrachten sie in Ettores Auto. Er bedankt sich bei mir und sagt, dass er sie ins Hotel bringen werde, zögert dann einen Moment und sieht mich an, als hätte er noch etwas auf dem Herzen.

»Tut mir leid, dass ich dich da hineingezogen habe … Ich weiß nicht, wie viel du über Stefania weißt, ob Claudio dir von ihr erzählt hat. Wie ich ihn kenne, war er diesbezüglich eher zurückhaltend.«

»Ich weiß gar nichts über sie«, erwidere ich mit belegter Stimme und habe das Gefühl, mich durch ein morastiges Gelände zu kämpfen, in dem ich jeden Moment zu versinken drohe.

»Na ja, zumindest dürftest du bemerkt haben, dass sie ein gewaltiges Suchtproblem hat«, fährt Ettore fort, scheint endlich zu kapieren, dass ich so langsam eine Erklärung verdient habe. »Sie nimmt seit Jahren Psychopharmaka und kippt Drogen und Alkohol hinterher. Und genauso lange ringen wir schon darum, dass sie einen Entzug macht, ohne ihn abzubrechen. Bisher ist sie immer rückfällig geworden. Ich hatte sie angefleht, nicht herzukommen, vergeblich, wie du siehst. Sie hatte sich zu sehr darauf versteift, diesen verdammten Nachwuchspreis unbedingt gewinnen zu müssen. Dass sie dabei ist, ihr Talent durch die Sucht zu ruinieren, kapiert sie nicht.«

Ettore wirkt traurig und deprimiert. Ich wage nicht, etwas zu erwidern, bin ganz erschlagen von der Geschichte, die Ettore mir da im Schnelldurch-gang erzählt hat.

»Weißt du noch, in Mailand? Es war an einem Vor-mittag in Claudios Wohnung?«

»Ja ...«

»Zu diesem Zeitpunkt hatte es gerade mal wieder angefangen. Sie war in London, rief mich mitten in der Nacht verzweifelt an, deshalb bin ich morgens zu Claudio gekommen. Seit Tagen ahnte ich, dass so was bevorstand, diesmal war es bloß besonders schlimm. Wenn Stefania auf Drogen ist, hat sie häufig psycho-tische Schübe. Sie ist dann völlig unkalkulierbar und lässt sich, wenn überhaupt, höchstens von ihrem Bru-der und mir helfen ...«

Ettore redet weiter, während ich noch an einem einzigen Wort hänge: Bruder.

Plötzlich löst der Nebel sich auf. Stefania. Clau-dio hat einmal kurz seine Schwester erwähnt. Eine Weltenbummlerin nannte er sie damals. Und da war noch dieser Telefonanruf mit dem Foto, das mich ei-fersüchtig machte. *Ste* stand darunter. Das war also ebenfalls seine Schwester.

Mit einem Mal sehe ich die Geschichte und die Rollen der beteiligten Figuren klar vor mir. Ettore: Freund von Claudio, Freund von Stefania. Stefania: Freundin von Ettore, Schwester von Claudio. Clau-dio: Bruder von Stefania, Freund von Ettore. Wie im

Finale eines Lustspiels hat eine Enthüllung stattgefunden, das zentrale Missverständnis ist geklärt. Nur
dass sich im Gegensatz dazu die Dinge hier nicht automatisch in Wohlgefallen auflösen und kein Happy
End vorgesehen ist.

Ich verabschiede mich von Ettore und kehre zurück zum Konzerthaus, am Leib mein makellos weißes Kleid und im Kopf eine gähnende Leere.

12

Der Pfeil

Der Tag danach ist irgendein Tag – ein Tag, der einfach vorübergeht.

Ich sitze untätig auf dem Sofa, kann mich zu nichts aufraffen und fühle mich wie ein Schatten meiner selbst. Meine Seele dümpelt in trüben Wassern, schlaff, betäubt. Ab und zu bäumt sie sich auf, sucht nach einem Ausweg, versucht zu verstehen, aber am Ende sackt sie wieder in sich zusammen, wie erschlagen, schicksalsergeben.

Es gibt nichts zu verstehen, es gibt keinen Ausweg, es gibt kein Postskriptum zu der Geschichte mit Claudio, es nützt nichts, dass man hinterher immer klüger ist.

Das Haus meines Vaters ist ausgerechnet heute, wo ich Ablenkung gut gebrauchen könnte, ungewohnt still und leer. Ohne Menschen, die es zum Leben erwecken, wird selbst das offenste Haus zu einer x-beliebigen Hülle.

Giuseppe ist unterwegs, um ein Interview nach

dem anderen zu geben, Frida hat einen freien Tag, Greta und Wilko haben genug mit ihren eigenen Leben zu tun und lassen sich untertags ohnehin selten blicken. Und so bin ich ganz allein, warte auf den Abend – warte, dass diese Wände sich wieder mit Menschen und ihren Stimmen füllen, um meine inneren Stimmen ein wenig zum Schweigen zu bringen. Ich werde bald abreisen, obwohl ich es nicht möchte. Berlin zu verlassen wird mir sehr schwerfallen, doch der Moment ist gekommen, zum Ausgangspunkt zurückzukehren: nach Barcelona.

Die Zeit, die ich mir für meine Reise gesetzt habe, neigt sich dem Ende zu, meine Spurensuche hat bereits ein Ende gefunden. Ein glückliches, wofür ich dankbar bin und das mir Mut macht für den Rest, dem ich mich noch stellen muss.

Ich höre mein Handy klingeln, ganz in der Nähe. Hektisch beginne ich zu suchen und finde es schließlich zwischen den Sitzpolstern des Sofas. Als ich die Nummer sehe, erstarre ich – wenngleich ich sie gelöscht habe, erkenne ich sie auf Anhieb. Reglos warte ich ein paar Sekunden, dann gehe ich ran.

»Ciao, Lavinia.«

Seine Stimme klingt wie immer. Vielleicht etwas belegt, als würde er nach einem langen Schweigen wieder sprechen, oder als hätte er darüber nachgegrübelt, ob er mich anrufen soll.

»Ciao, Claudio«, erwidere ich mühsam beherrscht.

»Wie geht's dir?«, erkundigt er sich.

»Mir geht's gut … und dir?«

»Ich bin in Berlin, gestern Abend angekommen.«

Blitzschnell kombiniere ich: Ettore hat ihn wegen Stefania angerufen und ihm dabei von unserer Begegnung im Konzerthaus erzählt.

»Können wir uns sehen?«, fragt er mich ohne lange Präliminarien.

»Wo?«

»Im Café Wintergarten, ist nicht weit von dir.«

»Woher weißt du, wo ich bin?«

»Ich weiß, wo dein Vater wohnt. Passt es dir in einer Stunde?«

»Okay, bis gleich.«

Ich suche die Adresse im Internet, verlasse das Haus und mache mich auf den Weg. Bis vor Kurzem hätte ich Gott weiß was dafür gegeben, diesen Anruf zu erhalten – zu erfahren, dass das Mädchen mit den lila Haaren Claudios Schwester ist und nicht seine Geliebte, ihn wiederzusehen und vielleicht noch einmal ganz von vorn zu beginnen.

Inzwischen sehe ich das anders. Pau hat recht: Alles hat seinen Ort und seine Zeit. Wir haben es vermasselt, Claudio und ich. Er mit seinem ständigen Verschwinden und ich mit meinen ständigen Ängsten, und so konnte aus uns nichts werden. Eine einleuchtende, wenngleich deprimierende Analyse und entsprechend fühle ich mich.

Langsam schleppe ich mich vorwärts und bin schon nach einem kurzen Stück Weges so erschöpft, als hätte ich einen Marathon absolviert. Die Erkenntnis, dass wir Schiffbruch erlitten haben, dass es keinen Sinn mehr hat, Irrtümer aufzuklären oder Verantwortung zu übernehmen, weil nichts mehr übrig ist als Scherben – diese Erkenntnis zieht mich runter, saugt alle Energie und alle Lebensfreude aus mir heraus.

Das Café Wintergarten befindet sich in einer Gründerzeitvilla, die heute in erster Linie das Literaturhaus beherbergt und neben zwei anderen Villen in einem Skulpturengarten an der Charlottenburger Fasanenstraße steht. Das Café kommt mir vor wie ein im Grünen verborgener Glaskasten, und in der Tat handelt es sich um den Wintergarten des Literaturhauses, daher auch der Name. Ein schöner, ruhiger Ort, der gut zu meiner melancholischen Stimmung passt.

Jetzt, da ich den Schriftzug *Café Wintergarten* lese, jetzt, da ich weiß, dass er dort drinnen sitzt und auf mich wartet, tut sich endgültig ein Riss in meinem Herzen auf, und ein Kälteschauer rieselt durch meinen Körper trotz der sommerlichen Temperaturen, bei denen die meisten Gäste im Garten unter den Sonnenschirmen Platz genommen haben.

Ich sehe ihn sofort: Er sitzt an einem Tisch ganz hinten, gleich neben einem Baum, hat den Kopf auf eine Hand gestützt und trommelt mit den Fingern auf den Tisch. Seine Hemdsärmel sind wie immer aufgekrempelt, er ist sonnengebräunt und zur

Abwechslung mal glatt rasiert. Als sein Blick den meinen trifft, kommen mir seine Augen vor wie schwarze Kugeln. Mein Herz schlägt wild bei seinem Anblick – nach wie vor habe ich nicht gelernt, es zu zügeln.

Während ich auf ihn zugehe, suche ich verzweifelt nach Worten, möchte ich irgendetwas Bedeutendes sagen, doch es fällt mir nichts ein. Vielleicht könnte ich ihm ja einfach vorschlagen, unsere Geschichte mit der des Paares am Nebentisch zu vergleichen, das offensichtlich glücklich verliebt ist.

»Hey«, sage ich stattdessen und bleibe stehen, steif wie ein Zinnsoldat, eine Hand fest um den Griff der Handtasche geklammert, die über meiner Schulter hängt. Bestimmt wirke ich wie eine alte Dame in einem überfüllten Bus.

»Da bist du ja.« Er steht auf und zieht für mich einen Stuhl heraus. »Setz dich.«

Noch bevor ich Platz genommen habe, bemerke ich, dass der Geigenkoffer mit der Vuillaume auf dem Boden steht. Aber ich sage nichts, schließlich haben wir über wichtigere Dinge zu sprechen. Zumindest gehe ich davon aus. Als die Bedienung kommt, bestelle ich einen Tee und ein bisschen Gebäck, er ein Glas Wasser. Keine Bloody Mary, keinen Alkohol.

Alles zu seiner Zeit, doch jetzt ist nicht die Zeit dafür.

»Es ist schön, dich wiederzusehen«, sagt Claudio mit einem angedeuteten Lächeln. »Selbst wenn die Gelegenheit etwas unglücklich ist.«

»Du meinst, wegen deiner Schwester? Wie geht es ihr?«

»Zum Glück ein wenig besser. Ettore und ich haben beschlossen, sie morgen nach Hause zu bringen, nach Mailand, wo ihr behandelnder Arzt ist.« Ein kurzes Schweigen folgt. »Danke, dass du ihr geholfen hast.«

Ich nicke schwach, warte darauf, dass wir das Vorgeplänkel beenden und endlich anfangen, ernstlich miteinander zu reden. Die Kellnerin kommt mit unserer Bestellung. Claudio trinkt einen Schluck Wasser, holt tief Luft und unternimmt einen ersten Anlauf.

»Was ist in Paris passiert, Lavinia? Warum bist du verschwunden? Ich habe dich x-mal angerufen.«

So muss es sich von seiner Warte aus dargestellt haben: Ich war es, die verschwunden ist. Also beschließe ich, ihm eine andere Version der Geschichte zu erzählen, nämlich meine, die völlig anders aussieht.

»Es war ein ziemliches Durcheinander. Ich bin damals zum Theater gekommen, um dich abzuholen, aber du warst nicht da. Ich habe dich angerufen, aber du hast nicht abgenommen, daher dachte ich, dass dir etwas zugestoßen sei, und bin zum Hotel gefahren. Dort habe ich dich dann mit Stefania gesehen und wusste nicht, was ich davon halten sollte. Ich hatte ja keine Ahnung, dass sie deine Schwester ist. Außerdem wirkt ihr nicht wie Geschwister. Ich hielt sie für deine Geliebte, kam mir folglich vor wie eine Idiotin und bin gegangen.«

Claudio schaut überrascht, ein ungläubiges Lächeln

244

zeichnet sich auf seinem Gesicht ab. »Das darf ja nicht wahr sein. Warum hast du mir das nicht vorher gesagt?«

Ich zucke mit den Schultern. »Weil ich glaubte, es sei ohnehin zu spät. Als mir bei der Preisverleihung plötzlich klar wurde, dass es sich um ein schreckliches Missverständnis handelte, habe ich erst den unglücklichen Zufall verflucht oder das Schicksal, erkannte dann jedoch bei näherem Hinsehen, dass wir eigentlich selbst schuld sind und uns selbst übel mitgespielt haben. Wir ganz allein haben unsere Chance vertan und das Grab für unsere Beziehung geschaufelt.«

»Ich verstehe nicht, was du damit sagen willst.«

»Damit will ich sagen, dass nichts von alldem zufällig passiert ist. Wir selbst haben dafür gesorgt, dass es so und nicht anders gelaufen ist. Du bist nicht zu unserer Verabredung gekommen und hast nicht abgesagt. Klar, du musstest dich um deine Schwester kümmern, aber du bist gar nicht erst auf die Idee gekommen, mir Erklärungen zu geben, hast es vermutlich auch gar nicht gewollt. Dann hättest du mir nämlich einen Teil deines Lebens zeigen müssen, den du lieber für dich behältst. Und ich habe es nicht besser gemacht. Als ich dich mit einer unbekannten Frau sah, bin ich weggerannt, statt dich damit zu konfrontieren, habe dich ganz selbstverständlich für einen Lügner gehalten. Dich einfach zur Rede zu stellen, dafür war ich zu stolz.«

Claudio hört mir konzentriert zu, spielt allerdings dabei nervös mit seinem Glas.

»Es stimmt, es fällt mir schwer, über Stefania zu sprechen. Zum einen, weil die Geschichte zu traurig ist, zum anderen, weil ich kein Mitleid ertrage.«

»Damit hast du mir bedauerlicherweise die Möglichkeit genommen zu verstehen, was mit dir los ist. Und außerdem ist es für mich ein Zeichen, dass du mir nicht vertraust.«

Er versteift sich plötzlich und wirft mir einen zornigen Blick zu. »Das hat nichts mit Vertrauen zu tun, Lavinia. Was soll ich dir sagen? Ich habe eine problematische Schwester, die nie über den Tod unserer Eltern hinweggekommen ist. Im Grunde sitzt sie nach wie vor in diesem Autowrack. Sie war zwar am Leben, als sie nach dem Unfall ausstieg, und dennoch für immer verloren. Sie ist eine Wahnsinnige ohne Verantwortung und Gewissen, sie lebt in den Tag hinein und wirft eine große Musikerkarriere weg, die sie zweifellos vor sich hatte. Darüber hinaus hat sie ein natürliches Talent, sich die falschen Männer auszusuchen – und wer darunter zu leiden hat, ist Ettore, der Einzige, der sie wirklich liebt. Und ganz nebenbei hat sie in den letzten Jahren jede meiner Beziehungen ruiniert, weil ihre raumgreifende Gegenwart auf lange Sicht für keine Frau auszuhalten ist. Als du sie in dem Pariser Hotel gesehen hast, wollte sie Geld von mir – und die Vuillaume. Um sie zu verkaufen. Nur aus diesem Grund ist sie plötzlich bei mir aufgetaucht. Du ahnst nicht, wie viel es mich gekostet hat, ihr das auszureden ... Ich weiß, ich hätte dir das alles früher sagen müssen, damit du für solche Eventualitäten gewappnet gewesen wärst. Mein Leben ist ein einziges Desaster mit dieser Schwester, die alles tut, um es mir so schwer wie möglich zu machen. Trotzdem kann ich nichts daran ändern, denn sie ist der einzige Mensch, der mir geblieben ist, und ich bin der einzige Mensch, den sie noch hat. Sie braucht mich, und ich brauche sie. So stehen die Dinge, ein anderes Leben habe ich nicht.«

Er hat das alles ganz schnell und monoton heruntergespult, in einem einzigen Atemzug fast, mit immer wieder kippender Stimme, jetzt sitzt er erschöpft da und atmet schwer. Und ich weiß nicht, was ich sagen soll – zunächst muss ich das Gehörte verdauen.

»Vielleicht hast du recht«, fährt er mit unverhohlener Bitterkeit fort, »ein Teil von mir hat versucht, dich auf Abstand zu halten, nicht zuletzt zu deinem eigenen Schutz. Deine Analyse ist richtig, da stimme ich dir zu. Wir haben beide Fehler gemacht. Doch nachdem uns das klar geworden ist, was stellen wir nun damit an?«

Mir fehlt der Mut, ihm in die Augen zu sehen, er hingegen umfasst mein Kinn und hebt es etwas an. »Als alles angefangen hat damals in Ravello, als du über den Balkon geklettert bist, war ich glücklich. Ich wusste nicht, warum, ich kannte dich ja gar nicht … Ich fühlte mich einfach wohl mit dir, mochte es, dich in meinem Zimmer zu haben, und als ich dich dann schlafend auf diesem Bett liegen sah, dachte ich, dass es schön wäre, dich wiederzusehen.«

»Ach, das also war der Grund, warum du mir die Geige dagelassen hast«, hake ich ein bisschen geschmeichelt nach.

»Na ja, es war eine Absicherung, um deine Spur nicht zu verlieren.«

Meine verkrampften Muskeln entspannen sich, als ich mich zurücklehne. Für einen Augenblick erlaube ich mir zu glauben, dass alles möglich ist – jetzt, da der Mann, nach dem ich mich so gesehnt habe, gerade einen Seelenstriptease hingelegt hat.

Ich betrachte ihn im Gegenlicht, seine Ohren leuchten ein wenig orange, bestrahlt vom Berliner Sonnenuntergang. Er sieht so gut aus, ich bin ganz verrückt nach ihm. Gleichzeitig merke ich, dass unsere Geschichte jetzt in diesem verwunschenen Garten auf den Abspann zusteuert, auf ein Ende.

Da ich Schlussszenen noch nie gemocht habe, drücke ich die Pausentaste und halte den Film an. Ich breche in Gedanken einen kleinen Zweig von dem Baum neben uns ab, schnitze daraus mit dem kleinen Messer aus dem Gebäckkorb einen Pfeil, werfe ihn nach Claudio. Ein Ratsch, auf seiner Hemdbrust zeigt sich ein Riss, und ein paar Knöpfe springen wie kleine Heuschrecken davon.

Als die Leute an den Nachbartischen verdutzt zu uns herüberblicken und ihre Teetassen niederstellen, kann ich mich nicht damit aufhalten, ihnen zu erklären, was sich in diesem Sommer zugetragen hat. Sie würden nicht verstehen. Daher beschließe ich, sie kurzerhand zu erdolchen, alle miteinander, selbst das Hündchen der Dame hinter uns, mit einem gekonnten Stich ins Herz, damit sie nicht leiden müssen. Es tut mir leid, aber ich habe in unserer Geschichte keine Verwendung mehr für so viele Nebenfiguren. Wir beide, Claudio und ich, genügen mir voll und ganz.

Zurück zu Claudio. Jetzt, da ich ihn ganz für mich allein habe, weiß ich nicht so recht, was ich anfangen soll mit ihm. Also biege ich ihm erst mal die Hände auf den Rücken und fessele ihn mit seinem Hemd, um mich dann rittlings auf ihn zu setzen. Er will etwas sagen, doch ich bringe ihn zum Verstummen, indem ich ihm ein Stück Gebäck in den Mund schiebe, meine Lippen den seinen nähere und das heraustehende Stück abknabbere. Daraufhin küsse ich ihn auf den äußersten Winkel seines Mundes, dann auf die Wange, auf das Ohr, gehe hinunter zum Hals und weiter zu seiner Brust, schnuppere sanft daran und blase darüber, damit die Härchen sich kräuseln.

Als Nächstes ziehe ich mein T-Shirt aus, löse meinen BH, halte ihm meinen nackten Busen hin, reibe mein Geschlecht an seinem, dem es in der Hose sichtlich unbequem ist. Ich löse meine Haare und schleudere sie ihm ins Gesicht, sie sind ihm lästig, es ist eine nicht auszuhaltende Folter, und um die Tortur für ihn zu erhöhen, rutsche ich heftig auf seinem eingesperrten Schwanz hin und her. Zufrieden beobachte ich, wie er hochrot anläuft, sich zu befreien und in meine Brüste zu beißen sucht, aber ich weiche weit nach hinten zurück, bevor ich mich umdrehe und ihm meinen Hintern vors Gesicht halte, damit er noch mehr in Ekstase gerät. Ich tauche jetzt erst die eine Brust in die Teetasse, dann die andere, sehr langsam, wende mich wieder zu ihm um und setze mich neuerlich rittlings auf ihn, diesmal mit tropfenden Brüsten, stecke sie ihm nacheinander in den Mund und fordere ihn auf, daran zu saugen. Die Berührung seiner Zunge an meinen Brustwarzen erregt mich, ich bin mittlerweile ganz nass, und während ich mich eine Sekunde lang in meiner Lust verliere, zerreißt Claudio mit einem heftigen Ruck das Hemd, das ihn fesselt, befreit sich und packt mich mit Gewalt, fegt die Tasse zu Boden und wirft mich auf den Tisch, öffnet erst seine Hose und dann meine und vögelt mich inmitten all der Leute, die ich erdolcht habe und die immer noch zu unseren Füßen liegen. Wir kommen so heftig, dass die Glasscheiben des Wintergartens zerbersten, am Rosenbusch schlagartig Rosen aller Farben knospen und der Himmel statt des Sonnenuntergangs einen Regenbogen hervorzaubert.

Doch all das ist in Wirklichkeit gar nicht möglich, genauso wenig wie der Adlerflug auf den Eiffelturm. Alles spielt sich einzig und allein in meinen verqueren Wachträumen ab.

Die Leute sitzen noch immer an ihren Tischen, das Hündchen spielt mit einem Stein, das Brot ist ganz, die Rosen sind nicht aufgeblüht. Claudio hat sein Hemd noch an, und sein Blick ist gespannt auf mich gerichtet in Erwartung einer Antwort.

Ich bin nicht böse auf ihn, nicht mehr, denn etwas ist in mir passiert.

Als ich mich für einen Moment der Illusion hingegeben habe, dass es vielleicht trotz allem eine Zukunft für uns geben könnte, habe ich ignoriert, dass ich nicht einmal weiß, was mit meiner eigenen Zukunft wird. Immerhin hängt über meinem Kopf das Damoklesschwert, dass ich die Krebsgene meiner Mutter geerbt habe. Fifty-fifty lautet die Prognose. Zu schlecht, um jemandem ein Leben mit mir zuzumuten, finde ich. Es reicht, wenn ich selbst mit dem Gefühl lebe, dass ich in einem sinkenden Boot sitze und nicht aussteigen kann.

»Übrigens habe ich dir ebenfalls was verschwiegen«, setze ich an. Ich kann ihn nicht mehr belügen, ich muss es ihm einfach sagen, es ist richtig so. »Erinnerst du dich, dass ich dir am ersten Abend in Ravello erzählt habe, dass ich eine Reise auf den Spuren meiner Mutter unternehme, immer ihrem Album nach? Verschwiegen habe ich dir allerdings, wieso ich überhaupt aufgebrochen bin und alles zurückgelassen habe.«

Ein stechender Schmerz durchzuckt meine Brust. Claudio streichelt meine Hand und wartet geduldig, bis ich in der Lage bin weiterzusprechen.

»Meine Mutter ist an Krebs gestorben, an der genetisch bedingten Variante. Es könnte sein, dass ich die Anlage für diese Krankheit ebenfalls in mir trage. Man hat einen Test gemacht. Das Ergebnis wurde mir per Post zugestellt, bloß habe ich den Brief nicht geöffnet. Ich wollte mich nicht sofort einem neuen Schock aussetzen, wollte während dieses Sommers einfach wieder zu mir finden und diese Auszeit trotz allem genießen. Deshalb habe ich den geschlossenen Umschlag in Barcelona zurückgelassen und die ganze Zeit über so zu tun versucht, als gäbe es ihn nicht. Was mir indes nicht immer gelungen ist.«

Claudio lauscht schweigend, ohne sich anmerken zu lassen, welche Gefühle meine Eröffnungen in ihm auslösen. Geduldig wartet er auf weitere Erklärungen. Ich sehe ihm in die Augen, wenngleich es mich viel Überwindung kostet.

»In Mailand, als wir zusammen waren, habe ich alles vergessen und mir eingebildet, die Zeitblase, in die wir uns geflüchtet hatten, werde ewig Bestand haben. Das war eine wunderbare Fantasie, nur ist sie leider zerplatzt.«

»Vielleicht ist sie das ja gar nicht«, unterbricht er mich, »es hängt von uns ab ...«

Ich lege ihm einen Finger auf die Lippen, um ihn am Weitersprechen zu hindern. »Nein, es hängt nicht von uns ab. Die Zeit ist abgelaufen.«

»Willst du damit sagen, dass du dich bereits aufgegeben hast?«

»Ich habe mich nicht aufgegeben.« Vehement schüttele ich den Kopf. »Wenn es etwas gibt, das ich von meiner Mutter gelernt habe, dann das Folgende: dass man bis zum Ende kämpfen muss. Nein, es ist einfach so, dass ich diesen Kampf alleine ausfechten muss.« Am Himmel geht gerade die Sonne unter und entfaltet noch einmal ihre ganze Kraft. Der Anblick erscheint mir symbolhaft und bestärkt mich in meiner Absicht zu kämpfen. »Dieser Sommer war sehr schön für mich und zugleich eine Gratwanderung. Es konnte gar nicht anders sein angesichts der Situation, in der ich mich befinde. Ich bin von einem Ort zum anderen gereist, bin vielen netten Menschen begegnet und immer zufrieden und erfüllt, jedoch ohne Bedauern weitergezogen. Mit einem Rucksack voll schöner Erinnerungen und dennoch in dem Wissen, dass mein Platz woanders ist. Jetzt, da du vor mir sitzt, fällt es mir schwer, dir zu sagen, dass ich dich verlassen werde, denn ich wäre so gerne bei dir geblieben.«

Claudio schiebt mir eine Haarsträhne aus dem Gesicht, während ich ihm über die Wange streiche. Dann legt er die Hand in meinen Nacken und zieht mich näher heran, um seine Stirn an meine zu legen.

»Ist es wirklich das, was du willst?«

»Ja«, flüstere ich und beiße mir auf die Lippen, um den Wunsch, ihn zu küssen, zu unterdrücken.

»Du nimmst ein großes Stück von mir mit, Lavinia.«

Wir bleiben ein paar Sekunden so sitzen und lauschen auf unseren Atem. Dann nimmt er die Vuillaume und legt sie in meine Hände.

»Sie geht jedenfalls mit dir, du kannst sie nicht mehr zurückweisen. Schau, sie hat immer noch deinen Aufkleber drauf. Du wirst sicher nicht wollen, dass ich mit Jabba dem Hutten herumlaufe, das würde mir keiner abnehmen.«

Lächelnd strecke ich die Arme aus und nehme die Geige entgegen. Sie kommt mir vor wie ein neugeborenes Kind, das endlich willkommen ist.

In dem Moment, als wir aufstehen, habe ich das Gefühl, dass unsere Gedanken, die einander gerade noch so nah waren, auseinandergestoben sind wie Vögel im Flug. Auch wir sind dabei, den Heimflug anzutreten, der Sommer ist zu Ende, unsere Zeit ist aufgebraucht.

Ich hasse die Zeit – wie gerne würde ich sie auf Eis legen.

Hand in Hand gehen wir auf den Ausgang zu, für eine kurze Etappe noch Liebende. Dann, auf dem Gehsteig, lösen wir die Hände und sehen uns ein letztes Mal an. Genau wie beim ersten Mal, Monate zuvor, mache ich mich auf den Weg mit Claudios Geige in der Hand. Bloß habe ich diesmal keine Hoffnung, dass ich seinen Weg nochmals kreuzen werde.

13

Das Herz

Die Geige liegt stumm in ihrem Koffer auf dem Boden wie ein lebloser Körper. Aus der Küche dringt das Klirren von Geschirr an mein Ohr, fröhliches Morgengeplauder, es duftet nach Kaffee. Ich beuge mich nach unten, lege ein Ohr auf den Geigenkasten, um zu hören, ob die Vuillaume noch atmet. Ihr Schicksal liegt in meinen Händen, jetzt ist es an mir zu entscheiden, was ich daraus machen will. Ein weiteres Mal hat Claudio es geschafft, mich vor ein ungelöstes Rätsel zu stellen, das über meinem Leben schwebt.

Mein Vater ruft mich: »Lavinia, kommst du? Frühstück ist fertig.«

»Ich komme!«

Unwillkürlich muss ich ebenfalls daran zurückdenken, wie ich vor wenig mehr als einem Jahr mit all meinen Ängsten und Unsicherheiten in der Magna Aula der Musikhochschule von Barcelona gefangen war, in der meine Prüfung stattfinden sollte. Danach wollte ich nie wieder eine Geige anrühren und habe sie in meinem Schrank versenkt. Claudio hat mir eine neue geschenkt, und durch meinen Vater und das Konzert mit ihm habe ich neues Selbstvertrauen gewonnen. Ich habe ihm unendlich viel zu verdanken, diesem Mann, der mir anfangs so fremd war, den ich aber innerhalb von kurzer Zeit sehr liebgewonnen habe und der jetzt in der Küche sitzt und auf mich wartet.

Langsam löse ich mich von dem Instrument, das ich inzwischen mit ganz anderen Augen sehe, das ich so sehr geliebt und dann gefürchtet habe. Die Unruhe, die mich immer überfiel, wenn ich es in die Hand nahm, ist verschwunden; sie hat sich aufgelöst wie der Morgennebel, der einem strahlend blauen Himmel Platz macht.

Während ich den Flur entlanggehe, habe ich das Bedürfnis, umzukehren und der Geige eine Stimme zu geben. Ich will sie nicht länger auf Distanz halten, sie nicht mehr von mir abspalten und sie nicht im Vergessen begraben. An den Wänden hängen Poster von den Konzerten meines Vaters, auf einigen sind über das Blatt laufende Notenreihen abgebildet, die aussehen wie fliegende Bonbons. Ich hätte nicht schlecht Lust, sie mithilfe meiner Geige auszuwickeln, eins nach dem anderen, allein durch das Spiel meiner Finger. Plötzlich überfällt mich der Wunsch, dort wieder anzufangen, wo ich aufgehört habe, und mir ein Finale nach meinem Geschmack auszusuchen, wenigstens was die Musik betrifft.

Wie in einem Crescendo wird mir, während ich im Wohnzimmer zu meinem Vater trete, ganz plötzlich bewusst, auf welchen Höhepunkt diese Geschichte zusteuert: Ich werde die Prüfung an der Hochschule wiederholen, will beweisen, und zwar in erster Linie mir selbst, dass ich den Anforderungen sehr wohl gewachsen bin. Und ich will diese Herausforderung mit ebendieser Geige annehmen, die mich einen ganzen Sommer lang begleitet hat, die mit von der Partie war, als ich fremde Städte bereiste und in fremden Betten schlief – sie hat miterlebt, wie ich mich dabei von Tag zu Tag ein wenig mehr veränderte.

Und heute, da ich mich so ganz verwandelt fühle, ja sogar fast vollendet wie eine Tonfigur, die endlich Form angenommen hat –, heute weiß ich, dass ich mit dieser Geige alles erzählen kann, was mir widerfahren ist, alles, was ich in mir habe, und dass ich mit ihr auf alle Fragen antworten, alle Zweifel und alle Unsicherheiten überwinden kann, die mich gequält haben.

Ich bin so euphorisiert, dass ich nicht mal reagiere, als mich mein Vater fragt: »Kaffee?«, sondern gleich zur Sache komme.

»Giuseppe, ich muss dich etwas fragen. Ich möchte gerne, das heißt, wenn es dir recht ist …«, beginne ich.

Meine Stimme klingt offenbar leicht dramatisch, bedeutungsschwer, sodass er Gott weiß was zu glauben scheint. Aufmerksam mustert er mich, stellt endlich die Kaffeekanne, die er zum Einschenken in der Hand hatte, zurück auf den Tisch.

»Ich höre.«

»Also, ich will die Hochschulprüfung in Barcelona wiederholen und möchte mich hier vorbereiten, mit dir zusammen. Ich weiß, dass nicht mehr viel Zeit bleibt, der Termin ist der 15. September, aber ich habe das Gefühl, dass ich es schaffen könnte.«

Für einen Augenblick versuche ich mich von außen zu betrachten, und was ich sehe, gefällt mir.

Meine Haltung wirkt entschlossen, keine Spur von Zögern, und ein Anflug von Stolz schwingt in meiner Stimme mit. Ich vermittle den Eindruck einer Person, die alles geben wird. Ich will meinem Schicksal auf meine Weise, mit meiner Geige und meiner Musik, entgegentreten. Alle ausstehenden Rechnungen sind beglichen, alle Schulden bezahlt – ich habe reinen Tisch gemacht in meinem alten Leben und kann unbelastet in mein neues starten, wie lange es auch währen mag.

»Lavinia, das ist wundervoll … Ich weiß nicht, worüber ich mich mehr freue: dass du länger in Berlin bleibst oder dass du die Prüfung wiederholen willst. Du machst mir damit ein riesiges Geschenk, und ich glaube, dir selber ebenfalls«, sagt mein Vater und hat dabei einen fast beseligten Gesichtsausdruck, den ich bei ihm nie erwartet hätte.

»Gut.« Ich schlage zur Bekräftigung mit den Händen auf den Tisch. »Und ja, ich würde jetzt gerne einen Kaffee trinken.«

Mit einem dankbaren Lächeln halte ich ihm die Tasse hin, und er füllt sie bis zum Rand.

Bis zur Prüfung sind es zwei Wochen. Mein Vater hat für den Moment jede andere Verpflichtung hintangestellt. Er sagt, das sei kein Problem, weil in vielen Ländern die Leute noch Urlaub machen würden und daher niemand böse sei, wenn sich Termine verschieben. Ich weiß sehr gut, wie kostbar seine Zeit ist und dass er tausend Dinge zu tun hat, daher nehme ich an, dass er mich nur beruhigen will.

Am Tag darauf zieht er sich fast den ganzen Tag in sein Musikzimmer zurück, um mich dann am Abend zu sich zu rufen und mir ein Notenblatt auszuhändigen, das mit *Marta* betitelt ist.

»Ich habe es für die Sologeige umgeschrieben«, erklärt er. »Hättest du Lust, es für die Prüfung einzustudieren?«

»Das wäre eine große Ehre für mich«, antworte ich zutiefst berührt von dieser Geste und drücke die Blätter an die Brust. »Hoffentlich bin ich diesem Stück wirklich gewachsen.«

»Das bist du ganz sicher«, versichert er mir.

Von nun an sind unsere Tage streng strukturiert, folgen immer dem gleichen Plan: Ich stehe früh auf, wir frühstücken zusammen, bis mittags übe ich alleine, am Nachmittag hört mein Vater mir zu und analysiert, was ich gelernt habe. Dabei versucht er immer, mich zu einer Perfektion zu führen, die ich bislang bestenfalls gestreift, der ich mich angenähert habe – erreicht habe ich sie bislang nicht. Wenn ich es mit einer Treppe vergleiche, stehe ich etwa auf der vorletzten Stufe. Bei unseren gemeinsamen Stunden tritt Giuseppe mehr als Maestro denn als Vater in Erscheinung und erweist sich überdies als penibler und strenger Lehrer, der jedoch seiner Schülerin sehr viel Selbstvertrauen gibt und sie unablässig motiviert.

Immer wenn ich glaube, mein Bestes gegeben und alle meine Möglichkeiten ausgeschöpft zu haben, schüttelt er den Kopf und sagt, dass wir nach wie vor nicht am Ziel sind, dass ich zu Größerem befähigt sei, und treibt mich an, es noch mal zu versuchen und es noch besser zu machen. Auf diese Weise legt er die Latte ständig ein Stück höher, aber indem er mir gleichzeitig versichert, dass ich auch die neue Hürde problemlos nehmen könne, bewahrt er mich davor, entmutigt zu werden.

Ich soll Vollkommenheit anstreben und erreichen, das erwartet er von mir.

Wie sieht Vollkommenheit aus, frage ich mich und stelle sie mir als einen tranceartigen Zustand vor, als eine Abstraktion der Realität, die an Erleuchtung grenzt – ein Zustand, den man lediglich erreichen kann, indem man immer wieder über die eigenen Grenzen hinausgeht. Wiederholt habe ich mich dabei ertappt, dass ich mir beim Spielen auf die Lippen beiße und Bauchschmerzen bekomme, weil ich mich so sehr bemühe, besser zu werden. Oder mich beschleicht das Gefühl, vor einer imaginären Linie zu stehen, die ich nicht überwinden kann. Regelmäßig bricht mir dann der kalte Schweiß aus, und mein Kopf fängt zu schwirren an, sodass ganz plötzlich meine Konzentration zusammenbricht. Desgleichen lässt schlagartig die körperliche und geistige Spannung nach, und ich bleibe mit dem Bewusstsein zurück, dass ich bis zum gesetzten Ziel noch einen weiten Weg zu gehen habe.

Nach dem Proben am späten Nachmittag pflegen wir das Haus zu verlassen und einen Spaziergang zu machen. Manchmal in Parks, manchmal in der Stadt. Die Anspannung des Tages verfliegt dann im Handumdrehen, und ich vergesse für ein paar Stunden meine Geige. Es ist schön, die ersten bunten Blätter von den Bäumen schweben zu sehen oder auf die Geräusche zu lauschen, die aus einer gut besuchten Bar dringen, oder die Passanten zu beobachten. Und in der Tat ist Berlin ein einziges großes Freilichttheater, in dem es immer etwas zu entdecken und zu bestaunen gibt.

Sofern wir Lust und Zeit haben, lassen wir uns einfach weitertreiben und weiten unseren Radius auf neue Viertel aus, Neukölln, Kreuzberg, Prenzlauer Berg. Besonders gern wandern wir dort die Kastanienallee hinunter, die fast bis zum Kurfürstenplatz in Berlin-Mitte führt und in der es neben diversen ausländischen Restaurants noch altmodische Cafés und Kinos gibt. Die Lebendigkeit dieses traditionellen

Arbeiterviertels, in dem sich allerdings zunehmend Künstler und Intellektuelle, wohlhabende Ökofreaks und hippe Neureiche niedergelassen haben, ist ansteckend – schon allein wegen der vielen Kinder, die hier zahlreicher vertreten zu sein scheinen als anderswo in der Stadt.

Erst wenn die Sonne untergeht und wir merken, dass wir hungrig sind, kehren wir um und wandern zurück in die ruhige Wohngegend beim Charlottenburger Schlosspark, um zu Hause das von Frida vorbereitete Abendessen einzunehmen, oftmals gemeinsam mit Greta und ihrer Familie oder mit Wilko und ein paar Freunden, manchmal sogar mit beiden, sodass eine große Gruppe um den Ausziehtisch sitzt, der mich an eine Ziehharmonika erinnert. Mal quetscht man ihn zusammen, mal zieht man ihn weit auseinander, je nachdem wie viele Gäste zu bewirten sind.

Nicht selten stehen sie überraschend auf der Matte, und Frida muss improvisieren. Sie hat die magische Gabe, aus wenigen Zutaten im Handumdrehen überraschende Gerichte zu zaubern. Nach dem Abendessen verteilen wir uns dann auf Sofa und Sessel – Greta beansprucht immer den alten, bequemen Ledersessel – und führen Gespräche über Gott und die Welt, wobei es manchmal hoch hergeht, weil naturgemäß nicht alle einer Meinung sind. Erst wenn sich draußen endgültig die Nacht herabsenkt und Müdigkeit sich breitmacht, werden nach und nach alle schweigsamer und die Gespräche versiegen. Dann machen sich die Gäste, einer nach dem anderen, auf den Nachhauseweg.

Ich hingegen kann meist nicht gleich schlafen, liege wach in meinem Bett und denke an den nächsten Tag, an komplizierte Noten, schwierige Übergänge und vor allem an die imaginäre Linie, die ich überwinden muss, um das Endziel, die absolute Perfektion, zu erreichen.

Der Termin der Prüfung rückt unausweichlich näher. Inzwischen sind es nur noch wenige Tage bis zu meiner Abreise. Ich habe beschlossen, erst am Tag der Prüfung den Flieger nach Barcelona zu nehmen, um bis zuletzt konzentriert proben zu können. Zudem will ich nicht vorher in die Wohnung meiner Mutter gehen und den Brief öffnen, schließlich muss ich den Kopf völlig frei haben – ein weiteres Mal darf ich nicht scheitern.

Doch bis zum Tag meiner Abreise, so habe ich beschlossen, gehöre ich ganz der Gegenwart. Heute Nachmittag etwa hat Adam mich mit einer selbst gebackenen Torte überrascht.

»Ich habe sie mit Schokolade gemacht, nicht mit Karotten wie du. Schokolade ist besser«, erzählt er mir ganz begeistert.

»Du hast recht, Karotten sind eigentlich was für Rentiere«, gebe ich lachend zurück.

»Und für Schneemänner.«

»Richtig, Karotten werden auch für die Nasen von Schneemännern verwendet!«

Der Kleine ist mir wirklich ans Herz gewachsen. Die neue Familie und die Vorbereitung für die Prüfung halten mich völlig auf Trab, und wenn ich ehrlich bin, bin ich froh, so gut wie keine freie Minute zu haben. Es ist gut, dass meine Zeit so ausgelastet ist, so voller Leute und voller Dinge, die ich zu tun, voller Hindernisse, die ich zu überwinden habe.

All die Geschäftigkeit hilft mir im Übrigen auch dabei, nicht an Claudio zu denken. Natürlich schmerzt mich der Gedanke, dass es zu Ende ist mit uns, und gelegentlich überfällt mich der Wunsch, meine Entscheidung rückgängig zu machen und ihn anzurufen. Noch ist die Erinnerung an ihn zu präsent, ich weiß nicht, ob sie je verblassen wird und eines Tages vielleicht ganz verschwindet wie ein Sandgebilde, das der Wind mit sich fortgetragen hat.

Immerhin hat Claudio eine unauslöschliche Spur in meinem Leben hinterlassen, die selbst der stärkste Wind nicht zu verwehen mag. Trotzdem oder vielleicht gerade deshalb habe ich versucht, ihn in den hintersten Winkel meines Herzens zu verbannen, wo ich eine Festung errichtet habe, die schwer einzunehmen ist, selbst für mich, falls ich es mir anders überlege. Für den Moment aber habe ich die Türen verriegelt und den Schlüssel mit Absicht verlegt.

So vergehen die letzten Tage, und plötzlich heißt es Abschied nehmen. Ich packe meine Sachen, kontrolliere, ob ich in den vielen Winkeln des Hauses nichts vergessen habe, und präge mir dabei jedes Detail ein, um mich in Barcelona daran erinnern zu können. Das Letzte, was ich in den Rucksack stecke, den ich mit ins Flugzeug nehmen werde, ist das Album meiner Mutter, das mich durch diesen Sommer geführt hat. Noch ein letztes Mal spiele ich *Marta*, das mir inzwischen ganz selbstverständlich von der Hand geht, bevor ich die Vuillaume in ihr Futteral hülle und sie vorsichtig in den Geigenkasten bette. Es kommt mir vor, als würde ich sie schlafen legen.

Als ich mich schließlich auf den Weg nach unten mache und die Küche betrete, wartet dort ein Verabschiedungskomitee auf mich, mit dem ich nicht gerechnet habe: Am Frühstückstisch sitzen außer meinem Vater Greta, Adam und Leo.

»Überraschung!«, rufen sie im Chor und winken mir fröhlich zu.

»Was macht ihr denn alle hier?«

»Wir holen uns einen Anschiss von der Lehrerin, stimmt's, Adam? Er wollte heute einfach nicht in die Schule gehen, immerzu hat er gejammert, dass er sich von Lavinia verabschieden will. Und da wären wir also!«

Ich nehme ihn auf den Schoß, und wir frühstücken zusammen, tunken Fridas selbst gebackene Kekse in den Kaffee beziehungsweise die Milch. So lieb der Besuch gemeint ist, macht er mir den Abschied noch schwerer. Als ich den letzten Schluck aus meiner

Tasse trinke und Adam aus meiner Umarmung entlasse, um mein Gepäck nach unten zu bringen, tue ich das irgendwie widerwillig. Richtig ernst wird es dann, als all die lieben Menschen, die in mein Leben geschneit sind, aufgereiht wie Kickerfiguren vor mir im Flur stehen und mich mit lächelndem Mund und traurigen Augen ansehen. Auch mein eigenes Lächeln ist nicht echt, wirkt wie festgefroren.

»Nur Mut, Lavinia, heute ist dein großer Tag. Du wirst es schaffen, da bin ich ganz sicher.«

Mein Vater nimmt mich fest in die Arme, und ich spüre, dass er damit all seine Energie und all seinen Mut auf mich übertragen will.

Die nächste Umarmung kommt von Greta. »Nicht weinen«, flüstert sie, »sonst leiste ich dir am Ende noch Gesellschaft.« Und an die Kinder gewandt fügt sie hinzu: »Das ist schließlich kein Abschied für immer, stimmt's? Wir sagen lediglich auf Wiedersehen. Glaub ja nicht, dass du uns so leicht loswirst. Von Berlin nach Barcelona sind es gerade mal zwei Stunden Flug.«

»Signorina, ich wünsche Ihnen von Herzen alles Gute. Kommen Sie bald zurück«, verabschiedet Frida mich feierlich.

»Kommt her, Adam, Leo.« Ich gehe in die Knie, um auf ihrer Höhe zu sein, trockne mir hastig die Tränen und drücke beiden einen dicken Kuss auf die Wangen. Der Anblick ihrer vollen, roten Bäckchen lässt meine gute Laune wiederkehren. »Macht's gut, wir sehen uns bestimmt ganz schnell wieder. Versprochen«, sage ich nach einem letzten Schniefen und setze mein schönstes Lächeln auf.

»Das Taxi ist da«, ruft Frida, die sich aus dem Fenster gelehnt hat.

Draußen fällt ein warmer Regen.

»Bleibt lieber drinnen«, warne ich die anderen, während mir der Taxifahrer schon entgegenkommt, um mein Gepäck in Empfang zu nehmen. »Sonst werdet ihr unnötig nass.«

Mein Vater jedoch lässt es sich nicht nehmen, mir ins Freie zu folgen und mich ein letztes Mal zu umarmen.

»Flieg hoch und hab keine Angst«, flüstert er mir ins Ohr, gibt mir einen Kuss und fügt hinzu: »Das hat Marta vor vielen Jahren zu mir gesagt.«

Ich steige ins Taxi, kurbele das Fenster herunter und winke Greta und den Kindern zu, die in der Tür stehen und heftig mit den Armen wedeln. Winke und winke, bis wir das Ende der Straße erreichen, bis das Haus kleiner und kleiner wird und schließlich hinter dem Regenvorhang verschwindet.

Dann mache ich es mir auf dem Sitz bequem und schaue nach vorn, wenngleich ein Teil von mir bei meiner Familie in Berlin zurückbleibt.

Das Gebäude ist dasselbe wie damals: Außen ein brauner, ziemlich eintöniger Block, innen ein Labyrinth von Unterrichtsräumen, Konzertsälen und

Korridoren. Ich bin es, die anders geworden ist – spüre es selbst, dass ich mich verändert habe, irgendwie gereift bin, innerlich gewachsen. Auf der Anzeigetafel sehe ich, dass ich zu früh da bin, es sind noch zwei Leute vor mir dran. Also gehe ich wieder hinaus ins Freie, setze mich auf eine Bank und warte, den Blick Richtung Meer gewandt. Zwar kann ich es nicht sehen, aber ich weiß, dass es nicht weit weg ist, zwanzig Minuten vielleicht. Wenn heute nicht meine Prüfung anstünde, würde ich die Carrer Marina hinunter zum Strand laufen.

Die Luft ist warm, spätsommerlich, dabei immer noch erfüllt von der Trägheit der Ferienzeit. In wenigen Tagen wird sich das ändern, wenn jeder zu seiner alltäglichen Routine zurückkehrt: Arbeit, Einkaufen, Feierabend. Und wer weiß, ob ich hier in der vertrauten Umgebung nicht ebenfalls in alte Gewohnheiten verfalle, statt meinem Leben wirklich eine neue Richtung zu geben.

Bald bin ich an der Reihe. Auf dem Weg zum Prüfungsraum sehe ich ein paar bekannte Gesichter. Wir winken uns kurz zu, lächeln uns verkrampft an. Jeder hat nichts als seine Noten im Kopf, man will sich nicht ablenken lassen, nicht die Konzentration verlieren.

Es ist so weit. Ich bin in demselben Raum wie letztes Jahr, in der Aula Magna. Die Sonne wirft ein Muster aus Licht und Schatten auf die hellen Holzwände. In den ersten Reihen sitzen ein paar Studenten aus dem ersten Jahr, die gekommen sind, um der Prüfung beizuwohnen. Ich gehe auf die Kommission zu, stelle mich vor. Die Professoren tragen schwarze Talare, was mir im letzten Jahr gar nicht aufgefallen ist. Sie begrüßen mich, und einer mit einer auffälligen Knollennase fordert mich auf, Platz zu nehmen, und zeigt auf einen Stuhl.

»Danke, wenn's recht ist, stehe ich lieber.«

»Wie Sie möchten.«

Ich stelle den Geigenkasten mit dem albernen Aufkleber auf den Boden, richte mir das Notenpult passend her und lege die Partitur bereit, die so eng mit meiner Mutter und meinem Vater verbunden ist. Dann öffne ich den Kasten und nehme die Vuillaume heraus, die wiederum so eng mit Claudio und diesem Sommer verbunden ist. Mein Blick schweift zu dem Stuhl, auf dem er letztes Jahr gesessen hat. Damals kam er mit Verspätung an. Heute wird er gar nicht kommen, keine Chance. Jedes Jahr wird ein anderer Gastprüfer in die Kommission berufen. Diesmal ist es Emma Diridier, eine französische Komponistin.

Während ich die Geige stimme, höre ich, wie mit einem leisen Quietschen die Tür aufgeht und sich Schritte nähern. Mein Herz klopft wie verrückt, und eine irreale Hoffnung überfällt mich. Kommt er vielleicht trotz allem? Ich kann nicht widerstehen und drehe mich um.

Natürlich ist er es nicht, sondern ein blonder, glatt rasierter Typ, der sich neben ein Mädchen in der zweiten Reihe setzt.

»Ab sofort absolute Ruhe bitte«, befiehlt einer der Professoren. »So, bitte …«, wendet er sich dann mit einem auffordernden Nicken an mich.

Ich nehme die Geige fest in die Hand, schließe die Augen und fege allen Gedankenballast hinweg, sodass ich den Kopf ganz frei habe. Noch einmal atme ich tief durch und beginne zu spielen. *Marta* hält Einzug in diesem Konzertsaal, die Komposition meines Vaters füllt den großen Raum und überträgt eine Energie auf mich, die mir bisher unbekannt war.

Obwohl mir anfangs der kalte Schweiß auszubrechen droht, verzage ich nicht, steige nicht wieder ein paar Stufen auf der Treppe, die zur Perfektion führt, hinab, sondern finde die Kraft weiterzumachen und überwinde die imaginäre Linie, fliege mit Schwung darüber hinweg. Und plötzlich ist alles im Gleichgewicht. Mein Kopf schweigt, meine Hände streichen den Bogen beinahe schwerelos, und die Musik scheint direkt aus meinem Herzen zu kommen. Ich fühle mich losgelöst und endlich frei.

Es ist eine Freiheit, die tief in meinem Inneren angelegt ist und die mir von außen weder verordnet noch geschenkt werden kann. Ich ganz alleine habe entschieden, heute hier zu sein und das zu tun, was ich am liebsten tue: Geige spielen. Wenn ich eines gelernt habe in diesem Sommer, dann das: dass Sehnsucht stärker ist als Angst. Und von jetzt an werden meine Entscheidungen, selbst wenn ich sie spontan treffe oder sie wieder rumschmeiße, einzig und allein mir gehören – wie diese Musik, die ebenfalls immer die meine bleibt.

Als der letzte Ton verhallt, entsteht eine kurze Stille, bevor Emma Diridier spontan zu applaudieren beginnt. Die anderen Kommissionsmitglieder wechseln Blicke, schreiben jeder für sich die Noten nieder und erheben sich schließlich unisono, schieben knarzend ihre Stühle zurück und beginnen wie auf Kommando zu klatschen. Ich hingegen stehe unbeweglich da, gleichermaßen benommen wie glücklich, und genieße diesen Moment des Erfolgs, diesen triumphalen Eintritt in die Welt der Musik, den ich mir gegen alle Widerstände erkämpft habe.

»Wir sehen uns in zwei Wochen, wenn das Studienjahr beginnt«, verabschieden mich die Prüfer.

Ich bedanke mich, schüttele allen die Hand. »Sicher, ich werde da sein«, antworte ich automatisch und unterschlage dabei, dass das gar nicht so sicher ist.

Wer weiß, wo ich in zwei Wochen sein werde.

Als ich das Hochschulgebäude verlasse, schickt sich die Sonne gerade an unterzugehen, flammend rot steht sie hinter den Hügeln. Den Blick auf einen fernen Punkt am Himmel gerichtet, stelle ich mir vor, dass dort meine Mutter ist, und halte mit ihr stumme Zwiesprache. Sage ihr, dass sie mir fehlt und dass ich hoffe, die Musik möge zu ihr hinaufgedrungen sein – weil *Marta* nämlich ein ganz wunderbares Stück sei, genau wie sie ein ganz wunderbarer Mensch war.

Anschließend schreibe ich eine Nachricht an meinen Vater, berichte ihm von der mit großem Erfolg bestandenen Prüfung und verspreche ihm, mich bald wieder zu melden. Nachdem ich das erledigt habe, ist der Moment gekommen, vor dem ich mich den ganzen Sommer über gefürchtet und den ich nach Kräften verdrängt habe: in die Wohnung meiner Mutter zu gehen und mich meinem Schicksal zu stellen.

Um reinzukommen, muss ich erst mal einen Aufsperrdienst rufen, denn vor drei Monaten habe ich nicht nur den Brief liegen lassen, sondern versehentlich auch die Schlüssel. Zum Glück hält der »Rund-um-die-Uhr-Service«, was er auf seiner Internetseite verspricht: Nach kaum einer Stunde treffen wir uns vor dem Haus, im Handumdrehen öffnet er die Wohnungstür und ist einen Augenblick später wieder verschwunden.

Ein paar Sekunden bleibe ich in der Tür stehen, die Zeit kommt mir unglaublich lang vor. Ich starre auf den roten Teppich und das Tischchen in der Diele, auf den Spiegel, der staubig aussieht. Alles ist so, wie ich es zurückgelassen habe, eine unbelebte Wohnung. Endlich überwinde ich mich und trete ein, stelle Geige und Gepäck auf den Boden. Kein Laut ist zu hören außer meinem eigenen Atem. Diese Totenstille ist für mich schwer zu ertragen, früher war in diesen Räumen so viel Leben und Lachen. Jetzt erst spüre ich die Angst vor dem, was kommen mag, die immer mehr in mir hochsteigt.

Ich gehe ins Wohnzimmer, wo ich meiner Erinnerung nach Brief und Schlüssel zurückgelassen habe, und tatsächlich, da sind sie.

Als Erstes ziehe ich das Album aus meinem Rucksack und stelle es in den Bücherschrank: Es gehörte meiner Mutter, ich habe es mir bloß geliehen – daher erscheint es mir richtig, dass es an seinen Platz zurückkehrt. Außerdem schließt sich auf diese Weise der Kreis, denn genau hier, in diesem Zimmer, stand ich vor drei Monaten, als ich beschloss, dem Schicksal davonzulaufen und auf Reisen zu gehen.

Zögernd greife ich nach dem Brief, drehe ihn in den Händen, lese mehrmals den Stempel der Klinik, dann die Empfängeradresse, die Postleitzahl, versichere mich, dass dies wirklich der Brief ist, den ich öffnen muss, dass niemand vor mir hier war und ihn mit einem anderen vertauscht hat. Ja, er ist tatsächlich für mich, es ist mein Name, der darauf steht.

Lavinia Ventura. Das bin ich.

Ich darf es nicht länger hinausschieben, ermahne ich mich, und reiße entschlossen den Umschlag auf, ziehe das Schreiben hervor, das über mein Schicksal entscheiden wird. Ein letztes Durchatmen und ich schicke mich an, das Blatt zu entfalten, als das Quietschen der Tür mich innehalten lässt. Langsam wende ich den Kopf, hoffe auf das Unmögliche. Und dann sehe ich ihn. Claudio. Er ist es wirklich, der auf der Schwelle steht. Mit seinem schwarzen Stoppelbart und diesem Lächeln, das Türen durchbricht und Mauern einreißt. Claudio, der sich einen feuchten Dreck um Konventionen schert und immer für Überraschungen gut ist.

Der Boden vibriert, als er ein paar Schritte in meine Richtung macht. Ich schwanke ein wenig, meine Beine drohen nachzugeben, meine Knie werden weich, und mein Herz schmilzt wie Eis in der Sonne.

»Was machst du hier?«, frage ich fassungslos. »Wie hast du mich gefunden?«

»Es hat keine Bedeutung, wie ich dich gefunden habe.« Er wirft einen Blick auf den Umschlag in meinen Händen und zeigt darauf. »Ist das das Ergebnis des Tests?«

»Ja.«

»Hast du es schon gelesen?«

»Nein.«

Er kommt vorsichtig näher. Ein Stromstoß durchfährt mich, als er eine Hand auf meine legt und sie drückt.

»Gut so, denn ich muss dir noch etwas sagen, bevor du dir das Ergebnis anschaust.« Er schweigt eine Weile, bevor er neu ansetzt. »Weißt du, ich habe lange über unser letztes Gespräch im Garten des Literaturhauses nachgedacht und hoffe, dass es nicht zu spät ist. Ich habe nämlich an diesem Nachmittag einen großen Fehler begangen, den ich unbedingt korrigieren möchte.«

»Welchen Fehler?«

»Ich glaubte, dass es richtig sei, dich gehen zu

lassen, dass ich zurücktreten und verschwinden müsse. Aber so ist es nicht, Lavinia. Es ist ganz und gar nicht richtig, dich gehen zu lassen. Du kannst mich wegschicken, du kannst mir einreden, dass es das Beste ist – ich dagegen habe erkannt, dass es mir gut geht, wenn du bei mir bist, und dass es mir schlecht geht, wenn du nicht da bist.«

Ganz plötzlich ist mir, als würde der Spätsommerwind zur Tür hereinkommen und mich durcheinanderwirbeln. Aber da ist gar kein Wind, ich selbst bin es, die angefangen hat zu zittern.

»Jetzt bin ich hier. Und was immer in diesem Brief steht, ob es glückliche oder weniger glückliche Tage sind, die kommen werden, ich will da sein.«

Ich sehe ihn an im sinkenden Licht des Tages, hebe mein Gesicht seinem entgegen und nähere meinen Mund dem seinem, küsse ihn. In diesen Kuss lege ich alle Liebe hinein, die in mir ist, und die Erinnerung an all die Tage, die wir damit zugebracht haben, einander hinterherzulaufen. Außerdem alle gegebenen und nicht gehaltenen Versprechen, alle Gefühle und Fantasien, alle Städte und Straßen, alle Bloody Marys.

Ende gut, alles gut?

Nun ja, ein bisschen so wie in alten Filmen, in denen sich die Protagonisten nach dem Krieg wiederbegegnen am Eingang eines Hauses auf dem Land, sie in einer Schürze, er in verdreckten Stiefeln. Und ihr Kuss ist so intensiv, dass es fast scheint, als hätten sie ohne diesen Kuss sterben müssen – was noch schlimmer gewesen wäre, als im Krieg zu sterben.

Für uns allerdings gibt es keinen Abspann, auf dem das Wort Ende erscheint, denn unsere Geschichte ist nicht zu Ende. Und selbst wenn ich für einen Augenblick glaube, sterben zu müssen, weil es so schön ist, werde ich durch Claudios Lippen auf meinen im selben Moment wiedergeboren, und alles fängt ganz neu an. Plötzlich habe ich keine Angst mehr, weder vor dem Leben noch vor dem Tod, weil die Liebe sie beide besiegt hat.

Nach einer Weile löse ich mich von ihm und sehe ihm in die Augen. Er nickt mir zu, um mich zu ermutigen, und ich entfalte das Blatt. Eine Sekunde noch denke ich an nichts, weiß nichts. Nur eine Sache gibt es, deren ich mir sicher bin: dass ich das Herz jetzt nicht anhalten will.

Danksagung

Mein Dank gilt Familienmitgliedern und Freunden, die bei Ottavia waren, als dieses Buch entstanden ist: Georgina, Dana, Valentina und der Familie Renai.

Und denen, die mich ermutigt haben, zu schreiben, immer besser zu werden und niemals aufzugeben.

Ein Nachwort
für meine deutschen Leser

Lavinias Geschichte, die ich in diesem Buch erzählt habe, ist untrennbar mit Reisen verbunden. Reisen als Auszeit vom Alltag, Reisen zum Zweck der Identitätsfindung.

Ich selbst bin in meiner Kindheit und Jugend nicht im eigentlichen Sinne gereist, sondern allenfalls gependelt, von A nach B, von Italien nach Spanien, viermal im Jahr.

Wir wohnten damals in Fano, der Stadt meines Vaters, in die auch meine spanische Mutter gezogen war, kurz bevor sie mit mir schwanger wurde. Meine Geschwister und ich kamen alle dort zur Welt. Ich bin die Älteste, und bei meiner Geburt war meine Mutter wohl noch ein bisschen unerfahren. Sie lag schon ein paar Tage im Krankenhaus, als ich mitten in der Nacht beschloss, mich ins Leben zu kämpfen. Weil sie nicht zu viel Aufhebens machen wollte, wagte sie es nicht, meinen Vater durch das Pflegepersonal verständigen zu lassen. So sind die Katalanen – bloß nicht jammern, sondern immer schön pragmatisch bleiben und die Zähne zusammenbeißen.

Als ich gerade mal ein halbes Jahr alt war, hat man mich auf den Rücksitz unseres Autos verfrachtet und nach Barcelona chauffiert, in die Heimatstadt meiner Mutter. Von Fano aus beträgt die Strecke 1.300 Kilometer. Auf der Landkarte hat sie die Form eines Bogens, der aussieht wie eine Brücke von der Adria bis zum Mittelmeer. 15 Jahre lang pendelten wir regelmäßig von einem Meer zum anderen, in den Weihnachts-, Oster- und Sommerferien, immer mit dem Auto. Fliegen war damals sehr teuer, denn es gab noch keine Billiglinien, und die Strecke Bologna-Barcelona wurde nur von Meridiana und Alitalia bedient. Ein Ticket konnte um die 500 Euro kosten. Später hätten wir uns eine Flugreise zwar grundsätzlich leisten können, aber mit drei Kindern und einem Hund war unsere Familie einfach zu groß geworden. Außerdem hatte meine Mutter eine schreckliche Flugangst entwickelt.

Die langen Autofahrten waren in feste Etappen eingeteilt, unterbrochen von Pausen, bei denen wir immer an denselben Tankstellen und Raststätten hielten. Die Musik, die unsere Reise begleitete, bestand aus einer unverwechselbaren Mischung verschiedenster Songs und Stile. Bis heute fühle ich mich schlagartig auf die Autobahn zurückversetzt, wenn ich Lieder von Sting, Cat Stevens, Paolo Conte, Fabrizio De André und Manuel Serrat höre. Auch die vorbeiziehenden Landschaften haben sich mir so eingeprägt, dass ich sie aus dem Gedächtnis malen könnte, wenn ich das Talent dazu hätte.

Der langweiligste Abschnitt war der durch Ligurien. Ein Tunnel folgte auf den nächsten, sodass ich ständig meine Lektüre unterbrechen musste. Auch die lange Fahrt durch die Provence ließ mich trotz der malerischen Kulisse schwermütig werden. Der Blick auf sich endlos ausdehnende Lavendel- und Sonnenblumenfelder, auf hingetupfte Häuser und Gehöfte, weckte ein vages Sehnen in mir. Ich stellte mir dann gerne eine imaginäre Familie auf ihrem Einödhof vor, wie sie am Ende eines beschwerlichen Tages mit krummem Rücken am Tisch saß und in vereintem Schweigen Gemüsesuppe löffelte, während der Sonnenuntergang die Landschaft draußen in ein intensiv strahlendes orangefarbenes Licht tauchte.

Und dann die Camargue. Ob sie mir gefiel oder nicht, vermag ich nicht mehr zu sagen. Wenn wir am späten Nachmittag dort ankamen und an einer Tankstelle hielten, scheuchte uns meine Mutter gleich in die Bar. Es war oft so stürmisch, dass unser Auto ins Schwanken geriet, und wahrscheinlich fürchtete sie ernstlich, wir würden einfach weggeblasen werden.

Erst spät am Abend überquerten wir die spanische Grenze, was ich meist nur noch im Halbdämmer erlebte. Ich sehe sie noch vor mir – die Scheinwerfer der entgegenkommenden Autos, riesige Glühwürmchen, die die schwarze Nacht durchdrangen und mich mit ihrem grellen Licht blendeten. Wir Kinder suchten erschöpft nach einer bequemen Position auf dem Rücksitz, aneinander gelehnt wie halb umgefallene

Dominosteine. Mein Vater, der immer allein am Steuer saß, hatte die verantwortungsvolle Aufgabe, uns heil ans Ziel zu bringen. Wenn es dann endlich so weit war und er den Motor abstellte, rissen wir wie befreit die Autotür auf und sprangen nach draußen. Unser Wagen kam mir zu solchen Gelegenheiten immer vor wie ein riesiges Geschenkpaket, aus dem sich Unmengen an Gepäckstücken und ein kunterbuntes Durcheinander aus Spielzeug und diversen Urlaubsaccessoires auf den Gehweg ergossen.

Über viele Jahre hinweg stellte diese immer gleiche Reise einen wohldefinierten Parcours für mich dar, der bis ins Detail geplant und einstudiert werden musste. Genau genommen handelte es sich weniger um einen Urlaub als vielmehr um eine Pflichtübung, die es zu bewältigen galt. Trotzdem ist mir dieses Herumzigeunern zwischen Italien und Spanien in Fleisch und Blut übergegangen. Ich liebe Ortsveränderungen, breche leichten Herzens und mit Freude zu einer Reise auf und kehre ebenso leichten Herzens und ohne Wehmut zurück. Bisweilen kommt es mir vor, als würde ich mich dem Wogen des Meeres überantworten und mich treiben lassen. Ohne Ziel, das ist mir nicht so wichtig. Hauptsache unterwegs.

Dass mir diese Lebensweise taugt, liegt neben meiner frühkindlichen Prägung durch die langen Autorfahrten wohl daran, dass ich mit zwei Sprachen und zwei Kulturen aufgewachsen bin. Oder besser gesagt, *zwischen* zwei Sprachen und zwei Kulturen, die viele Ähnlichkeiten aufweisen, sich aber nie ganz überlappen.

Ich selbst sitze in der Mitte, auf den Schnittpunkten, und verstehe mich als eine Art Bindeglied. Ich habe gelernt, mit den unterschiedlichsten Eigenschaften und Mentalitäten umzugehen und sie so miteinander zu verweben, dass etwas ganz Eigenes, Unabhängiges daraus entstehen kann. Mit der Zeit wurde mir immer klarer, dass die zahllosen im Voraus durchgeplanten Reisen ein festes, unzerstörbares Sediment in meiner Persönlichkeit gebildet hatten.

Als ich 15 war, kehrte sich die Situation indes um, denn meine Eltern beschlossen, den Lebensmittelpunkt unserer Familie nach Barcelona zu verlagern. Mit dem Ergebnis, dass wir künftig in umgekehrter Richtung pendelten.

Nun ist Fano eine beschauliche Kleinstadt, von römischen Mauern eingefasst und vom Meer begrenzt. Bei aller Offenheit war es für mich als Jugendliche zunächst nicht leicht, in einer so großen Metropole Wurzeln zu schlagen. Ich erinnere mich, dass ich wenige Tage nach unserer Ankunft meine Mutter aus einer Telefonkabine an der Passeig de Gràcia anrief, damit sie mich abholen kam. Ich hatte schlicht keine Ahnung, wie ich wieder nach Hause kommen sollte. Bis auf den heutigen Tag weiß ich noch genau, wie winzig klein, verängstigt und allein ich mich damals gefühlt habe.

Damit mir sowas kein zweites Mal passiert, begann ich, mir alle Straßennamen systematisch einzuprägen, jede Kreuzung, jeden wichtigen Punkt und natürlich sämtliche U-Bahn-Linien. So ging ich innerhalb meiner eigenen Stadt auf Reisen, entdeckte sie Stück für Stück, mit all ihren bunten Straßen und Ecken. Ich habe erfahren, dass es ein großes Vergnügen sein kann, einen Ort zu erkunden, indem man ihn der Länge und Breite nach durchquert. Auf diese Weise brannte sich mir alles ins Gedächtnis, die Läden, die Straßenschilder, die Restaurants, die Parks – alles, was so eine Stadt eben ausmacht.

Irgendwann fingen die richtigen Reisen an: Zunächst Städtetouren innerhalb von Europa mit der Familie, als ich älter wurde, kamen Trips mit Freunden dazu. Wir reisten per Zug, Flugzeug oder Schiff – nach Möglichkeit jedenfalls nicht mit dem Auto, denn davon hatte ich erst mal genug. Ich weiß noch, dass ich einmal mit einem Freund kreuz und quer über die Insel Formentera geradelt bin, weil wir beide unseren Führerschein zu Hause vergessen hatten.

Wenn ich behaupte, von jeder Reise etwas mitgenommen zu haben, klingt das banal, genauso abgedroschen wie der Satz »Ich liebe das Reisen«. Trotzdem ist beides wahr. Seit meiner frühesten Kindheit war mein Leben von einer gewissen Instabilität bestimmt, von einem »heute hier, morgen dort«. Und so sind auch im weiteren Verlauf meines Werdegangs die wichtigsten Entscheidungen immer nach einer Ortsveränderung gefallen. Nach dem Studium beispielsweise ging ich eigentlich wegen eines Praktikums nach Mailand, und was passierte? Ich lernte dort meinen jetzigen Mann kennen. Dabei war ich mir hundertprozentig sicher gewesen, dass ich niemals in Mailand bleiben, mich niemals in dieser tristen grauen Stadt niederlassen würde. Und nun? Ich kann es selbst kaum fassen: Seit 12 Jahren lebe ich inzwischen dort, habe geheiratet und zwei Kinder bekommen, fühle mich wohl und entdecke immer wieder andere Facetten meiner neuen Heimat …

Wenn ich heute auf Reisen gehe, sehe ich mich ständig mit Überraschungen konfrontiert, mit Räumen, die sich auf wundersame Weise öffnen und von deren Existenz man bis dato nichts wusste. Plötzlich bewegt man sich ganz anders als zu Hause. Aus genau dieser Freiheit erwächst die Fähigkeit zu Veränderung. Mit einem Mal erscheint alles möglich, es tut sich eine Chance auf, alte Denkblockaden niederzureißen und neue, frische Ideen zu entwickeln.

Aber Vorsicht! Ein Risiko bleibt immer. Erwartungen können sich erfüllen oder auch enttäuscht werden. Die einzige Gewissheit, die ich auf Reisen habe, ist, dass irgendetwas passieren wird – etwas, das über alles hinausgeht, was ich mir vorgestellt habe. Die Reise wird niemals die aus dem Reiseführer sein, in dem ich zu Hause geblättert habe, und genauso wenig die, von der meine beste Freundin erzählt hat. Alles, was ich sehe und erlebe, wird stets durch meinen eigenen subjektiven Blick gefiltert, durch meine eigene einzigartige Perspektive, in der immer auch eine gewisse seelische Disposition oder ein Gemütszustand mitschwingt, der anderen nur schwer zu vermitteln ist.

Lavinias Geschichte ist die Geschichte einer Reise, die ihren Ursprung in der Suche nach einer Antwort nimmt. Parallel dazu ist die Protagonistin auf der Flucht vor einem Urteil, das in einem Briefumschlag zu Hause auf sie wartet. Um sich dem Ergebnis stellen zu können, muss sie die Sicherheit ihres vertrauten Umfelds hinter sich lassen und sich neu erfinden. Und trotz allem werden Fragen und Unsicherheiten bleiben.

In der Figur Lavinias konnte ich Empfindungen nachspüren, die mich selbst auf meinen Reisen begleiteten: Ruhelosigkeit und Grenzverlust, die Freude an der Überraschung. Meine Protagonistin überschreitet ja nicht allein in geografischer Hinsicht Grenzen, sondern verschiebt bei ihren Fahrten durch Europa auch ihre eigenen und macht dabei die Erfahrung, dass sie sich selbst zu verlieren droht. Im Umkehrschluss entdeckt sie dabei eine ihr bis dahin unbekannte Lavinia, hinter der die Person, die sie war, immer weiter zurücktritt. Mit dem Zurückweichen des Bekannten und dem Schwinden aller Gewissheiten entsteht mit der Zeit ein Charakter, in dem sich Altes und Neues vereint.

Wenn es in meinem Leben nicht all diese Ortswechsel gegeben hätte, wenn meine Eltern nicht zwei verschiedenen Nationalitäten angehört hätten, wäre ich jetzt, davon bin ich überzeugt, ein ganz anderer Mensch. Ob ich mich ärmer fühlen oder ob mir etwas fehlen würde, keine Ahnung. Vermutlich wäre ich homogener, geradliniger, eindeutiger. Tatsache ist: Ich bin weder das eine noch das andere, weder Italienerin noch Spanierin. Ich gehöre in keine Schublade, sondern fühle mich ungebunden und durch nichts festgelegt. Wenn ich morgen nach Australien umziehen müsste, würde ich dort wahrscheinlich schnell das Passende für mich finden. Dinge, die ich mir ruckzuck zu eigen machen könnte, um dazuzugehören.

Lavinias Reise ist jedoch von vornherein als Auszeit gedacht, ist niemals grenzenlos, sondern immer endlich. Erst dieser begrenzte Rahmen erlaubt es ihr, sich Freiheiten zu nehmen, die sie früher für undenkbar gehalten hätte. Und genau hier kommt das Körperliche ins Spiel, denn es war mir wichtig, Lavinia nicht nur in emotionaler Hinsicht nackt zu zeigen, sondern auch im konkreten Sinn. Sie fürchtet sich davor, eine tödliche Krankheit in sich zu tragen, was ihr die eigene Vergänglichkeit unerbittlich ins Gedächtnis ruft. In diesem Kontext erhält Sex für sie eine neue Bedeutung, die weit über das Physische hinausgeht.

Dem Geschlechtsakt als solchem galt nicht mein Interesse. Vielmehr wollte ich seine mentale Wirkung zeigen. Auch ging es mir weniger um Schönheit oder körperliche Anziehung als um die Frage, was ein fremder Körper im Kopf der Protagonistin auslösen kann. Jeder Mensch, dem sie begegnet, setzt bei ihr ganz eigene Fantasien frei, und die Hemmungslosigkeit, mit der sie sich in ihre sexuellen Abenteuer stürzt, steht letztlich für das Moment absoluter Freiheit, dem sie sich während ihrer Auszeit verschrieben hat. Lavinia hat beschlossen, einzig und allein im Augenblick zu leben, und zwar genau einen Sommer lang, und die Grenzen, denen sie sich normalerweise unterwirft, zu ignorieren. Damit wird vieles möglich, was in ihrem Alltag sonst keinen Platz gehabt hätte.

Man hat mich oft gefragt, ob der Sex, den ich beschreibe, »real« sei. Schwer zu beantworten, da sich Sex für mich nicht so einfach definieren lässt. Schließlich beschränkt er sich nicht auf den körperlichen Akt, sondern spielt sich mindestens genauso sehr im Kopf ab. Und zwei Körper, die sich vereinen, sind immer auch zwei Geister, die gemeinsam auf die Reise gehen.

Die Freizügigkeit, mit der Lavinia ihren Sommer auslebt, wird in jedem Fall erst dadurch möglich, dass sie ihre innere Ordnung bewusst über Bord wirft.

Nur so kann sie sich in derart exzessive Abenteuer stürzen, zu denen es unter anderen Umständen nie gekommen wäre. Und jeder Mensch, dem sie begegnet, hilft ihr dabei, bestimmte Seiten an sich selbst zu entdecken, Antworten auf ihre Fragen zu finden und ihren Körper zu erforschen.

Die Orte, an denen Lavinia Halt macht, sind nicht zufällig gewählt, sondern haben auch für mich eine besondere Bedeutung. Einige kenne ich gut, andere eher flüchtig, aber alle haben starke Empfindungen bei mir hinterlassen. Genau wie Lavinia kann ich mit den Bergen wenig anfangen, und bestimmt hätte ich kaum Zeit dort verbracht, wenn mich nicht eine Liebesbeziehung immer wieder dorthin gezogen hätte. Nach Florenz und Neapel fahre ich von Hause aus gern, in Mailand lebe ich wie gesagt seit 12 Jahren, und Barcelona ist ganz einfach »meine« Stadt. In Paris und Berlin habe ich jeweils einen langen Sommer verbracht, und beide habe ich in dieser Jahreszeit als wunderschön empfunden. Ich wüsste nicht, wo es mir besser gefällt, beide Orte haben ein Flair, wie es nur Hauptstädten eigen ist, und eine Weite, die einen großen Reiz auf mich ausübt.

Wer allein in eine fremde Stadt kommt, kann gar nicht anders, als nach einem Fluchtpunkt zu suchen, nach einem Platz, der einen erdet und eine Verbindung zur Umgebung herstellt. Und hat man ihn erst gefunden und macht ihn zu seinem Anker, spürt man, wie Liebe zu dem neuen Ort in einem aufkeimt und einen schließlich ganz und gar erfüllt.

Es gäbe noch viele Städte, von denen ich gerne erzählt und in die ich Lavinia gerne geführt hätte. Diejenigen, die ich letztlich ausgewählt habe, wurden mir gewissermaßen von meinem Herz diktiert, sie sind ganz spontan auf der Landkarte dieser Geschichte erschienen. Als ich anfing, sie zu schreiben, gab es lediglich einen Punkt, ein einziges Detail, das von vornherein feststand und alles andere bestimmte.

Lavinia würde den Brief nicht öffnen.

Das war die Urszene, und von dort aus bin ich Lavinia einfach gefolgt, habe mich vom Strom ihrer Empfindungen mitreißen lassen. Ich weiß nicht, ob ich sie wirklich bis in die Tiefe ihrer Seele verstanden habe (ich zumindest hätte den Umschlag sofort geöffnet), aber ist es wirklich so wichtig, alles zu verstehen? Und ist es wirklich so wichtig, zu wissen, was in dem Brief steht? Ich glaube nicht. Mir, lieber Leser, scheint es wichtiger zu sein, sich immer wieder überraschen zu lassen, sich auf eine Reise aus Bildern und Gedanken zu begeben und zusammen mit Lavinia diese ganz besondere Auszeit zu erleben, diesen ganz besonderen Sommer.

Interview mit Elisa Sabatinelli

Erzähl uns ein bisschen von dir (Leben, Werdegang, Familie etc.)
Mein Vater ist Italiener, meine Mutter Katalanin. Ich spreche vier Sprachen – Italienisch, Spanisch, Katalanisch und Englisch. Letzteres leider nicht so gut, wie ich es gerne hätte. Ich nehme Englischunterricht, um im Training zu bleiben, aber das ist schon schweißtreibend, denn irgendwie ist Englisch keine Sprache, die sich mir einprägen will.

In meiner Kindheit habe ich in Fano gewohnt, einer kleinen Stadt an der Adria, bis wir irgendwann nach Barcelona gezogen sind, in die Heimatstadt meiner Mutter, wo ich erst das Gymnasium und später die Uni besucht habe. Ich habe Kommunikationswissenschaften studiert und mich dann aufs Drehbuchschreiben spezialisiert. Ich wollte immer zum Film. Noch habe ich es nicht geschafft, stattdessen begnüge ich mich damit, ins Kino zu gehen.

Zurzeit wohne ich mit meinem Mann und meinen beiden Kindern in Mailand. Und morgen – wer weiß?

Warum hast du dich entschlossen, Autorin zu werden?
Als kleines Mädchen habe ich Gedichte in ein Heft mit riesigen Karos geschrieben und viel gelesen. Wenn mich meine Mutter abends ins Bett gebracht und das Licht ausgemacht hat, habe ich es sofort wieder eingeschaltet und ein Tuch über den Lampenschirm gehängt, damit sie nicht merkt, dass ich schon wieder in einem Buch schmökere. Es war wie eine Droge. Beim Lesen habe ich mich lebendig gefühlt, wie elektrisiert, aber vor allem war ich glücklich. In der Mittelstufe gab es dann mal eine Lehrerin, die meinte, meine Aufsätze seien nicht gut und meine Schreibe nicht korrekt (was auch immer das heißen mag). Das hat mich sehr getroffen. Ich erinnere mich noch an ihre perfekt sitzende Frisur. Damals beschloss ich, dass ich auf keinen Fall so werden wollte und dieser Lehrerin keinen Glauben schenken würde. Ich wollte Geschichten erzählen, und ich war sicher, einen Weg zu finden, gut zu schreiben, wenn auch nicht unbedingt »korrekt«.

Was inspiriert dich zu deinen Romanen?
Geschichten, die mir meine Freunde erzählen, einzelne Worte, die einem manchmal ganze Welten eröffnen können, meine eigenen Erfahrungen, Menschen, die ich treffe und zu Figuren meiner Bücher mache, Zeitungsartikel, Legenden. Es beginnt immer mit einem klitzekleinen Funken.

An was für einer Geschichte arbeitest du gerade?
Es geht um die Liebe eines Kindes zum Meer, aber alles Weitere wird nicht verraten.

Hast du bestimmte Schreibgewohnheiten oder gar Rituale?
Bevor ich mit dem Schreiben anfange, muss ich mich anziehen und kurz im Café frühstücken. Im Schlafanzug kann ich nicht arbeiten. Genaugenommen schreibe ich auch gar nicht zu Hause, sondern in der Bibliothek. Wenn ich an einem Text sitze, muss um mich herum penible Ordnung herrschen, und bei mir zu Hause ist es nie ordentlich, deswegen geht es mir dort nicht so richtig von der Hand.

Bevor ich loslege, zeichne ich erst mal die grobe Handlung auf und entwerfe die zeitliche Abfolge.

Braucht es Disziplin, um Autor zu sein?
Man braucht wahnsinnig viel Disziplin. Zumindest empfinde ich es so. Aber ich schätze, das ist bei jeder freiberuflichen Tätigkeit der Fall. Außerdem muss man strukturiert sein und sich gut organisieren können, nur dann kann man diesen Beruf wirklich ausüben und damit Geld verdienen. Ich für meinen Teil schreibe immer zur selben Zeit, das hilft mir.

Wer gehört zu deinen Lieblingsautoren und warum?
Meine Fantasiewelt wurde von sehr vielen Menschen geprägt. Dabei handelt es sich nicht notwendigerweise um Buchautoren, sondern auch um Drehbuch-

schreiber. Was die Belletristik betrifft, war die süd-amerikanische Literatur geradezu erhellend für mich. »Pedro Páramo« von Juan Rulfo ist eins meiner Lieblingsbücher, weil es von Verlorenheit und Orientierungslosigkeit durchdrungen ist und selbige wunderschön abbildet. »Bernarda Albas Haus« von García Lorca ist auch so ein Werk, das mich mit seinen starken Frauenfiguren sehr beeindruckt hat.

Welche Bücher hast du zuletzt gelesen?
»Was nie geschehen ist« von Nadja Spiegelman und »Leggenda privata« von Michele Mari.

Hast du eine Lebensphilosophie?
Ich weiß nicht, ob es eine Philosophie oder nicht eher ein Charakterzug ist, aber ich bin jemand, der Probleme gut relativieren kann, ohne dabei in Panik zu verfallen, und der jede Situation mit einer ordentlichen Portion Ruhe angeht. Außerdem kann ich allem etwas Positives abgewinnen.

Was tust du, wenn du nicht gerade schreibst?
Ich spiele mit meinen Kindern und wann immer möglich, spaziere ich durch die Stadt. Ansonsten gehe ich schwimmen oder recherchiere unsere nächste Reise.

Fünf Dinge, die wir noch nicht über dich wissen
Ich mag den Milchschaum auf Cappuccino nicht, der Desktop meines PCs ist ein Minenfeld aus Dateien,

ich trinke keinen Alkohol, ich liebe den Moment, wenn man im Restaurant Essen bestellt und wenn ich verreise, habe ich immer Bücher im Koffer (zu Ebooks konnte ich bislang leider keine Beziehung aufbauen).

Was hat dich dazu gebracht, die beiden Romane über Lavinia und ihre Selbstfindung zu schreiben?
Für die beiden Bücher gab es jede Menge Anstöße. Aber prinzipiell wollte ich über eine Reise schreiben, über eine Frau, die Beziehung zu ihrem Körper und über das Bedürfnis, sich eine Auszeit vom eigenen Leben zu nehmen.

Wer ist deine Lieblingsfigur und warum?
Definitiv Hannah. Sie ist so schön, so weiblich, so unabhängig. Beim Schreiben habe ich mich prompt in sie verliebt. Wie gerne würde ich ihr unter der toskanischen Sonne begegnen!

Welche Szene war am schwierigsten zu schreiben?
Die Szene in den Bergen. Die dort beschriebene Landschaft ist mir völlig fern und die Leidenschaft fürs Bergsteigen ebenso. Ich habe tagelang mit einem Bergsteiger gesprochen, um mich in ihn einzufühlen und einen Zugang zum Thema zu bekommen.

Wem glaubst du, werden deine Bücher gefallen?
Allen, die sich vom Abenteuer einer Reise hinreißen lassen.

Inhalt

Wer wird
Eleonoras Herz erobern?

320 Seiten. ISBN 978-3-7645-0582-0

Die sonnige Toskana hat Eleonoras Leben schöner
gemacht. Hier hat sie ein Zuhause gefunden, und seit sie
bei Emanuele wohnt, empfindet sie zum ersten Mal ein
Gefühl von Zugehörigkeit. Doch als sie hört, dass er ihr
Vertrauen missbraucht haben soll, zerbricht das fragile
Glück, und Eleonora flieht sich in Alessandros Arme, den
sie im Grunde ihres Herzens nie vergessen hat. Irgendwann wird ihr klar, dass der Moment gekommen ist, sich
ihrer Vergangenheit zu stellen, so schmerzhaft sie auch
sein mag. Der Moment, sich endlich zu entscheiden …

Sara Bilotti ist
die E. L. James Italiens!

336 Seiten. ISBN 978-3-7645-0580-6

Vier Jahre lang hat Eleonora ihre Kindheitsfreundin nicht gesehen, als sie von ihr auf ein idyllisches Landgut in der Toskana eingeladen wird. Dort lebt Corinne mit Alessandro, einem brillantem Geschäftsmann, gut- aussehend, höflich und kultiviert, zu dem sich Eleonora auf Anhieb hingezogen fühlt. Doch auch seinem Bruder Emanuele, dem etwas Dunkles, Unberechenbares anhaftet, kann sie kaum widerstehen. Die Männer wissen um ihre Anziehungskraft und beginnen ein undurchsichtiges Spiel mit ihr. Dabei spürt sie, dass die beiden ein Geheimnis hüten, dem sie nach und nach auf die Spur kommt …

Eine Frau, zwei Männer und ein italienischer Sommer voller Leidenschaft.

ROMAN

SARA BILOTTI

Die
VERFÜHRTE

Eleonoras geheime Nächte

blanvalet

320 Seiten. ISBN 978-3-7645-0581-3

Eleonora ist in einer Beziehung mit Emanuele, doch so sehr sie sich auch bemüht – sie kann seinen Bruder Alessandro nicht vergessen. Nur dass der gerade geheiratet hat, und zwar niemand anderen als Corinne, Eleonoras Kindheitsfreundin, die mit ihr zusammen aufgewachsen ist. Doch auch Alessandro scheint Eleonora nicht aus dem Kopf zu bekommen. Er hält Kontakt zu ihr und schürt ihre Zweifel im Hinblick auf Emanueles Treue. Als dann noch eine dritte Frau auftaucht, kochen die Gefühle hoch …

Wir lieben Geschichten,
die unseren Puls beschleunigen.
Wir schreiben über alles, was uns fasziniert,
inspiriert oder anmacht.
Und was bewegt dich?

Willst du mehr?
Hier bist du goldrichtig:

www.sinnliche-seiten.de
WIR LESEN LEIDENSCHAFTLICH